꿈을 꾸지 않는다

로지컬 마녀의

청춘 돼지는

카모시다 하지메 지음
조구치 케이지 일러스트
이승원 옮김

후타바 리오

미네가하라 고교 2학년이자,
과학부. 사쿠타와 공통된
친구인 유마를 마음에 품고
있다.

"아즈사가와는 보지 마!
만지지 마! 나가!"

"아까까지
네가 입고 있었던
옷 말인데,
빨아도 되지?"

아즈사가와 사쿠타

현립 미네가하라 고교 2학년.
인기 탤런트인 마이와 사귀고
있다.

청춘 QUESTION 01
두 명이 된 리오 중 한 명을 숨겨주기로……
이건 혹시 동거?

청춘 QUESTION 02

마이까지 사쿠타의 집에서 묵는다.

신혼 생활은 이런 느낌?

마이 : 신혼 생활은 이런 느낌?

"안녕, 카에데."

사쿠라지마 마이

현립 미네가하라 고교 3학년이자,
인기 탤런트. 엄청 바쁜 나날을
보내고 있는 사쿠타의 애인.

맛있어요!
보들보들 해요.

아즈사가와 카에데

올해 열다섯 살이 된 사쿠타의
여동생. 집단 괴롭힘 때문에
집밖으로 나가지 못하게 되었다.

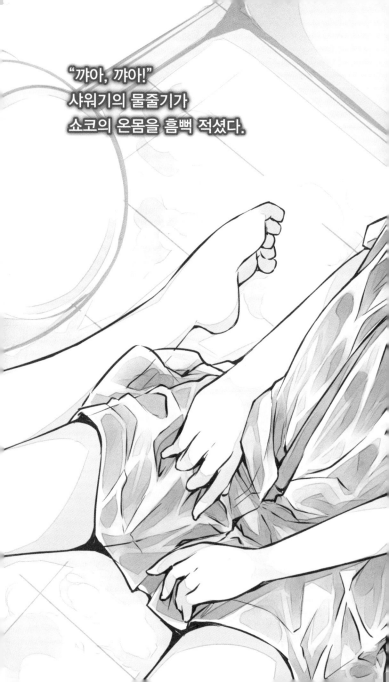

"꺄아, 꺄아!"
샤워기의 물줄기가
쇼코의 온몸을 흠뻑 적셨다.

마키노하라 쇼코

주운 새끼 고양이를 사쿠타에게
맡긴 열두 살 중학교 1학년 소녀.
새끼 고양이가 잘 있는지 보려고
자주 사쿠타의 집을 방문한다.

청춘 QUESTION 03

첫사랑 여고생과 같은 이름, 같은 얼굴을 지닌 여자 중학생.

이게 대체 어떻게 된 거지?

디자인 🪓 키무라 디자인 랩

꿈을 꾸지 않는 로지컬 마녀의 청춘 돼지는

카모시다 하지메 지음
미조구치 케이지 일러스트
이승원 옮김

—저기, 키스할래?
당시 그렇게 말하면서 나를 놀렸던 고등학생 그녀는,
2년 후 재회해보니 중학생이 되어있었다.

도대체 뭐가 어떻게 된 것일까.

제1장

불가사의가 불가사의를 불러왔다

1

그 날, 아즈사가와 사쿠타는 꿈을 꿨다.

옛날 일…… 정확하게는 2년 정도 전의 일이 꿈에 나온 것이다.

그것은 사쿠타가 중학교 3학년일 때였다.

가슴에 정체불명의 세 줄기 상처가 생기고 피범벅이 되어 병원으로 이송된 후 열흘 정도 지났을 즈음……, 담당 의사의 난처한 표정에 질려버린 사쿠타는 병원을 빠져나와 근처 역에서 열차를 탔다.

행선지는 딱히 정하지 않았다. 문득 바다가 보고 싶다고 생각한 것은 어제 심심풀이로 본 드라마의 등장인물이 멍하니 바다를 쳐다보고 있었기 때문이다.

기분이 가라앉았을 때는 그러면 될 것 같았다.

그래서 찾아온 곳이 바로 시치리가하마의 해안이었다. 모래 사장에 들어서자 힘찬 파도 소리가 들려왔다. 사쿠타는 그 소리를 들으며 천천히 물가를 향해 걸었다.

바다 냄새를 머금은 해변 특유의 바람이 느껴졌다. 오후의 햇살이 기분 좋았다. 수면에는 태양을 향해 뻗은 빛으로 된 길이 존재했다. 그 길의 너머…… 공기가 맑은 덕분에 수평선이 확연하게 보였다.

바다와 하늘의 경계를 잠시 동안 바라보고 있을 때, 옆에서 인기척이 느껴졌다.

"알고 있나요? 인간의 눈높이에서 보이는 수평선까지의 거리는 약 4킬로미터 정도래요."

투명한 느낌이 감도는 목소리였다. 음색은 여리지만 확연한 의지가 느껴지는 차분한 목소리였다.

"……."

옆쪽을 힐끔 쳐다보았다. 교복 차림의 여고생이 바람에 흔들리는 머리카락을 손으로 누르며 서 있었다. 베이지색 블레이저와 감색 스커트 차림인 그 여고생은 맨발로 모래사장에 서 있었다.

처음 봤고 이름도 모르는 여고생이었다.

사쿠타의 시선을 눈치챈 그녀는 장난기 섞인 미소를 지었다.

사쿠타는 주위를 둘러봤지만 자신 이외에는 아무도 없었다. 개를 산책시키고 있는 나이 지긋한 부부가 꽤 떨어진 곳에 있을 뿐이었다. 이 여고생은 사쿠타에게 말을 건 게 틀림없어 보였다.

"여기 사람들은 다 그런가요?"

"응?"

그녀는 질문의 의도를 모르겠는지 고개를 갸웃거렸다.

"처음 보는 사람에게 느닷없이 말을 거나요?"

이 일대는 관광지다. 서쪽에는 에노시마, 동쪽에는 가마쿠라가 있다. 그래서 외부에서 온 사람을 친근하게 대하는 상냥한 문화가 존재하는 걸지도 모른다.

"아, 혹시 저를 이상한 사람이라고 생각하는 건가요?"

"아뇨."

"다행이네요."

그녀는 가슴을 쓸어내렸다.

"짜증나는 사람이라고 생각할 뿐이에요."

"그건 여고생에게 절대 해서는 안 되는 말이에요. 짜증난다, 촌스럽다, 분위기 파악 못한다는 3대 금기어라고요."

그녀는 양손을 허리에 대더니 볼을 부풀렸다. 아무래도 화난 것 같았다.

"그럼 정신 나간 사람인 걸로 해두죠."

"그건 네 번째 금기어예요."

그녀는 사쿠타를 원망하듯 언짢은 표정을 지었다.

"당신, 마음이 배배 꼬인 것 같은데 혹시 안 좋은 일이라도 있었나요?"

"아까 했던 이야기 말인데요."

사쿠타는 그녀의 질문을 무시하더니 그렇게 말했다. 이런 태도 때문에 처음 만난 여고생에게 마음이 배배 꼬였다는 말을 듣는 것이리라.

"예."

하지만 그녀는 싫은 기색조차 내비치지 않았다. 그뿐만 아니라 방긋 미소 지었다. 그녀의 표정은 아까부터 자주 바뀌고 있었다.

"수평선까지의 거리 말이에요."

사쿠타는 그런 그녀 앞에서 퉁명한 태도를 취하고 있었다.

"약 4킬로미터라는 건 사실인가요?"

"의외로 가깝죠?"

그녀는 모래사장에 떨어져있는 얇은 나뭇가지를 줍더니 축축한 모래의 표면에 원을 그렸다. 그 원 위에, 이번에는 동그라미와 막대로 된 사람을 그렸다. 그리고 마지막으로 동그라미와 막대로 된 인간으로부터 원의 가장자리에 접하게 직선을 그었다.

"고등학교 수학의 직선과 원을 이용하는 식으로 계산해보면, 수평선까지의 거리를 생각보다 간단하게 알아낼 수 있어요."

그녀는 모래로 된 칠판에 수식을 적었지만 그것은 밀려들어온 파도 때문에 지워졌다. 그러자 그녀는 허둥지둥 바닷가에서 물러섰다.

"……"

사쿠타는 다시 수평선을 쳐다보았다. 아까는 한없이 멀게 느껴지던 수평선이 지금은 가깝게 느껴졌다.

"다음은 제 질문에 대답해줄 차례네요."

그 말을 들은 순간, 사쿠타는 그냥 무시할까 생각했다. 하지만 결론부터 말하자면, 사쿠타는 그녀에게 자신이 바다에 온 이유를 말했다.

"나는—."

처음에는 여동생이 있다는 사실을 밝혔다. 그리고 그 여동생이 중학교에서 집단 괴롭힘을 당했다는 이야기를 했다.

한번 입을 열자 말이 막힘없이 흘러나왔다.

집단 괴롭힘을 당한 여동생의 몸에 정체불명의 멍과 상처가 생겼다. 심한 상처를 입은 여동생에게 자신은 아무것도 해줄 수가 없었다. 그리고 정체불명의 상처가 자신의 가슴에도 생겼다. 뭐든 뜻대로 되지 않자…… 결국 온몸을 짓누르는 무력감으로부터 도망쳐서 오늘 이곳에 왔다. 사쿠타는 그렇게 말했다.

동정받기를 원하는 것도, 위로를 기대하는 것도 아니었다. 그저 이 이야기를 들으면, 느닷없이 나타난 이 참견쟁이 여고생이 질색을 하며 돌아갈 거라고 생각했다. 사쿠타는 그런 짓궂은 생각을 하면서 자신의 이야기를 했다. 그 정도로 사쿠타는 마음이 배배 꼬여 있었다. 방금 이 여고생이 말한 것처럼 말이다.

"그런 일이 있었군요."

놀랍게도 그녀는 이야기를 끝까지 듣고도 당황하지 않았다. 동정도 하지 않았으며 위로도 하지 않았다. 가슴에 난 상처에 대해 언급도 하지 않았으며 사쿠타의 이야기를 거짓말이라고 의심하지도 않았다. 그녀는 그저 오른손을 내밀며—.

"저는 마키노하라 쇼코라고 해요. 마키노하라 휴게소의 마키노하라에, 넓은 하늘을 나는 아이라는 뜻의 쇼코. 당신의 이름은 뭐죠?"

—라고 말했다.

"나는……."

사쿠타는 반사적으로 입을 열었다. 주저하면서도 악수에 응하기 위해 손을 내밀었다. 하지만 쇼코의 손을 잡기 직전, 꿈이 끝나고 말았다.

꿈속에서는 헛손질로 끝나고 만 사쿠타의 손에 뭔가가 닿았다. 손바닥에 쏙 들어오는 크기의 작고 부드러운 감촉을 지닌 무언가가…….

그 뒤를 이어 사쿠타는 타인의 온기를 느꼈다. 땀을 약간 머금은 부드러운 피부가 사쿠타의 오른쪽 몸에 딱 붙어 있었다.

부드러운 감촉과 무게로 볼 때 여자애다.

멍하니 그런 생각을 하고 있을 때, 이번에는 무언가가 사쿠타의 입술을 혀로 핥았다.

사쿠타는 천천히 눈을 떴다.

하얗고 폭신폭신해 보이는 사랑스러운 생물이 사쿠타의 눈앞에 있었다. 약간 까칠한 혀로 사쿠타의 얼굴을 핥고 있는 것은 새하얀 털을 지닌 새끼 고양이였다.

사정이 있어서 약 2주 전…… 1학기 마지막 날에 사쿠타가 맡게 된 새끼 고양이였다.

일단 사쿠타는 자신의 얼굴에 붙어 있는 새하얀 새끼 고양

20_청춘 돼지는 로지컬 마녀의 꿈을 꾸지 않는다 3

이를 떼어냈다.

　그랬는데도 몸을 일으킬 수가 없었다. 사쿠라의 몸을 덮쳐
누르고 있는 생물이 한 마리…… 아니, 한 명 더 있기 때문이
었다.

　판다. 아니, 판다 모양 잠옷을 입은 여동생 카에데였다. 그
녀는 올해로 열다섯이지만 때때로 사쿠타의 침대에 몰래 숨
어들었다.

　그런 카에데의 가슴 언저리에는 아즈사가와 가에서 기르는
암컷 얼룩 고양이, 나스노가 있었다. 사쿠타의 오른손에서
느껴지던 부드러운 감촉은 나스노의 동그란 엉덩이였다. 여동
생의 가슴을 만진 게 아니라 다행이다.

　나스노에게서 손을 뗀 사쿠타는 흠냐~ 하고 말하면서 자
고 있는 카에데의 코를 손가락으로 움켜잡았다.

　"읍."

　카에데는 한순간 괴로운 표정을 지었다. 하지만 곧 입을 벌
려 산소를 확보했다. 입도 막아버릴까 했지만, 다 큰 여동생
에게 할 짓은 아니라는 생각이 들어서 참았다.

　"카에데, 일어나."

　"응? 아, 오빠. 안녕하세요."

　카에데는 눈을 비비면서 하품을 참았다.

　"몇 번이나 말했지만 내 침대에 숨어들어오지 좀 마."

　"오빠가 금단의 사랑에 눈뜰지도 모르기 때문인가요?"

"그런 거 아냐."

"괜찮아요. 오빠가 원한다면 카에데는 지옥 밑바닥에 떨어질 수도 있어요!"

"더우니까 하지 말라는 거라고."

지금은 여름이다. 타인의 온기가 눈곱만큼도 사랑스럽게 느껴지지 않는 시기다. 가능하면 타인과 붙어있고 싶지 않은 시즌이다.

물론 사귀고 있는 한 살 연상의 애인…… 사쿠라지마 마이는 예외였다. 아니, 사시사철 붙어 있고 싶었다.

하지만 이 세상은 뜻대로 돌아가지 않기에 마이와 스킨십을 할 수 없는 나날이 계속되고 있었다. 그 이전에 여름방학이 시작되고 그녀와 만난 횟수는 손가락으로 꼽을 수 있었다.

연예계 활동을 다시 시작한 마이는 드라마 촬영, CF 촬영, 그리고 패션 잡지의 표지 모델, 인터뷰, 방송 선전 이벤트 등으로 바빴다. 그야말로 연예인으로서 충실한 나날을 보내고 있는 것이다.

여름방학이 시작되기 전에 「절반 정도는 일」이라고 했지만 눈 깜짝할 사이에 비어있던 날도 스케줄로 가득 찼다. 그래서 쉬는 날이 거의 없었다.

"하아……."

때문에 사쿠타의 입에서는 낙담 섞인 한숨이 절로 나왔다.

"오빠, 왜 그러세요?"

"카에데, 오늘이 며칠인지 알아?"

카에데는 날짜도 표시되는 디지털 자명종 시계를 쳐다본 다음 대답했다.

"8월 2일이에요."

"즉, 여름방학이 시작되고 2주 정도 지난 거지."

"그러네요."

"그런데 마이 씨와 전혀 러브러브하지 못했어."

"그럼 카에데와 러브러브할래요?"

카에데는 이때라는 듯 사쿠타를 향해 얼굴을 쑥 내밀었다.

"아니, 됐어."

카에데는 여전히 떨어질 생각이 없는 것 같았기에 사쿠타는 억지로 몸을 일으켰다.

"카에데의 어디가 불만인 거죠?!"

카에데는 몸을 쑥 내밀었다. 사쿠타는 하마터면 침대에 쓰러질 뻔했지만 그대로 침대에서 나왔다.

"오늘은 꽤나 필사적이네."

"현재 카에데는 카에데 사상 최대의 핀치에 처했어요."

"그게 무슨 소리야?"

"하루라도 빨리 여동생도(道)를 마스터해야 한다고요!"

카에데는 힘찬 목소리로 그렇게 말하며 고개를 끄덕였다.

여동생도는 대체 뭘까. 검도나 유도와 비슷한 걸까. 아, 그런 것들과 동일선상에 뒀다간 여러 단체에서 항의 전화가 빗

발칠 것이다.

 그런 아무래도 상관없는 생각을 하고 있을 때 인터폰이 울렸다. 시계를 보니 오전 열 시였다. 그래서 사쿠타는 누가 온 것인지 현관문을 열어보지 않고도 알았다.

 이 시간에 이 집에 찾아올 사람이라면 단 한 명뿐이었다.

 "예~ 예~, 지금 가요."

 사쿠타는 크게 하품을 하면서 손님을 맞이하기 위해 현관으로 향했다.

 이 집에 찾아온 이는 청초한 느낌이 감도는 소녀였다. 흰색 원피스는 그녀의 청초함을 더욱 돋보이게 했다.

 나이는 열두 살. 중학교 1학년. 외모는 나이에 걸맞게 앳됐지만 「안녕하세요. 실례할게요」라고 말하며 고개를 숙이는 모습에서는 차분함과 어른스러움이 느껴졌다. 몸가짐 또한 정중하며 예의가 발랐다.

 신발을 벗고 안으로 들어온 소녀…… 마키노하라 쇼코를 향해, 사쿠타의 방에서 나온 새하얀 새끼 고양이가 뛰어갔다. 그 새끼 고양이는 쇼코의 발에 자신의 등을 비볐다.

 "오늘은 아직 밥을 안 줬어."

 "아, 그럼 제가 줘도 될까요?"

 "나스노 몫도 같이 부탁해."

 "예."

쇼코는 기쁜지 미소 지었다.

사쿠타는 그런 쇼코를 거실로 안내했다. 쇼코의 발치에는 새끼 고양이가 붙어 있었다.

"오빠, 이쪽으로 좀 와보세요."

사쿠타가 자신의 방 앞을 지나고 있을 때, 카에데가 그를 향해 손짓을 했다. 사쿠타는 쇼코를 거실로 안내하고 카에데에게 가 보았다.

"왜 그래?"

"오빠는 어린 여동생을 더 좋아하는 건가요?"

카에데는 울상을 짓고 있었다.

"그건 또 무슨 소리야?"

"청초하고 예의 바른 여동생이 좋나요?"

카에데는 거실 쪽을 힐끔힐끔 쳐다봤다. 아무래도 지금 이 순간이 카에데에게 있어서 사상 최대의 핀치인가 보다.

"나, 여동생은 카에데 한 명으로 족해."

"저, 정말인가요?"

"솔직히 말해서 너야말로 나를 어떻게 생각하고 있는 거야……?"

"그, 그럼, 쇼코 씨는 오빠의 뭐죠?"

"……글쎄, 뭘까?"

뜻밖의 만남을 가진 후로 2주가 흘렀다. 여러모로 추측을 해봤지만 『마키노하라 쇼코』라는 존재에 관한 의문은 눈곱만큼도 풀리지 않았다.

단순한 동명이인. 그렇게 생각하기에는 외모가 너무 닮았다. 그리고 이름이 똑같으니 자매나 친척이라고 보기는 어려웠다. 적어도 쇼코는 사쿠타를 알아보지 못했으니, 2년 전에 만난 마키노하라 쇼코는 아닐 거라고 생각했다. 하지만 지금 고양이를 돌보고 있는 중학교 1학년 쇼코는, 2년 전에 사쿠타가 만난 고등학교 2학년 마키노하라 쇼코와 너무 많이 닮았다. 딴 사람이라고 여길 수 없을 만큼……

그렇다면 유추되는 가능성은 하나다.

사춘기 증후군에 의한 현상인 것이다. 인터넷 게시판에서 화제가 되고 있는 말도 안 되는 초현실적인 현상. 『느닷없이 눈앞에서 사람이 사라졌다』든가, 『타인의 마음속 목소리가 들렸다』든가, 처럼 도시괴담 같은 것이다. 하지만 그것은 인터넷 상의 뜬소문이 아니라는 사실을 사쿠타는 알고 있었다. 사쿠타는 올해 들어 두 번이나 사춘기 증후군을 경험했던 것이다. 한 번은 마이가 연관되어 있었고, 다른 한 번은 후배인 코가 토모에가 연관되어 있었다.

그것과 비슷한 현상이 쇼코에게 일어났을 가능성이 있었다. 지금 일어나고 있는 것인지, 2년 전에 일어났던 것인지는 알 수 없지만……

"저기, 사쿠타 씨."

생각에 잠긴 채 쇼코의 뒷모습을 쳐다보던 사쿠타는 자신을 향해 고개를 돌린 그녀와 시선이 딱 마주쳤다.

"응?"

"저기, 죄송해요."

"뭐가 말이야?"

"이 애 말이에요."

쇼코는 고양이용 사료를 먹고 있는 새끼 고양이의 등을 상냥하게 쓰다듬었다.

"키우고 싶다고 해놓고, 좀처럼 부모님에게 이야기 못하잖아요……."

나스노가 그 새끼 고양이에게 다가갔다.

"아빠와 엄마에게 꼭 말할 테니까, 조금만 더 기다려주세요."

그것이 공원에서 주운 이 새끼 고양이가 사쿠타의 집에 있는 이유였다.

"부모님은 엄격하신 분이야?"

"저에게는 정말 상냥하세요."

"동물을 싫어하셔서?"

"좋아하신다고 생각해요. 동물원에 갔을 때는 저 못지않게 즐거워하셨거든요."

"그럼 고양이 알레르기?"

"아뇨."

쇼코는 고개를 저었다.

"실은 집이 음식점을 한다든가?"

위생 면에서의 문제, 혹은 고양이 알레르기가 있는 손님을 고려해 반대할 가능성도 있다.

"아빠는 회사원이고, 엄마는 전업주부인 일반 가정이에요."

"그렇구나."

왠지 심문하는 느낌이 든 사쿠타는 더 이상 묻지 않기로 했다.

하지만 쇼코가—.

"제가 『고양이를 기르고 싶다』고 말하면 아빠와 엄마는 절대 반대하지 않을 거예요."

—어두운 표정을 지으면서 그렇게 말했다.

말의 내용이 조금 이상했다. 그녀의 말이 신경 쓰였지만 사쿠타는 추궁하지 않았다. 솔직하게 털어놓을 수 있는 일이라면 애초에 이런 식으로 말하지 않았을 것이다.

"하지만, 그래서, 말을 꺼내기가 힘들어요……."

쇼코는 또 종잡을 수 없는 소리를 했다.

"그렇구나."

"죄송해요. 무슨 말인지 모르겠죠?"

"응, 전혀 모르겠어."

사쿠타가 솔직하게 대답하자 쇼코는 갑자기 웃음을 터뜨렸다.

"뭐, 한동안은 이대로도 괜찮아. 나스노도 좋아하거든."

나스노는 새끼 고양이의 얼굴을 핥아주고 있었다.

"마키노하라도 여기서 고양이 돌보는 법을 연습하면 되잖아."

"예."

"그런데 이름은 정했어?"

"예, 정했어요."

쇼코는 환한 미소를 지으면서 고개를 끄덕였다.

"……."

"……."

하지만 더는 아무 말도 하지 않았다.

"안 가르쳐주는 거구나."

"예? 아, 그게 말이죠. ……저기, 듣고 웃지 마세요."

"그렇게 재미있는 이름이야?"

"아, 아니, 그게, 평범한 이름이라고 생각하는데…… 『하야
테』예요."

새끼 고양이는 쇼코 쪽을 쳐다보면서 고개를 갸웃거렸다.
자신에 대한 이야기를 하고 있다는 걸 눈치챈 걸지도 모른다.

"새하얗고 매끈하게 생겨서 『하야테』라는 이름이 어울릴 거
라고 생각했어요."

"괜찮네. 나스노와는 도호쿠 라인이잖아."

"도호쿠 라인?"

나스노와 하야테, 둘 다 신칸센의 이름이라는 건 모르나 보
다. 일부러 가르쳐줄 만한 것도 아니라서 사쿠타는 「아무것도
아냐」라고 말하며 가볍게 넘겼다.

그 후, 잠시 동안 고양이와 놀던 쇼코는 뭔가를 알아챘는지
고개를 들었다.

"저기."

쇼코는 사쿠타를 올려다보면서 목소리 톤을 약간 낮췄다.

쇼코의 시선은 사쿠타의 뒤편…… 방에 숨어서 문틈으로 사쿠타와 쇼코를 살펴보고 있는 카에데에게 향했다.

"카에데 씨는 저를 싫어하는 걸까요?"

"저건 이 세상 모든 사람에 대한 카에데의 평범한 반응이니까 신경 쓰지 마."

"그래도 신경 쓰여요."

올바른 의견이었다. 확실히 신경 쓰지 말라는 게 무리였다.

"카에데, 오늘 공부는 다 했어?"

"모르는 부분이 있으니 오빠가 가르쳐줬으면 좋겠어요."

"그럼 이쪽으로 와."

카에데는 수학 교과서를 안아 든 채 머뭇거리며 방에서 나왔다. 그리고 사쿠타의 등에 찰싹 달라붙었다.

"이 상태에서 어떻게 가르쳐주냐고."

"이 문제예요."

등 뒤에 있는 카에데가 사쿠타의 얼굴 앞에 교과서를 내밀었다. 인수분해 문제였다. 계산식은 정확했고 분해하는 문제와 정의를 내리는 문제도 전부 올바르게 풀었다.

"어디를 모르겠다는 건지 모르겠는데 말이야."

"인수분해가 인생의 어느 단계에서 활약하는지 모르겠어요."

"예를 들자면, 들어가고 싶은 고등학교의 입학시험 때 활약하겠지."

사쿠타의 인생에서 인수분해가 도움이 되었던 유일한 장소다.

"그렇군요."

카에데는 납득했는지 교과서에 「시험 때 활약!」이라고 메모했다. 진짜로 이해한 걸까. 방금 그 대답은 맞는 걸까. 카에데는 좀 더 근본적인 부분을 물어본 거라고 생각했지만, 사쿠타가 그런 난제에 대답할 수 있을 리 없었다. 사쿠타도 미분적분이 뭐에 도움이 되는지 알고 싶었다. 그리고 삼각함수도 말이다. 대체 누가 생각해낸 걸까. 사인, 코사인, 탄젠트……

그런 생각을 하고 있을 때, 쇼코의 시선이 느껴졌다.

"왜 그래?"

사쿠타가 먼저 쇼코에게 질문을 던졌다.

"저도 여기서 숙제를 해도 될까요?"

"여름방학 숙제?"

"예."

"괜찮아. 이 테이블에서 해."

사쿠타는 텔레비전 앞에 있는 테이블을 권했다.

"고마워요."

쇼코는 그렇게 말한 후 바닥에 앉았다. 그리고 토트백에서 숙제 프린트를 꺼냈다. 쇼코도 수학 문제를 풀려는 것 같았다. 1차 방정식의 답을 찾는 간단한 계산문제였다. 그런 문제가 스무 개 정도 있었다. 집중해서 풀면 15분 안에 끝날 것이다.

하지만 그 문제들을 본 쇼코는 샤프를 쥔 채 딱딱하게 굳었다. 첫 문제는 『3x=9』였다. 양변을 『3』으로 나눠서 『x=3』으로 만들면 되지만, 쇼코의 손가락은 꼼짝도 하지 않았다.

그대로 1분이 흘렀다.

그리고 겨우 움직이기 시작한 쇼코는 가방에 손을 집어넣더니 수학 교과서를 꺼냈다. 그녀가 펼친 페이지는 1차 방정식에 대해 적혀 있는 부분이었다. 그 부분을 읽으면 읽을수록 쇼코의 표정이 당혹으로 가득 찼다.

"가르쳐줄까?"

"……."

사쿠타가 말을 걸자 쇼코는 약간 놀란 표정을 지으며 고개를 들었다.

"고전하고 있는 것 같네."

"괘, 괜찮아요. 혼자 할 수 있어요."

쇼코는 또 교과서와 눈싸움을 벌였다.

5분 정도 흐른 후, 쇼코는 첫 번째 문제에 다시 도전했다. 양변을 『3』으로 나눠 『x=3』이라는 답을 찾아냈다.

쇼코가 정답 확인을 하듯 사쿠타의 얼굴을 올려다보았기에ㅡ.

"딩동댕. 참 잘했어요."

ㅡ라고 사쿠타가 말해줬다.

그 후, 쇼코는 문제를 술술 풀었다. 1차 방정식이 어떤 것인지 이해한 것 같았다. 거의 막힘없이 문제를 풀어나갔다. 하지만 그렇기 때문에 사쿠타는 이상하게 생각했다. 쇼코가 수업 때 배운 내용을 떠올린 것처럼은 보이지 않았기 때문이다. 굳이 따지자면 처음 보는 문제를 방금 이해한 느낌에 가까웠다.

쇼코는 그대로 모든 문제를 다 풀었다.

"저기 말이야."

프린트를 가방에 집어넣은 쇼코가 사쿠타를 쳐다보았다. 『남의 이야기를 들을 때는 상대의 눈을 쳐다보라』는 초등학교 때의 가르침을 충실하게 따르고 있었다.

"이상할 질문 좀 해도 돼?"

"으음……."

쇼코는 약간 경계하기 시작했다. 그 뿐만 아니라 볼을 약간 붉혔다.

"엉큼한 질문인가요?"

"그런 거 아냐."

"그, 그렇군요."

왜 그렇게 생각한 것인지 궁금했지만 탈선했다간 본론에 들어가지 못할 것 같았다. 그래서 사쿠타는 바로 본론에 들어가기로 했다.

"마키노하라한테는 언니가 있어?"

"아뇨."

"친척 중에 많이 닮은 사람은?"

"아마 없을 거예요……."

쇼코는 말끝을 흐렸다. 이런 질문을 한 의도에 의문을 품고 있는 것 같았다.

"예전에 마키노하라와 많이 닮은 사람을 만났어. 뭐, 그 사람은 마키노하라보다 연상이었거든…… 그래서 언니나 많이 닮은 친척이 있는 건 아닐까 하고 생각한 거야."

"저는 외동딸이에요."

"그렇구나."

"그 사람은 나이가 어떻게 되는데요?"

"응?"

"저를 많이 닮았다는 사람 말이에요."

"2년 전에 만났을 때 고등학교 2학년이었으니까, 진학했다면 대학교 1학년…… 올해로 열아홉 살일 거야."

"열아홉 살……."

쇼코는 낮은 목소리로 중얼거렸다. 별다른 의미가 있는 숫자는 아니지만, 그녀가 입에 담은 그 숫자에는 의미가 있는 것처럼 느껴졌다. 기분 탓일까.

"왜 그래?"

"아, 그게…… 대학생이 된 저를 전혀 상상할 수 없어서요. 어떤 사람이 되었을지 생각해봤어요."

이제 갓 중학생이 되었으니 상상이 안되는 게 당연할 것이다.

"걱정하지 마. 고등학교 2학년인 나도 대학생이 된 내가 상상이 안 돼."

"사쿠타 씨는 슬슬 상상이 되어야 한다고 생각해요."

쇼코는 머뭇거리면서 올바른 지적을 했다.

"확실히 맞는 말이야."

그리고 잠시 동안 별것 아닌 대화를 나눈 후, 쇼코는 열두 시가 되기 전에 몸을 일으켰다. 평소와 마찬가지였다. 맨션 밖까지 마중을 나온 사쿠타는 헤어지면서 약속을 했다.

"내일은 나스노가 목욕을 하는 날이니까, 나스노로 목욕 연습을 하자."

아직 어린 하야테는 체온 조절을 잘 못하므로 목욕은 시키지 않았다.

"그럼 하야테를 잘 부탁드려요."

쇼코는 고개를 꾸벅 숙인 후, 손을 살짝 흔들면서 걸음을 내디뎠다. 사쿠타는 멀어져가는 쇼코의 등을 쳐다보며—.

"오늘도 여전히 진전이 없네."

—하고 중얼거렸다.

"후타바와 상담해볼까."

사쿠타는 엘리베이터를 타면서 혼잣말을 했다.

2

쇼코와 헤어진 후 아르바이트 시간이 되려면 아직 멀었는데도 집을 나선 사쿠타, 자신이 일하는 패밀리 레스토랑이 아니라 역 앞에 있는 가전제품 판매점 건물에 들어갔다.

최신형 스마트폰이 줄지어 놓인 공간을 지나 에스컬레이터를 탄 사쿠타는 위층으로 향했다. 오디오 플로어, 가정용 전자기기 플로어에는 눈길도 주지 않으며 계속 위쪽으로 올라갔다.

7층에 도착하자 분위기가 확 바뀌었다. 7층과 8층은 다양한 책들이 구비되어 있는 서점이었다.

넓은 공간에 질서정연하게 놓인 책장에는 책이 빈틈없이 꽂혀 있었다. 전문서적을 취급하는 7층은 손님 연령층이 높고 차분한 분위기가 감돌고 있었다. 마치 도서관 같았다.

사쿠타는 책장과 책장 사이를 확인하면서 그곳을 돌아다녔다. 딱히 찾는 책이 있는 것은 아니었다.

쇼코가 돌아간 후, 그녀에 대해 상담할까 해서 동급생인 후타바 리오에게 연락해보니—.

"지금 가전제품 판매점 위에 있는 서점에 있으니 거기로 와."
—라는 말을 들었다.

하지만 리오의 모습은 보이지 않았다. 물리학 책이 있는 코너에 있을 줄 알았는데, 그곳에 있는 이는 머리카락을 묶은 미네가하라 고등학교 교복 차림의 다른 여학생뿐이었다.

어쩔 수 없이 7층 전체를 둘러보았다. 하지만 리오는 보이지 않았다.

"이럴 때 핸드폰이 있으면 편리할 텐데 말이야."
메일을 보내든, 전화를 하든, 무료통화 어플리케이션으로 메시지를 보내든, 리얼타임으로 상대의 장소를 확인할 수 있다.

한 바퀴 더 돌아보자고 생각하며 물리학 책장 옆을 지나고 있을 때, 뒤편에서 목소리가 들려왔다.

"아즈사가와."

사쿠타는 멈춰서면서 뒤를 쳐다보았다.

"왜 지나치는 건데? 나를 무시하는 거야?"

언짢은 표정으로 사쿠타를 쳐다보고 있는 이는 아까 봤던 미네가하라 고등학교 교복 차림의 여학생이었다. 유심히 보니 그녀는 리오였다.

"후타바?"

"한여름 햇살 때문에 정신이 나갔나 보네."

리오는 어이없다는 투로 그렇게 말하더니 한숨을 내쉬었다. 그녀는 눈에 익은 교복을 입고 있었다. 하지만 학교 밖이라 그런지 흰색 가운은 걸치지 않았다. 하지만 사쿠타가 두 번이나 쳐다보고도 그냥 지나쳤던 이유는 평소와 다른 복장 때문만은 아니었다.

헤어스타일도 평소와 달랐던 것이다. 평소 대충 늘어뜨리고 다니던 머리카락을 오늘은 머리 뒤편에서 모아 묶었다. 그 덕분에 그녀의 새하얀 목덜미가 아낌없이 드러났다. 리오가 항상 노출이 적은 복장을 하고 있어서 그런지, 목덜미를 드러낸 것만으로도 색기가 느껴졌다.

"평소처럼 머리카락을 늘어뜨리고 있으면 덥거든."

사쿠타의 시선을 눈치챈 리오는 질문을 받기도 전에 헤어스타일이 바뀐 이유를 알려줬다. 그 이유 또한 리오답게 매우 합리적이었다.

　하지만 사쿠타의 의문은 그게 다가 아니었다. 다음으로 신경 쓰인 것은 리오의 눈가였다.

　"안경을 안 쓴 건, 콘택트렌즈를 했기 때문이야."

　이번에도 묻기 전에 답해줬다. 안경을 쓰지 않으니 리오의 인상이 평소와 꽤 달랐다. 하지만 담담하게 사쿠타의 의문에 답해주는 태도와 말투는 그가 잘 아는 리오 본인이었다.

　"왜 교복을 입은 거야?"

　마지막 의문은 입에서 나왔다. 자신이 여고생이라는 걸 어필하기 위해 리오가 방학에도 교복을 입고 있을 리는 없었다.

　"좀 있다 학교에 가야 해."

　"쿠니미는 오늘 나와 함께 아르바이트를 하니까 학교에 가도 못 봐."

　"부원이 나 혼자뿐인 과학부는 활동 실적이 없으면 바로 폐부된다구."

　리오는 원망 섞인 눈길로 사쿠타를 노려보았다.

　"그런데 아즈사가와는 무슨 일로 나를 찾은 거야?"

　"아, 그게 말이야……."

　"또 예의 골치 아픈 일에 휩쓸린 거야?"

　리오는 흥미가 없다는 듯 책장에서 책 한 권을 꺼내더니 훑

어보기 시작했다. 양자역학에 관한 책이었다. 사쿠타와는 평생 인연이 없을 것 같은 책이다.

"그럴지도 모르고, 그렇지 않을지도 몰라."

"종잡을 수 없는 소리네."

"마키노하라 쇼코와 만났어."

사쿠타는 단도직입적으로 용건을 말했다.

"……."

리오는 그 이름을 듣더니 책을 펼쳐든 채 사쿠타를 향해 고개를 돌렸다. 그녀의 눈동자에는 놀라움이 어려 있었다. 사쿠타는 리오에게 마키노하라 쇼코에 관한 이야기를 했다. 사쿠타는 자신의 첫사랑인 그녀를 쫓아 미네가하라 고등학교에 들어왔다. 하지만 그녀는 학교에 없을 뿐만 아니라 졸업한 흔적은 고사하고 다녔던 기록조차 없었다. 그런 영문 모를 상태에서 사쿠타는 결과적으로 실연을 당하고 말았다. 리오는 그 자초지종을 알고 있었다.

"그녀가 실제로 존재했구나."

그렇기 때문에 이런 소리를 하는 리오의 마음도 이해가 되었다. 사쿠타 또한 두 번 다시 만나지 못할 거라고 생각했다. 그녀가 나오는 꿈도 1년 넘게 꾸지 않았다.

"게다가 놀랍게도 그녀는 중학교 1학년이 되었어."

"뭐?"

리오는 어이없다는 듯 그렇게 말했다. 그 뿐만 아니라 들고 있던 책을 놓칠 뻔했다.

"2년 전에 만났을 때는 고2였는데, 올해 1학기 마지막 날에 재회했을 때는 중1이 되어 있었어."

"아즈사가와, 제정신이야?"

"유감스럽게도 말이야."

"그럼 계산이 안 맞네."

2년 전에는 고등학교 2학년이었고 그대로 진학을 했다면 지금은 대학교 1학년이어야 한다. 그런데 어찌된 영문인지 중학교 1학년이 되어 있었다.

"아즈사가와에 대해서는?"

"기억 못해……. 아니, 전에 만난 적이 있다는 것도 기억 못하는 눈치야."

일전에 만난 직후, 그녀는 「처음 뵙겠습니다」라고 말했었다.

"……."

리오는 표정을 굳힌 채 생각에 잠겼다.

"아즈사가와."

잠시 후, 리오는 눈동자만을 움직여 사쿠타를 쳐다보았다.

"응?"

"많이 닮은 동명이인 아닐까?"

"그 가능성이 가장 크긴 해."

사쿠타도 한번 생각해봤다. 생각해봤지만 그런 우연이 실제로 일어날 수 있을까.

"이 세상에는 똑같이 생긴 사람이 세 명은 있대."

"그건 흔한 도시괴담이잖아."

"그래. 흔한 도시괴담이야."

리오는 문득 고개를 돌렸다. 별것 아닌 행동이었다. 딱히 신경 쓰일만한 행동은 아니지만 사쿠타는 어째서인지 신경이 쓰였다. 방금 그 이야기 내용 중에 리오의 감정을 움직이게 만들 만한 무언가가 존재할 리 없기 때문이다. 평소의 리오였다면 그저 웃어넘겼을 것이다.

"후타바?"

"그리고 가능성이 있는 건, 그 애가 마키노하라 쇼코의 여동생인데 피치 못할 사정이 있어서 언니의 이름을 쓰고 있다는 걸려나?"

리오는 별일 아니라는 것처럼 하던 이야기를 계속했다. 그래서 사쿠타 또한 더는 추궁하지 않았다.

"대체 어떤 사정인데?"

설정이 너무 복잡했다.

"그건 아즈사가와가 본인에게서 알아내야지."

"너무 이상한 질문을 했다간, 이상한 녀석으로 찍힐 거야."

"나한테는 피해가 없으니까 괜찮지 않아?"

"그 질문을 한 내가 피해를 입게 될 거라고."

"사쿠라지마 선배 외에도 좋은 모습을 보여주고 싶은 상대가 있다니, 의외네."

"혹시나 해서 말해두겠는데, 중학교 1학년 여자애 상대로 흥분한 건 아니거든?"

"그딴 건 아무래도 상관없어. 또 하나의 가능성을 점치자면 2년 전에 마키노하라 쇼코를 만났을 때, 아즈사가와는 사실 미래를 보고 있었던 것이다……라는 패턴이네."

"그 현상의 원인은 내가 아니었어."

미래를 시뮬레이션하는 현상은 코가 토모에가 일으킨 사춘기 증후군이다. 같은 학교에 다니는 한 학년 아래의 후배이며 엉덩이가 귀여운 애다.

"함께 체험했던 아즈사가와가 발생 원인이라는 설도 완전히 부정되지는 않았어."

"그럼 이번에는 내 연령이 맞지 않잖아."

"맞아. 하지만…… 별다른 문제는 아직 발생하지 않았지?"

"뭐, 그래."

마이나 토모에 때와는 그 점이 근본적으로 달랐다. 이것이 사춘기 증후군인지 아닌지는 알 수 없지만 아직까지 별다른 문제는 발생하지 않은 것이다.

리오는 책을 덮더니 그것을 꽂아놓고 다른 책을 꺼냈다. 그런 그녀의 옆을 유카타 차림의 여자애 두 명이 지나갔다.

리포트니 뭐니 같은 이야기를 하는 걸 보면 대학생 같았다. 참고가 될 만한 자료를 찾으러 온 것일지도 모른다.

사쿠타가 그녀들의 뒷모습을 쳐다보고 있을 때 리오가 날카로운 지적을 했다.

"아즈사가와, 이제 그만 쳐다 봐."

"저런 건 남이 봐주기를 원해서 입는 거라고."

"적어도 그 상대는 아즈사가와가 아닐 걸?"

"오늘, 어딘가에서 불꽃축제를 하나보네."

"치가사키에서 오늘 해."

"잘 아네."

"저기 적혀 있잖아."

리오가 시선으로 가리킨 것은 옆쪽에 있는 벽이었다. 후지사와 역에서 도카이도 선(線)을 따라 두 정거장 옆인…… 사가미 만(灣)에 인접한 치가사키 해안에서 열리는 불꽃축제 포스터가 붙어 있었다. 개최일은 8월 2일. 바로 오늘이었다.

"그러고 보니 작년에 불꽃축제를 보러 갔었지."

에노시마에서는 8월 20일 전후에 납량(納涼) 불꽃축제가 열린다.

그 날, 저녁에 아르바이트가 끝난 사쿠타와 유마는 퇴근하며 점장에게 불꽃축제가 열린다는 이야기를 들었다. 남자 둘이 가는 것은 좀 그럴 것 같아서 리오에게 연락을 했다. 당시에는 유마도 카미사토 사키와 사귀지 않았다.

"그래."

리오는 유카타를 입은 여성의 멀어져 가는 등을 별다른 감정이 깃들지 않은 눈으로 쳐다보았다.

"후타바는 그때 사복을 입고 왔었잖아."

"아즈사가와도 마찬가지였어."

"쿠니미와 함께 조금 기대하고 있었다고."

당시부터 리오는 유마에게 호의를 가지고 있었다. 아니, 분명 그날 알아챘다. 리오는 불꽃을 올려다보는 유마의 얼굴을 곁눈질하고 있었다.

"그냥 유카타를 입고 왔으면 좋았을 텐데 말이야."

"왜 내가 아즈사가와를 위해 그런 귀찮은 짓을 해야 하는데?"

"그야 쿠니미에게 보여주기 위해서지."

"……."

리오는 언짢은 시선으로 사쿠타를 쳐다보았다.

"어차피 나한테는 안 어울려."

"그래?"

"그래."

"아, 유카타는 가슴 큰 사람한테 안 어울리니까?"

리오는 교복 위로도 확연하게 드러날 만큼 가슴이 컸다.

"그런 의미에서 한 말이 아냐."

리오는 은근슬쩍 책으로 가슴을 가렸다. 남이 자신의 가슴을 쳐다보는 것을 좋아하지 않는 것 같았다.

"그럼 어떤 의미인데?"

"대답해줄 필요는 없을 것 같네."

"왜?"

"아즈사가와는 이유를 알면서, 나한테 그 말을 하게 하려는 것 같거든."

"나처럼 수수한 애한테는 어울리지 않는다고 생각하는 거라면 그건 착각이야."

"……."

리오는 눈빛을 통해 사쿠타에게 진심을 물었다.

"지금 헤어스타일은 유카타에 잘 어울릴 것 같아."

묶어 올린 머리카락과 유카타는 상성이 좋을 것이다.

"게다가 입을까 말까 고민하기는 했었지?"

"……."

리오는 노골적으로 경계심을 드러냈다.

"그게 무슨 소리야?"

"후타바의 말투로 보아하니, 유카타를 가지고 있는 것 같네."

"무슨 근거로 그렇게 생각하는 건데?"

그 질문은 사쿠타의 말을 긍정한 거나 다름없었다.

"만약 없다면, 후타바는 어울리네 마네 같은 소리를 하기 전에 『안 가지고 있다』고 딱 잘라 말할 테니까."

리오는 항상 이치와 본질을 통해 이야기를 하는 것이다.

"……아즈사가와는 정말 약았다니깐."

"싫은 기색을 얼굴에 내비치지 말라고."

"그건 무리야. 진짜로 싫거든."

"너무하네."

사쿠타의 쓴웃음을 무시한 리오는 책장에서 『양자 텔레포테이션의 미래』라고 적힌 책을 뽑았다.

"할 말은 다 했지? 그럼 나는 가볼게."

리오는 그렇게 말한 후, 카운터를 향해 걸어갔다.

사쿠타는 그런 리오의 등을 향해 「상담 상대가 되어줘서 고마워」라고 말했다.

3

리오와 헤어진 사쿠타는 아르바이트 시간이 다 되었기에 패밀리 레스토랑으로 향했다.

"안녕하세요."

사쿠타는 카운터에 서 있는 점장에게 인사를 하면서 가게 안을 둘러보았다. 해질녘의 이 시간대에는 항상 손님이 적었다. 차를 마시고 있는 아주머니 그룹과, 공부 중인 수험생, 그리고 노트북 컴퓨터로 작업을 하고 있는 양복 차림의 남성이 느긋한 분위기를 자아내고 있었다.

사쿠타는 곧장 가게 안쪽에 있는 휴게실로 들어갔다. 옷을 갈아입고 타임카드를 찍어야하기 때문이다.

휴게실에는 먼저 온 이가 있었다. 이미 웨이터 복으로 갈아입고 접이식 의자에 앉아있는 사람은 사쿠타의 몇 안 되는 친구 중 한 명인 쿠니미 유마였다.

"여어."

유마는 손을 가볍게 들면서 사쿠타에게 말을 걸었다.

"너, 피부가 더 탄 것 같은데?"

유마와는 아르바이트 시간이 같았던 사흘 전에 마지막으로 만났다. 그때 이미 탔던 유마의 피부는 지금은 아예 노릇노릇하게 익어 있었다.

"그래? 뭐, 그저께 바다에 가서 그런가."

"애인과?"

"응."

"우와~, 짜증나는 놈."

"너무하네. 사쿠타도 끝내주게 예쁜 애인이 있잖아."

"마이 씨는 요즘 너무 바빠서 일주일 동안 코빼기도 비추지 않았다고."

"나, 어제 텔레비전에서 봤어."

"안심해. 텔레비전을 통해서라면 나도 매일 보고 있거든."

몇 개나 계약을 한 건지는 모르겠지만 마이 씨는 CF에 자주 나왔다. 청량음료와 새로 발매된 과자처럼 사쿠타와 밀접한 게 있냐하면, 그녀의 미모를 살린 화장품이나 샴푸 등의 간판 역할도 하는 등 다양한 제품을 광고했다.

"뭐, 고생 많네."

유마는 옷을 갈아입고 로커 뒤편에서 나온 사쿠타에게 장난기 섞인 미소를 지었다.

사쿠타가 불평이라도 한 마디 해줄까 하고 생각하고 있을 때—.

"안녕하세요."

귀에 익은 목소리가 통로 쪽에서 들려왔다. 하지만 다가오고 있는 발소리는 가벼웠다. 그리고 딸랑 딸랑 하며 정취가 느껴지는 소리도 들려왔다.

잠시 후 휴게실에 들어온 이는 코가 토모에였다. 남자 둘 뿐이던 후덥지근한 공간이 순식간에 환해졌다. 그것도 그럴 것이, 토모에는 밝은 색 유카타를 입고 있었다. 발치에는 발가락 끈이 귀여운 샌들을 신고 있었다. 손에는 금붕어 문양이 그려진 두루주머니를 들고 있었다.

"우웩, 선배!"

토모에는 사쿠타를 보더니 인상을 찡그렸다.

"귀여운 유카타를 자랑하러 온 거야?"

출근표에 토모에의 이름은 적혀 있지 않았으니, 오늘은 그녀가 아르바이트를 하는 날이 아니다.

"다음 주 예정표를 제출하지 않아서 잠시 들른 것뿐이야."

토모에는 테이블 위에 놓여 있는 플라스틱 서류 케이스에서 아무것도 적히지 않은 스케줄 표를 꺼냈다. 유카타가 흐트러지지 않도록 조심하면서 원형 의자에 앉은 토모에는 볼펜으로 이름과 2주일 동안의 희망 아르바이트 일정을 적었다. 희망 아르바이트 일정은 이렇게 2주일 간격으로 스케줄을 제출하며 그것을 바탕으로 출근 일정이 짜인다. 전부 스마트폰으로 처리하는 곳도 있다지만 핸드폰이 없는 사쿠타로서는 이런 아날로그 방식이 오히려 좋았다.

"코가 양은 유카타를 입었을 때도 귀엽네."

유마는 입을 다물고 있는 사쿠타를 대신해 자연스러운 어조로 그렇게 말했다.

"예? 고, 고마워요."

토모에는 약간 당황했는지 얼굴을 새빨갛게 붉혔다. 그리고 사쿠타를 힐끔 쳐다보았다.

"코가는 유카타가 잘 어울리는걸."

"선배, 그건 성희롱이야."

모처럼 칭찬해줬는데 토모에는 입술을 삐죽 내밀었다.

"어째서야……."

유마의 말은 솔직하게 받아줬는데 말이다. 납득이 되지 않았다.

"방금 가슴을 쳐다보면서 말했잖아."

토모에는 두루주머니로 가슴을 가리면서 말했다.

"너무하네. 허리와 엉덩이의 밸런스를 고려해서 말했다고."

"그럼 더 성희롱에 가깝다고! 어차피 허리띠에 척 걸릴 만큼 멋진 가슴 같은 건 없다고요~. 완전 절벽이라고요~."

아무래도 완전히 삐친 것 같았다.

그런 우리 둘을 쳐다보던 유마는 갑자기 웃음을 터뜨렸다.

"두 사람은 어느새 이렇게 사이가 좋아진 거야?"

"사, 사이좋지 않아요!"

토모에는 바로 대답했다.

"무슨 일 있었어?"

유마는 그런 토모에를 곁눈질하면서 사쿠타에게 물었다.

"내가 코가를 어른으로 만들어줬어."

"자, 잠깐만, 선배! 무슨 소리를 하는 기고?!"

"그래. 코가 양은 이미 어른이구나."

유마까지 웃으면서 그런 소리를 했다.

"쿠니미 선배까지……."

토모에는 배신당한 표정을 지었다.

"나는 약속 시간이 다 되었으니까 가볼게. 쿠니미 선배, 먼저 실례할게요."

투덜대면서도 고개를 숙이며 인사를 한 토모에는 휴게실을 나가려 했다. 사쿠타는 그런 토모에를 불러 세웠다.

"코가."

"응? 왜?"

토모에는 순순히 멈춰 섰다.

"유카타 차림의 여자애가 뒤돌아보는 모습은 정말 좋네."

"그런 이유로 여자를 불러 세운 거야? 선배는 진짜로 기분

나쁘다니깐."

토모에는 눈을 가늘게 뜨면서 귀엽게 혐오감을 드러냈다.

"방금 그 말은 농담이야."

"그럼 왜 부른 거야?"

"팬티 라인이 보이지 않으니까 노팬티인가 해서 말이야."

"라인이 드러나지 않는 걸 입었을 뿐이야!"

"즉 T구나. 코가 토모에답게 말이야."

"무, 무슨 소리를 하는 건지 모르겠네! 아~, 상상하지 말라구!"

토모에는 양손을 등 뒤로 돌려서 엉덩이를 가리려 했다.

"이미 상상했으니까 포기해."

"혹시나 해서 말해두는 건데 훨씬 편한 걸 입었다구. 사각 팬티 비슷한 거 말이야."

"우와~, 꿈도 희망도 없네. 안 들었으면 더 좋았을 거야."

"정말~, 부끄러운 질문 해놓고 멋대로 실망하지 말라구. 확 돌아삐겠네~! 나, 이제 갈 거야!"

"아, 잠깐만."

"선배, 정말 끈질기네. 완전 짜증난다구."

토모에는 경계심을 한껏 드러내며 사쿠타를 올려다보았다.

"헌팅 조심해."

"뭐? 아, 응…… 고마워."

"코가는 귀엽잖아."

"귀엽다는 소리 하지 마."

토모에는 볼을 부풀리면서 삐친 표정을 지었다.

"그럼 엄청 귀여우니까 조심해."

"다른 애들과 같이 가니까 괜찮아. 약속 시간 다 됐으니까 이만 가볼게!"

토모에는 이번에야말로 휴게실에서 나갔다.

또 휴게실 안은 사쿠타와 유마, 남자 둘만이 남았다.

"어이, 사쿠타?"

"응?"

"돌아삐겠네가 무슨 소리야?"

"글쎄?"

먼저 자리에서 일어난 유마의 뒤를 이어 몸을 일으킨 사쿠타는 타임카드를 찍었다.

"코가 양, 때때로 생소한 단어를 쓰네."

"요즘 여고생들은 다 그런 거 아냐?"

토모에는 자기가 후쿠오카 출신이라는 걸 비밀로 하고 있기에 사쿠타도 일단 비밀을 지켜주고 있었다.

이 날은 손님이 평소보다 적어서 가게가 한산했다. 근처에 사는 사람들이 치가사키에서 열리는 불꽃축제를 보러 갔기 때문일지도 모른다.

여덟 시가 지났을 즈음, 유카타 차림의 가족이 왔다. 보아 하니 불꽃축제에서 돌아오는 길인 것 같았다. 특촬 히어로 무닉가 그려진 유카타를 입은 네다섯 살 정도의 남자애는 지쳤는지 눈을 반쯤 감고 있었다. 그 가족 이외에도 유카타 차림의 손님들이 때때로 들어왔다.

사쿠타는 그들의 주문을 받은 후, 드링크 바에 빨대를 보충하려고 직원 공간으로 이동했다. 선반에서 빨대 상자를 꺼내든 후, 다시 홀에 나온 사쿠타는—.

"아, 사쿠타 발견."

미소를 머금은 유마와 눈이 마주쳤다.

"5번 테이블에서 너를 지명했어."

"뭐?"

"가보면 알아."

유마가 히죽거리는 걸 보니 나쁜 일은 아닌 것 같았다. 그리고 테이블을 지정한 걸 보면 손님이 사쿠타를 지명한 것이리라. 하지만 사쿠타는 자신을 만나러 이곳에 올 만한 인물이 떠오르지 않았다. 굳이 뽑자면 사쿠타를 취재 대상으로 생각하고 있는 여자 아나운서, 난죠 후미카뿐이다. 요즘 두세 달 동안은 보이지 않았는데…….

그 외에 올만한 사람은 마이 뿐이지만, 교토까지 촬영을 하러 간 그녀는 내일 돌아온다고 들었다.

"대체 누구지?"

사쿠타는 그런 생각을 하면서 홀에 나갔다.

가게 안쪽에 있는 박스석이 5번 테이블이다. 그곳으로 다가

가자 손님의 뒷모습이 눈에 들어왔다. 옆에는 조그마한 사이즈의 캐리어 가방이 있었다. 옛날 영화에 나올 법한 디자인의 가방이었다.

사쿠타가 테이블 옆에 서자 메뉴를 보던 그 인물이 고개를 들었다. 차분하면서도 드세어 보이는 눈이 사쿠타를 향한 순간, 그 인물의 입가에 미소가 어렸다.

"마이 씨가 어째서 여기 있는 거예요?"

그렇다. 5번 테이블에 앉아있는 이는 사쿠타와 사귀고 있는 한 살 연상의 선배…… 사쿠라지마 마이였다.

어른스러운 느낌의 사복을 입은 마이는 옅은 화장도 했다. 본인은 감추고 있다고 생각할지도 모르지만 화려한 연예인 오라가 마구 뿜어져 나오고 있었다.

당연히 주위에 있는 다른 손님들도 마이를 힐끔힐끔 쳐다보고 있었다. 「진짜 맞지?」라든가, 「얼굴, 작네」라든가, 「패밀리 레스토랑 같은 데도 오는 구나」 같은 소박한 감상을 늘어놓고 있었다.

"내일 돌아온다고 하지 않았어요?"

"베테랑 배우가 많은 현장인데, 나도 NG를 안 냈거든. 그래서 빨리 끝났어."

"그랬구나. 그래서 하루라도 빨리 나를 만나러 돌아온 거네요."

"그래."

마이는 장난기 섞인 미소를 지으며 사쿠타의 가벼운 도발을 받아줬다.

　"호텔을 잡아뒀으니 하루 더 묵고 내일 천천히 돌아와도 됐어. 그런데 매니저한테 신칸센 티켓을 준비해달라고 응석을 부려서 돌아온 거야. 기뻐?"

　"당연하죠."

　사쿠타는 단조로운 어조로 그렇게 말했다.

　"……태도가 영 별로네."

　마이는 사쿠타의 반응이 마음에 들지 않는지 언짢은 눈길로 그를 쳐다보았다. 사쿠타는 그 시선을 눈치채지 못한 척하면서 주문용 단말기를 펼쳤다.

　"메뉴를 고르셨으면 주문 부탁드립니다."

　"……."

　"주문 부탁드립니다."

　마이가 삐친 반응을 보이자 사쿠타는 일부러 접객용 미소를 지었다.

　"왜 삐친 거야?"

　"안 삐쳤어요."

　"삐쳤잖아."

　"누구 때문일 거 같아요?"

　"그거야…… 뭐……."

　"뭐?"

"······미안해."

마이는 잠시 동안 침묵한 후, 순순히 사과했다.

"내가 일에 푹 빠져서 사귀기 시작한지 얼마 안 된 애인을 외롭게 만든 나쁜 여자라는 건, 자각하고 있어."

"그렇게 심각하게 생각하지는 않았지만······."

"않았지만?"

마이는 불안 섞인 눈빛으로 사쿠타를 올려다보았다. 마이는 텔레비전에서도 좀처럼 보여주지 않는 표정을 짓고 있었다. 그런 표정을 사쿠타 한 명에게만 보여주고 있는 것이다.

"어떤 식으로 사과할지 기대하고 있을게요."

"알았어. 기대에 부응해줄게."

"야한 짓도 해줄 거예요?"

"약간만이라면 말이야."

"그럼 용서해줄게요."

"기어오르지 마."

마이는 테이블 밑에 있는 사쿠타의 발을 힘껏 밟았다. 하지만 마이는 태연한 표정으로 「이것과 이걸 주세요」 하고 주문했다. 사쿠타는 그걸 단말기에 입력한 후, 마이에게만 들릴 만큼 작은 목소리로 중얼거렸다.

"빨리 돌아와 줘서 엄청 기뻐요."

"바보, 그 말부터 먼저 하라구."

말투는 화난 것 같지만 얼굴에는 미소가 어려 있었다.

"아르바이트는 몇 시까지야?"

"30분 남았으니까, 마이 씨를 집까지 바래다주고 싶네요."

지금은 여덟 시 반이고 아르바이트는 아홉 시에 끝난다.

"어쩔 수 없네. 그럼 다 먹은 후에도 기다려줄게."

"그럼 퇴근할 때 말 걸게요."

"그럼 그때까지 농땡이 부리지 말고 열심히 일해."

"마이 씨가 불러놓고 그런 소리 할 거예요?"

사쿠타는 불평을 한 후, 하던 일을 계속하기 위해 가게 안쪽으로 향했다.

사쿠타는 남은 30분 동안 일에 열중했다. 그 덕분에 아홉 시 정각에 타임카드를 찍을 수 있었다.

"먼저 실례할게요."

사쿠타가 서둘러 옷을 갈아입고 홀에 나가보니 마이가 카운터에서 계산을 하고 있었다. 조금만 늦었어도 마이는 혼자서 돌아갔을 것이다.

두 사람은 함께 가게를 나섰다.

"마이 씨, 내가 들게요."

사쿠타는 밖에 나온 후, 마이의 캐리어 가방을 향해 손을 뻗었다.

"고마워."

사쿠타는 캐리어 가방을 끌면서 마이와 나란히 걸었다.

"그녀는 매일 와?"

잠시 후, 마이는 그렇게 말했다. 말투는 태연했다. 마치 날씨라도 묻는 것 같았다.

"응?"

"마키노하라 쇼코 양 말이야."

"예. 매일 와요."

"알면서 되묻지 마."

마이는 사쿠타의 볼을 살짝 꼬집었다.

"신경 쓰이나요?"

"2년 전에 사쿠타와 만났을 때는 고등학교 2학년이었는데, 지금은 중학교 1학년이잖아. 신경 쓰이는 게 정상 아닐까?"

사쿠타를 곁눈질하는 마이는 「중학교 1학년 여자애를 질투할 리가 없잖아」라고 표정만으로 말하며 어이없어했다.

"해줬으면 좋겠는데 말이에요."

"뭘?"

"질투 말이에요."

"나 같은 애인을 뒀으면서, 사쿠타는 중학교 1학년 여자애를 상대로 흥분하는 거야?"

"데이트도 못하는 생활을 강요당하고 있는 나한테, 마이 씨가 멋진 상을 주지 않는다면 로리콤이 되어버릴지도 몰라요."

"내 짐 옮기게 해줬잖아."

사쿠타는 캐리어 가방을 돌아보았다.

"안에 속옷도 들었어."

"열어봐도 돼요?"

"혹시나 해서 말해두겠는데, 이미 다 세탁해뒀어."

"나, 새로운 속옷보다 입었던 속옷을 좋아한다는 소리를 했었어요?"

"그럼 아냐?"

마이는 뜻밖이라는 표정을 지었다.

"내가 보고 싶은 건 속옷 그 자체가 아니라, 내가 자기 속옷을 보는 바람에 부끄러워하는 마이 씨라고요."

"사쿠타가 내 속옷을 봐도 나는 부끄러워하지 않아."

"그럼 봐도 돼요?"

"쓸데없는 소리 그만하고, 하던 이야기나 계속해."

"나는 마이 씨와 더 러브러브하고 싶다고요. 모처럼 만난 거잖아요."

"나중에 얼마든지 해줄게."

마이는 하아 하고 한숨을 내쉬었다.

"에이~, 지금 하고 싶은데~."

"알았어. 그럼 손잡아 줄게."

"풋풋한 중학생 커플도 아니고, 그 정도로 만족할 것 같아요?"

"아, 그래? 그럼 안 하면 되겠네."

마이는 아무렇지도 않게 손을 뺐다. 그러자 사쿠타는 대답

대신 마이의 손을 움켜잡았다.

그러자 마이는 깍지 끼듯 손을 맞잡았다. 연인들이 손잡을 때 하듯이 말이다.

"이게 더 좋지?"

"……."

"왜 갑자기 입을 다무는 거야?"

"마이 씨가 너무 귀여워서요."

"그건 나도 알아."

마이는 태연한 목소리로 대답했지만 약간 부끄러운지 사쿠타한테서 눈을 돌렸다.

"그런데, 어쩌고 있어?"

마이는 앞을 바라보면서 재촉하는 어조로 그렇게 말했다.

물론 마이는 쇼코에 대해 물은 것이리라.

"매일 고양이를 돌보러 우리 집에 와요."

"특이한 구석은?"

"없네요."

"그럼 알아낸 건?"

"오늘 후타바와 상담해봤지만, 딱히 없어요. 동명이인이 아닐까 하고 딱 잘라 말하더라고요."

"당연하지. 나도 그렇게 생각하거든. ……그런데, 2년 전에 만난 그녀와 그렇게 닮은 거야?"

"내가 기억하는 모습보다 어리기 때문에 딱 잘라 말하기는 어렵지만, 이대로 성장하면 그렇게 되지 않을까 싶은 느낌이 들어요. 성격은 꽤 다르지만요."

아직 익숙하지 않아서 그런지, 지금의 쇼코에게서는 서먹함이 느껴졌다. 하지만 2년 전에 만났던 여고생 쇼코에게서는 그렇게 전혀 느껴지지 않았다. 그녀는 타인과 자신 사이의 거리를 줄이는 게 능숙했다.

"흐음~."

마이는 알쏭달쏭한 반응을 보였다. 마이는 2년 전에 사쿠타가 만났던 쇼코를 모르기 때문에 사쿠타의 이야기만으로는 감이 오지 않는 것이리라.

"이건 후타바가 했던 말인데, 마이 씨 때처럼 해가 있는 게 아니라면 그냥 신경 쓰지 않아도 괜찮을 것 같대요."

"사쿠타가 괜찮다면 나는 아무래도 상관없어."

역시 마이는 완전히 납득한 것 같지 않았다.

그런 마이가 「아」 하고 말하면서 갑자기 멈춰 섰다.

"마이 씨?"

"저 사람, 후타바 양 아냐?"

마이의 시선은 편의점을 향하고 있었다. 한 손에 편의점 비닐봉지를 들고 밖으로 나온 이는 분명 리오였다. 낮에 만났을 때는 교복 차림이었는데, 어찌된 영문인지 지금은 티셔츠와 바지 차림이었다. 머리카락도 평소와 마찬가지로 늘어뜨리고 있었다. 안경도 쓰고 있었다.

"저 녀석, 뭐하고 있는 거야……."

유심히 보니, 들고 있는 편의점 비닐봉지는 바닥이 평평한 녀석이었다. 즉, 편의점 도시락용 봉지다. 그 사실을 눈치챈 사쿠타의 마음속에서 급속도로 위화감이 부풀어 올랐다. 평소 밤늦게 돌아다니지 않는 리오가 아홉 시가 지난 시간대에 번화가 쪽을 돌아다니고 있는 것만으로도 충분히 묘한 일이었다. 게다가 오다큐 에노시마 선으로 한 정거장 옆에 있는 혼쿠게누마에 살고 있는 리오가 후지사와 역 편의점에서 도시락을 산 것도 마음에 걸렸다.

가장 마음에 걸리는 점은 주위를 신경 쓰고 있는 리오의 태도였다. 사람들의 시선을 피하려는 것 같은데 오히려 더 눈에 띠고 있었다.

"마이 씨, 좀 둘러가도 되죠?"

"미행할 생각이야?"

마이는 꾸짖는 말투로 그렇게 말하면서도 먼저 걸음을 내디뎠다.

리오를 쫓아 역 쪽으로 돌아온 사쿠타와 마이는 7, 8층짜리 임대 빌딩 앞에서 멈춰 섰다. 리오가 이 안으로 들어가는 모습을 봤기 때문이다.

빌딩을 올려다보니 은행이나 술집 같은 것과 함께 인터넷 카페의 간판이 붙어 있었다. 은행은 문을 닫았을 시간이고 술집은 들어갈 수 없을 것이다. 그렇다면 리오가 갈 곳은 뻔했다.

하지만 고등학생이 인터넷 카페를 이용할 수 있는 것은 밤열 시까지로 규정되어 있었다. 그리고 잠시 후면 열 시다. 도시락을 사서 온 걸 보면 이곳에 묵을 생각인 걸까.

"마이 씨, 여기서 기다려줄래요?"

연예인을 데리고 인터넷 카페에 들어가면 괜한 소란이 일어날지도 모른다.

"나, 인터넷 카페에 가본 적이 없어."

아무래도 사쿠타와 같이 갈 생각인 것 같았다. 이렇게 되면 마이를 설득하는 것은 불가능하다.

사쿠타는 어쩔 수 없이 마이와 함께 엘리베이터를 탔다.

두 사람은 엘리베이터로 7층까지 올라갔다. 자동문이 열리자 사쿠타는 인터넷 카페 안으로 들어갔다. 절제된 조명이 세련되면서도 차분한 분위기를 자아내고 있었다.

"어서 오세요."

20대 중반으로 보이는 여성 점원의 목소리 또한 이 가게의 분위기에 어울렸다. 그 여성 점원은 사쿠타의 등 뒤에서 신기하다는 듯 가게 안을 관찰하고 있는 마이를 신경 쓰면서도 카운터 앞에 서 있는 사쿠타에게 말을 걸었다.

"어느 패키지로 하시겠어요?"

카운터 위쪽에는 요금표가 걸려 있었다. 세 시간, 다섯 시간, 그리고 다음 날 아침까지 이용할 수 있는 장시간 패키지 요금이 적혀 있었다.

사쿠타는 그 중 가장 위에 있는 기본요금을 손가락으로 가리켰다.

"이걸로 부탁해요."

처음 30분은 200엔, 그 후에는 이용시간에 맞춰 추가요금을 내는 전형적인 방식이다. 리오를 찾는 게 목적이니 30분이면 충분할 것이다.

계산을 끝낸 후, 마이 몫도 포함해 계산서를 두 장 받았다.

참고로 마이는 자유 드링크 코너에서 소프트크림을 만드는 기계를 쳐다보고 있었다.

"후타바를 찾은 후에는 먹어도 돼요."

"계산은 어떻게 하는데?"

"기본요금만 내면 여기 있는 드링크와 아이스크림은 무료예요."

정확하게 말하면 그 금액도 기본요금에 포함되어 있었다. 탄산음료, 우롱차, 오렌지 주스 뿐만 아니라 커피메이커와 에스프레소 기계도 있었다. 패밀리 레스토랑의 드링크 바와 비교해도 손색없는 수준이었다. 소프트크림 같은 것도 있으니 인터넷 카페 쪽이 더 잘 되어있는 걸지도 모른다.

사쿠타는 일단 자리를 이동하는 척하면서 가게 안쪽을 향해 걸음을 옮겼다. 플로어 중앙에는 만화책이 꽂혀 있는 커다란 책장이 잔뜩 배치되어 있었다. 그곳을 둘러싸듯 번호가 적힌 개인실의 문이 줄지어 있었다.

리오뿐만 아니라 다른 손님의 모습도 보이지 않았다. 다들 개인실에 틀어박혀 있는 것 같았다. 때때로 키보드를 두드리는 소리만 들렸다. 이래서는 리오가 어디 있는지 알 수 없었다.

점원에게 물어볼까 생각했지만 다른 손님에 관한 정보를 알려주지는 않으리라.

"전화번호를 외우고 있다면 걸어보는 게 어때?"

뒤쪽에 있던 마이가 「자」하고 말하면서 토끼 귀 커버가 장착된 스마트폰을 내밀었다. 사쿠타는 스마트폰을 넘겨받으면서도 마이의 다른 한 손을 주시했다.

마이가 들고 있는 것은 조그마한 종이컵이었다. 그 안에는 예쁘게 똬리를 튼 소프트크림이 가득 차 있었다. 리오를 찾은 후에는 먹어도 된다고 말했었는데 이미 먹고 있는 것 같았다. 정말 마이다웠다.

마이는 소프트크림을 스푼으로 뜨더니 사쿠타의 입을 향해 내밀었다.

"자, 아~."

"아~."

사쿠타는 순순히 입을 열었다. 함정인 줄 알았지만 마이는 진짜로 소프트크림을 먹여줬다.

"맛있어?"

"예."

마이는 그 말을 듣고 만족스러운 미소를 짓더니, 또 소프트크림을 떠서 사쿠타에게 먹여주려 했다.

"마이 씨가 먹고 싶어서 담은 거 아니에요?"

"아까 밥을 먹어서 배는 불러."

"아, 예. 그렇습니까."

"마음에 안 들어? 그럼 직접 먹을래?"

마이의 머릿속에서는 이걸 사쿠타가 다 먹는 것으로 결정이 나있는 것 같았다. 그렇다면 마이가 먹여주는 편이 훨씬 나을 것이다.

사쿠타가 아무 말 없이 입을 벌리자, 마이는 남은 소프트크림을 전부 퍼서 그의 입에 억지로 집어넣었다.

팥빙수를 급하게 먹었을 때처럼 머리가 아팠다. 그 모습을 본 마이는 「어쩔 수 없네」라고 말하면서 드링크 코너에 가더니 에스프레소를 가져왔다.

"고마워요."

"별말씀을요."

사쿠타는 가볍게 한숨 돌렸다.

에스프레소를 전부 마신 사쿠타는 종이컵은 버리고 커피잔은 반환구에 가져다뒀다. 그리고 마이에게 빌린 스마트폰에 리오의 전화번호를 입력했다.

두 번 정도 신호가 간 후, 상대방이 전화를 받았다.

"여보세요?"

리오의 목소리에는 경계심이 어려 있었다. 처음 보는 번호로 전화가 왔기 때문이리라.

"나야."

"왜 아즈사가와가 핸드폰으로 나한테 전화를 건 거야?"

"마이 씨에게서 빌렸어."

"자랑질은 딴 사람한테 해."

리오는 한숨 섞인 목소리로 말했다. 리오는 평소와 다름없는 반응을 보이고 있었다. 너무 자연스러워서 이 근처에 있는 느낌이 들지 않았다.

"그런데 무슨 일이야? 또 골치 아픈 일이라도 터진 거야?"

"후타바의 머릿속에서 나의 연락은 골치 아픈 일이야?"

"그래. 아즈사가와라는 존재 자체가 골치 아프거든."

"인마……."

사쿠타가 반론을 하려고 할 때, 등 뒤에서 개인실의 문이 열리는 소리가 들렸다.

"……사쿠타, 저기 좀 봐."

마이는 사쿠타의 어깨를 손가락으로 톡톡 두드렸다.

무슨 일인가 싶어 고개를 돌려보니 방금 개인실에서 나온 손님과 눈이 마주쳤다. 그 순간, 온몸이 위화감으로 가득 찼다.

개인실에서 나온 사람은 리오였다. 사쿠타가 찾고 있는 인물이자 현재 통화 중인 상대다.

그런데 지금 개인실에서 나온 리오는 아무것도 들고 있지 않았다. 스마트폰을 들고 있지 않았다. 물론 마이크가 달린 이어폰을 끼고 있지도 않았다.

귀 안쪽이 술렁거리기 시작했다.

"아즈사가와, 왜 그래?"

수화기에서는 리오의 목소리가 여전히 흘러나오고 있었다.

하지만 눈앞에 있는 리오는 약간 놀란 표정으로 사쿠타를 쳐다보고만 있을 뿐, 입가는 전혀 움직이지 않았다.

"아, 미안해. 후타바, 배터리가 다 된 것 같으니까 내일 다시 연락할게."

"그래? 뭐, 급한 일이 아니라면 나는 아무래도 상관없어."

"그럼 끊는다."

귀에서 뗀 스마트폰의 화면을 조작하여 통화를 끝냈다. 스마트폰에서 시선을 떼며 고개를 들어보니 또 리오와 시선이 마주쳤다.

그 직후, 리오는 개인실에 다시 들어갔다.

"아, 잠깐만 기다려!"

사쿠타가 그렇게 말하는데도 문은 힘차게 닫혔다.

사쿠타는 리오가 틀어박힌 개인실 앞으로 이동하더니 가볍게 노크를 했다.

"후타바?"

"……"

대답은 없었다.

"이 상황에서 침묵을 지키는 건 무리 아닐까?"

사쿠타가 그렇게 말하자 철컥 하고 자물쇠가 열리는 소리가 들렸다. 그리고 천천히 문이 열렸다.

안에서 나온 이는 리오였다. 사쿠타가 잘 아는 후타바 리오가 틀림없었다. 양옆에 커다란 호주머니가 달린 바지와 헐렁한 티셔츠, 그리고 그 안에는 줄무늬 탱크톱을 입고 있었다.

"전화 상대는 나야?"

리오는 바로 이상한 질문을 했다. 하지만 지금 상황에서는 올바른 질문이라고 할 수 있었다. 사쿠타도 그 점에 관해 묻고 싶었기 때문이다.

"그래."

"그럼 얼버무리는 건 무리겠네."

딱딱하게 굳어있던 리오의 표정은 체념한 것처럼 풀렸다.

리오가 「밖에서 이야기하자」고 했기에 사쿠타는 자신과 마이의 계산서를 점원에게 넘긴 후 인터넷 카페를 나섰다.

엘리베이터를 탄 리오는 JR 역과 에노전 역을 잇는 연결통로 한편에서 멈춰 섰다. 그리고 담담한 목소리로—.

"내가 두 명 존재해."

말도 안 되는 소리를 했다.

연결통로의 난간을 양손으로 쥔 리오의 눈은 맞은편 통로를 오고가는 사람을 멍하니 쳐다보고 있었다.

"그게 무슨 소리야?"

"말 그대로야. 사흘 전부터 이 세상에는 후타바 리오가 두 명 존재해."

"……."

　말도 안 되는 소리라는 것은 알고 있다. 하지만 사쿠타의 뇌는 그 말을 부정하지 않았다. 방금 통화를 했던 상대는 틀림없는 리오였다. 사쿠타가 잘 아는 후타바 리오였던 것이다.

　그리고 눈앞에는 또 한 명의 리오가 있었다. 후타바 리오였다.

"사춘기 증후군이야?"

　마이의 입에서 그 말이 나왔다.

"……."

　고개를 돌린 리오의 눈은 「인정하고 싶지는 않지만 말이야」라며 말하고 있었다.

"짐작 가는 데는 없어?"

"있다면 이미 손을 썼을 거야."

"뭐, 그랬겠지."

　이야기를 듣다보니 사쿠타의 머릿속에 한 의문이 떠올랐다. 늘어뜨린 머리카락, 눈에 익은 안경. 그러고 보니 사쿠타는 낮에 다른 복장을 하고 있는 리오와 만났다.

"내가 낮에 만난 건 또 한 명의 리오야?"

"내가 아즈사가와와 안 만났으니 그렇겠지."

"그렇구나……."

"그 『가짜』 때문에 이만저만 고생이 아냐. 집에 눌러앉아서 생활을 하고 있으니까, 나는 집에 갈 수가 없어. 부모님이 이 사실을 알면 골치 아플 게 뻔하거든."

"그럴 거야."

딸이 둘로 늘어났다는 사실을 받아들이지 못하리라.

"게다가 『가짜』는 부활동도 열심히 하는지 학교에도 가는 것 같아."

"낮에 만난 후타바는 교복 차림이었어. 그리고 곧 부활동을 하러 갈 거라고 했지."

"그렇다면 밖을 돌아다니는 건 더욱 위험하겠네. 나를 아는 누군가의 눈에 띄기라도 하면 골치 아플 테니까 말이야. 한동안은 계속 숨어있을 수밖에 없을 것 같아."

"그래서 인터넷 카페에 틀어박혀 있는 거야? 좀 장소를……."

"호텔에 묵을 만큼 돈이 많지는 않거든."

언제까지 계속될지 모르잖아, 하고 리오는 덧붙여 말했다.

"너, 바보지?"

"아즈사가와에게 바보 소리를 들으니, 엄청 굴욕적이네."

"왜 나한테 바로 연락하지 않은 거야."

"……."

사쿠타가 진심으로 화내고 있다는 사실을 눈치챘는지, 리오의 얼굴에 맺혀있던 쓴웃음이 사라졌다.

"잘 생각해 봐. 너는 여고생이잖아? 여고생이 인터넷 카페에서 계속 지낼 생각이었어? 제정신이야?"

개인실에는 자물쇠가 달려있다고 해도 안전이 보장된 환경과는 거리가 멀었다. 남자가 어찌되든 알 바 아니지만 여자라면 돌이킬 수 없는 일이 벌어질 수도 있는 것이다.

가출 소녀만 주로 노리는 남자들도 있었다. 제아무리 골치 아픈 사정이 있다고 해도 리오가 하고 있는 짓은 너무 무모했다.

게다가 가게 측도 리오가 고등학생이라는 사실을 눈치채리라. 그러니 계속 지내는 것은 무리였다. 가게에서 경찰 측에 연락하면 부모님에게 바로 이 사실이 알려질 것이다.

"……."

리오는 반성을 하고 있는지 고개를 숙인 채 아무 말도 하지 않았다.

"저기, 후타바…… 아얏!"

사쿠타가 말을 이으려고 한 순간, 옆에 있던 마이가 그의 머리를 때렸다.

"마이 씨, 내가 신경 안 써줘서 심심한 건 알지만 중요한 이야기를 하고…… 아, 아야야얏!"

마이는 사쿠타의 귀를 힘껏 잡아당겼다.

"사쿠타에게 바로 연락할 수 있을 리가 없잖아."

마이의 눈은 「정말 뭘 모르네」라고 말하고 있었다.

"정말 뭘 모른다니깐."

입으로도 말했다.

"으음, 뭘 말이에요?"

"예를 들어, 사쿠타는 후타바 양한테서 자초지종을 들었다면 어떻게 할 거야?"

"그야 우리 집에서 지내게 했겠죠."

"사쿠타도 남자잖아."

"뭐, 그건 그렇지만……."

"사쿠타의 성격은 후타바 양도 잘 알 거야. 그런 상황에서 자신을 집에 머물게 할 게 뻔한 남자에게 연락을 할 수 있을 것 같아?"

"솔직히 말해, 못할 것도 없다고 생각해요."

사쿠타가 솔직하게 대답하자 마이는 땅이 꺼져라 한숨을 내쉬었다.

"남자는 하나같이 이렇다니깐."

"죄송해요."

"사쿠타는 정말 못 말린다니깐."

"하, 하지만 후타바는 친구거든요? 이상한 마음 같은 게 들리가 없어요."

"흐음~, 사쿠타는 방금 목욕을 마친 여고생과 한방에 있어도 야한 마음이 들지 않는 거야?"

"들 거예요."

"나쁜 쪽으로 즉답하지 마."

마이는 사쿠타의 이마를 때렸다.

"뭐, 목욕수건 하나만 걸친 모습을 상상한다면 야한 마음이 드는 게 당연하죠."

"상상하라고는 한 마디도 안 했거든?"

마이는 미소 짓고 있지만 그녀의 눈은 전혀 웃고 있지 않았다.

"……."

리오 또한 혐오감을 머금은 눈길로 사쿠타를 쳐다보고 있었다.

"물론 상상한 모델은 마이 씨라고요."

"그럼 됐어."

"정말요?"

마이는 사쿠타의 말을 무시하더니 리오를 향해 돌아섰다.

"이미 다 들통 났으니, 순순히 사쿠타에게 의지하는 게 어때?"

떠넘기지도, 상냥하게 대하지도 않았다. 마이의 태도는 어른스러웠다. 한 학년 밖에 차이가 나지 않는데도 이럴 때의 마이에게서는 연장자다운 차분함이 느껴졌다.

"이 상황에서 고집을 피워봤자, 사쿠타는 네가 어린애 같다고 생각할 뿐이야."

그게 싫은 건지는 모르겠지만 리오는 가볍게 한숨을 내쉰 후, 사쿠타를 향해 고개를 돌렸다.

"아즈사가와."

"좋아."

"아직 아무 말도 하지 않았어."

리오는 긴장이 풀렸는지 미소를 지었다.

"저기, 마이 씨."

"왜?"

"오늘부터 후타바를 우리 집에서 지내게 할 건데, 괜찮죠?"

사쿠타는 혹시나 하는 마음에 마이에게 물었다. 하지만 마이의 대답은—.

"안 돼."

—였다.

"예?"

무슨 소리를 하는 건지 이해가 되지 않았다. 방금 마이는 리오가 사쿠타의 집에서 지내도록 유도하지 않았던가. 은근슬쩍 리오의 퇴로를 차단하지 않았던가.

"왜 놀라는 거야?"

"마이 씨야말로 왜 이러는 거예요?"

진짜로 이해가 되지 않았다.

"진심으로 하는 소리야?"

마이는 바보를 쳐다보는 듯한 눈빛을 띠었다. 아니, 진짜로 바보를 쳐다보는 눈빛을 띠고 있었다.

"그럼 하나만 물을게. ……내가 남자 친구를 우리 집에 묵게 하겠다고 말하면, 사쿠타는 오케이할 거야?"

"상상하는 것도 싫지만, 굳이 상상해 보자면…… 엄청 싫어요."

"그렇지?"

"예. 잘못했어요."

하지만 그렇다면 리오는 어떻게 하면 좋을까. 사쿠타는 팔짱을 끼면서 생각에 잠겼다. 그런 사쿠타를 비웃듯 마이가 말했다.

"그러니까 나도 사쿠타네 집에 묵을 거야."

"예?"

"자, 후타바 양의 짐을 가지러 가자."

사쿠타의 대답을 듣기도 전에 마이는 인터넷 카페로 돌아갔다. 한 번 서로의 얼굴을 쳐다본 후, 사쿠타는 리오와 나란히 걸으며 마이의 뒤를 쫓았다.

"의외로 잘 지내고 있네."

리오는 사쿠타를 힐끔 쳐다보면서 그렇게 말했다.

"여자 엉덩이에 깔려 사는 남자를 보는 눈길로 나를 쳐다보지 마."

"역시 아즈사가와는 잘 아네."

"남자가 여자 엉덩이에 깔려 살아줘야 커플이 유지된다구."

"그게 변명처럼 안 들리니, 아즈사가와는 돼지 꿀꿀이인 거구나."

"뭐, 마이 씨의 엉덩이에 깔리는 거라면 대환영이지만 말이야."

"……."

사쿠타는 리오로부터 멸시의 눈초리를 받으면서 마이를 쫓아갔다.

4

집에 돌아온 사쿠타는 졸린 얼굴로 자신을 마중한 카에데에게 일단 자초지종을 설명했다. 사춘기 증후군에 관한 것은 대충 얼버무리며 마이와 리오가 이 집에서 지내게 됐다는 것을 납득시켰다.

"오빠가 새로운 여자를 데리고 왔어요……."

"남이 들으면 오해하기 딱 좋은 소리 좀 하지 마."

"하, 하지만 카에데는 여동생이니, 그런 오빠도 받아들일 각오가 되어 있어요."

처음에는 카에데도 긴장했지만 의외로 빨리 리오를 향한 경계심을 풀었다. 낮고 차분한 리오의 분위기에서 안도감을 느낀 것 같았다. 그리고 몇 번이나 이 집에 왔던 마이에게 익숙해진 점도 큰 영향을 끼치는 것 같았다.

카에데를 설득한 후, 이번에는 목욕 순서를 정하기로 했다. 카에데는 이미 목욕을 해서 사쿠타, 마이, 리오 순서로 씻으려 했다.

"나는 가장 마지막에 씻을게요."

배려심 많은 사쿠타는 차례를 양보하려 했지만 마이와 리오가 질색했다.

　"임신할 것 같아."

　"마이 씨, 대체 어떤 원리로 임신하는 건데요?"

　"나는 집에 짐을 갖다놓으러 가는 김에 씻고 올게. 갈아입을 옷도 챙겨오고 싶거든."

　마이는 일방적으로 그렇게 말한 후, 이 집에서 나갔다.

　"그럼 아즈사가와가 먼저 씻어."

　"오호라, 후타바는 내가 여고생이 몸을 담갔던 목욕물 안에서 흥분하는 변태라고 생각하는 구나."

　딱히 저항할 상황이 아니라고 생각한 사쿠타는 먼저 씻었다.

　10분 만에 다 씻은 사쿠타는 남의 집 고양이처럼 거실에 얌전히 앉아있던 리오와 교대했다.

　잠시 후, 리오에게 목욕수건을 주는 걸 깜빡했다는 사실을 떠올린 사쿠타는 세탁 후 깔끔하게 개어뒀던 수건을 들고 탈의실에 들어갔다.

　리오는 이미 욕실에 있는 것 같았다. 문 너머에서 온수의 열기가 느껴졌다.

　"후타바."

　사쿠타가 부르자 첨벙 하는 물소리가 들렸다.

　"무, 무슨 일이야?"

　리오의 당황한 목소리가 들려왔는데 목소리가 상기되어 있었다. 아무래도 깜짝 놀란 나머지 욕조 안으로 도망친 것 같았다. 사쿠타가 욕실 문을 열 거라고 생각한 걸까. 리오는 사쿠타를 전혀 신용하지 않는 것 같았다.

"수건, 여기 둘게."

"응."

"갈아입을 옷은 있어?"

인터넷 카페에서 회수한 리오의 짐은 커다란 토트백 하나뿐이었다.

"있어."

"없다면 바니걸 의상이나 판다 잠옷을 빌려줄게."

"방금 있다고 했잖아."

솔직히 바니걸 의상은 입어주지 않겠지만 카에데의 예비용 잠옷이 몇 벌 있으니 입어줬으면 했다.

"아까까지 네가 입고 있었던 옷 말인데, 빨아도 되지?"

세탁기 안에는 사쿠타와 카에데의 세탁물이 들어있었다. 그 안에 리오가 입고 있던 티셔츠도 넣은 후 작동 버튼을 눌렀다.

물이 흘러들어가자 세탁기는 열심히 작업을 시작했다.

"세탁은 나중에 내가…… 어, 벌써 돌린 거야?"

"물 주입 중이야."

"소, 속옷은?"

"응? 후타바는 아빠 팬티와 자기 팬티가 같이 세탁되는 걸 싫어해?"

유감스럽지만 사쿠타의 팬티도 세탁기 안에 들어있었다.

"내, 내 속옷은?!"

"손빨래 하면 되지? 알았으니까 걱정하지 마."

바구니 안에는 방금까지 리오가 입고 있었던 브래지어와 팬티가 있었다. 사쿠타는 부드러운 느낌의 노란 빛깔을 띤 얇은 천을 향해 손을 뻗었다.

"뭘 알았다는 거야! 아즈사가와는 보지 마! 만지지 마! 나가!"

"여기는 우리 집이거든?"

"탈의실에서 나가라는 소리야."

"그건 그렇고, 괜찮아?"

"아즈사가와만 나가준다면 괜찮을 거야."

"영차."

팬티와 브래지어 세탁을 포기한 사쿠타는 세탁기를 등지고 앉았다.

"왜 탈의실에서 그렇게 차분한 거야?"

"방금 『괜찮아』는 사춘기 증후군에 관해 물은 거야."

아마 리오는 이해했을 것이다.

"……"

리오의 침묵이 그 사실을 증명하고 있었다.

"……잘 모르겠어."

잠시 후, 돌아온 것은 자신 없어 보이는 목소리였다. 그 안에는 주저가 어려 있었다.

"그 뿐이야?"

"대체 무슨 말이 듣고 싶은 거야?"

"그냥 후타바의 솔직한 감상이 듣고 싶어서 말이야."

당사자가 아닌 사쿠타조차도 가슴이 술렁거릴 정도다. 이 상황에서 리오가 아무런 느낌도 받지 않을 리 없었다.

"……조금, 무서워."

욕실 안에서 몸을 뒤척이는 소리가 들려왔다.

"조금 뿐이야?"

"인터넷 카페에서 혼자 있을 때는 엄청 무서웠어."

리오는 그때 느낀 감정을 떠올렸는지 목소리가 떨렸다.

자신이 한 명 더 존재한다.

리오는 아무도 경험해본 적 없는 공포 속에 있었던 것이다. 무서운 게 당연했다.

"하지만 이런 일이 일어날 수 있는 거야? 한 인간이 두 명 존재하는 게 말이야."

초등학생 때 유행했던 도시괴담 중에 그런 게 있었던 것을 사쿠타는 기억하고 있었다. 자신과 똑같은 모습을 지닌 도플갱어에 관한 이야기였다. 그 도플갱어와 만난다면 죽는다고 하는 전형적인 도시괴담이었다.

하지만 이 상황에서는 그 괴담을 웃어넘길 수가 없었다.

"매크로의 세계에서 양자 텔레포테이션이 성립한다면, 가능성은 있을지도 몰라."

"양자라는 말을 들으니, 얼굴 근육이 굳네."

"텔레포테이션은?"

"그건 SF영화에 나오는 이야기잖아."

"그렇지도 않아. 엄연히 현실에 존재하는 이야기야."

"정말?"

텔레포테이션이라는 말은 사쿠타에게 있어 공상 과학 속 용어였다.

"전에 양자 얽힘에 대해 이야기했었지?"

"그래. 떨어져 있는 양자들이 동기화한다는 이야기였지?"

그런 상태가 된 두 양자는 순간적으로 정보를 공유할 수 있다, 같은 이야기였던 것으로 기억한다.

"그래. 이번 일에 맞춰 간단히 설명하자면……. 예를 들어, 나라는 존재를 구축하는 정보의 설계도가 있다고 쳐."

"그게 간단한 거야?"

이야기의 스타트 지점부터 표정이 딱딱하게 굳을 것만 같았다.

"그 정보를 양자 얽힘을 이용해 떨어진 위치까지 순식간에 이동시키는 거야."

"예를 들어 후타바는 우리 집 욕조에 있는데, 그 정보를 학교에 이동시켰다고 생각하면 돼?"

"그래. 학교에 있는 나를 구축하는 정보는 누군가에게 관측됨으로써, 확률적 존재에서 아즈사가와가 인식하고 있는 후타바 리오의 모습으로 확정되는 거야."

"관측이론이네."

"기억하고 있구나."

"그 이야기는 몇 번이나 들었거든."

양자 세계에서는 물질의 위치가 관측을 통해 확정된다. 그 전에는 확률 상태로만 존재한다……고 들었다.

하지만 알고 있는 건 어디까지나 표면적인 것뿐이다. 제대로 이해하고 있다고는 눈곱만큼도 생각하지 않는다. 게다가 이번에는 순간이동 같은 이야기로 발전한 것이다. 마치 「마법은 실존한다」라는 말을 들은 것과 별반 다르지 않았다.

"하지만 후타바가 방금 한 말이 옳다면, 동시에 두 사람이 존재하는 건 무리 아냐?"

양자 텔레포테이션이라는 것은 어디까지나 복사와는 다를 테니까 말이다.

"옳은 말이긴 해……. 설명도 하지 않았는데 용케도 눈치챘네."

"관측된 후에는 확률이 아니라면, 양쪽 다 존재할 수는 없는 거잖아? 우리 집 욕실에 있을 때는 학교에 존재하지 않는다. 그런 이야기지?"

"놀랐어. 진짜로 이해했구나."

"이래 봬도 좋은 선생님을 뒀거든."

"네 말이 맞아. 실은 나도 또 한 명의 나를 본 건 아냐."

"뭐?"

"그러니까 동시에 존재하냐고 묻는다면, 그렇다고 딱 잘라 말할 수 없어. 그저 나와는 다른 장소에서 다른 행동을 하고 있는 내가 존재한다는 것은 틀림없다고 생각해. 방 안과 스마트폰의 조작 이력을 확인해보니, 내가 기억하지 못하는 변화와 흔적이 존재했거든."

"그럼 내가 후타바를 계속 관측하면 다른 한 명은 존재하지 못한다는 거야?"

"나를 형태 짓는 관측자가 아즈사가와라면 그럴지도 몰라. 어쩌면……『한쪽을 관측하고 있는 한, 다른 한쪽은 그 관측자가 관측할 수 없다』는 표현이 정확할지도 모르지만……."

"응? 무슨 소리를 하는 건지 모르겠네."

"다수의 시점이 존재한다고 가정했을 때의 이야기야. 지금이 상태에서…… 아까 집에 돌아간 사쿠라지마 선배가 밖에서『가짜』인 나와 만났다고 쳐."

"그래."

"그 사쿠라지마 선배가『가짜』와 함께 이곳에 왔을 경우, 나와 아즈사가와가 보고 있는 세계에는 사쿠라지마 선배가 데리고 온『가짜』가 존재하지 않을지도 모른다는 거야. 거꾸로, 사쿠라지마 선배가 보고 있는 세계에는 내가 없을지도 몰라."

"……말도 안 되네."

말도 안 될 만큼 기묘한 이야기였다.

"그래. 그 상태에서는 아즈사가와와 사쿠라지마 선배가 보고 있는 세계가 일치하지 않는다는 패러독스가 발생하는 거야."

"하지만 인터넷 카페에서 너와 만났을 때, 나는 스마트폰으로 또 한 명의 너와 통화하고 있었어. 그리고 눈앞에는 지금 우리 집 욕실에 있는 후타바가 있었다고."

"전화 상대는 진짜로 나였어?"

의미심장한 질문이었다.

"후타바였어? 틀림없어?"

"직접 본 건 아니니 확신은 못 하겠네."

"그건 『지극히 나에 가까운 존재지만 확증은 없는 상태』라고 바꿔 말할 수 있겠네. 즉, 전화 너머의 『나』에게는 불확정 요소가 포함되어 있어."

"그래서 동시에 존재할 수 있었다는 거야?"

"어디까지나 억측이자 가능성 중 하나지만 말이야. 내가 『가짜』와 만나지 않은 건 단순한 우연일 수도 있어. 타인의 관점에서는 두 명이 동시에 보일 가능성도 존재해."

"그럼 함부로 돌아다닐 수 없겠네."

미네가하라 고등학교 학생이 리오가 두 명인 광경을 본다면 여러모로 골치 아팠다. 자초지종을 설명해야 할지도 모르는 것이다. 쌍둥이라는 말로 둘러댈 수 있을 거라는 확신도 없었다.

"아, 그래도 그 양자 텔레포테이션? 후타바를 구축하는 정보라는 게 동일하다면, 한쪽을 관측해서 실체화하더라도 후타바의 의식과 기억은 일치해야 하는 거 아냐?"

관측되는 쪽이 위치가 특정될 뿐, 기본적인 정보 부분이 『후타바 리오』라는 점은 변함이 없을 것이다. 그러니 개별적인 의식과 기억을 지닌 채 움직이고 있을 경우, 『후타바 리오』를 자칭하는 존재가 두 명 있다고 할 수는 없지 않을까?

"이거야말로 가정인데……."

리오는 말끝을 살짝 흐렸다. 대화를 멈추자 세탁기가 돌아가는 소리가 더욱 크게 들렸다.

"후타바?"

사쿠타는 슬며시 재촉했다.

"이번에 나……『후타바 리오』를 관측하고 있는 게 나 자신이라고 치고, 나를 관측하는 내 의식이 어떤 이유로 두 개 존재한다면, 이런 상태가 될지도 몰라."

"그럼 인격이 두 개 존재한다는 거야?"

"딱 잘라 구분할 수는 없지만 말이야."

"만약 그렇다고 한다면…… 왜 그렇게 된 거지?"

"짐작 가는 구석이 없다고 아까도 말했잖아."

"뭔가 쇼크를 받았다든가, 견뎌내지 못할 만큼 강렬한 스트레스를 받았다든가?"

"그런 말이 주저 없이 나오네. 뭐, 그런 게 의식과 기억에 장애를 일으킨다는 이야기는 나도 들은 적이 있어."

사쿠타는 예전에 그런 일을 경험한 적이 있었다. 2년 전, 카에데가 집단 괴롭힘을 당하면서 받은 강렬한 스트레스가 그녀의 몸에 영향을 끼치는 광경을 두 눈으로 봤었다.

"뭐, 예전에 이런저런 일이 있었거든."

"……네 어머니와 관련된 일이야?"

리오는 망설임 섞인 목소리로 물었다. 사쿠타는 리오에게 자신의 모친이 카에데가 집단 괴롭힘을 당한 일 때문에 큰 충격을 받았다는 이야기를 했었다. 지금도 병원에 있다는 이야기도 말이다.

"그래."

"미안해."

"괜찮아. 애초에 이 이야기를 꺼낸 건 나잖아."

"응……. 그런데 아즈사가와."

"왜?"

"이제 그만 나가고 싶거든? 현기증이 날 것 같아."

"알았어."

사쿠타는 세탁기 앞에 앉은 채 대답했다.

"탈의실에서 나가라는 말이야."

리오는 짜증 섞인 목소리로 말했다. 목소리에 섞인 언짢음이 욕실 안에서 메아리치면서 20퍼센트 정도 늘어난 것처럼 들렸다. 사쿠타는 순순히 자리에서 일어났다.

"아무튼 후타바는 쭉 우리 집에 있어도 돼."

"……저기, 미안해."

"신경쓰지 마."

솔직하게 「고마워」라고 말하지 않는 게 리오답다고 생각하며 사쿠타는 탈의실을 나섰다. 문도 제대로 닫았다.

　바로 그때, 인터폰이 울렸다. 마이가 돌아온 것이리라.

　"예이예이, 지금 가요~."

　리오가 욕실에서 나온 후, 이번에는 누가 어디서 잘지 상의했다.

　사쿠타와 카에데가 사는 이 집은 방 두 개에 거실, 식당, 부엌이 딸려 있었다. 침대는 사쿠타의 방과 카에데의 방에만 있었다. 일단 손님용 이부자리가 하나 있으니 세 명이 지내기에는 충분했다.

　"그럼 마이 씨와 후타바 씨가 오빠 방을 사용하고, 오빠는 카에데의 방에서 같이 자면 되겠네요."

　"안 돼."

　사쿠타는 카에데의 제안을 바로 기각했다. 결과적으로 카에데는 카에데의 방에서, 마이와 리오는 사쿠타의 방에서 손님용 이부자리까지 사용, 그리고 사쿠타는 거실에서 자기로 했다. 타당한 결론…… 아니, 처음부터 이것 이외의 선택지는 존재하지 않았다.

　"안녕히 주무세요."

　두 방의 문이 닫히자 사쿠타는 거실의 전등을 끈 후, 텔레비전 앞 공간에 드러누웠다.

천장에 달려있는 돔형 LED 형광등이 옅은 빛을 뿜고 있었다. 정적 속에서 냉장고의 위잉 하는 소리가 크게 울리고 있었다.

눈을 감아도 좀처럼 잠이 오지 않았다.

잠시 동안 가만히 있는데 문이 열리는 소리가 들렸다. 소리가 들려온 방향으로 볼 때 사쿠타의 방문이 열린 것 같았다.

그 후 들려온 발소리는 화장실이 아니라 거실을 향하고 있었다. 이윽고 사쿠타의 바로 옆에서 발소리가 멎었다.

그리고 자신의 옆에 드러눕는 기척이 느껴졌다.

리오라면 절대 이런 짓을 하지 않을 것이다. 그러니 마이일 거라고 생각하며 눈을 떴다.

몸을 옆으로 돌린 사쿠타의 얼굴 앞에는 아니나 다를까 마이의 아름다운 얼굴이 있었다. 희미한 빛 안에서도 그녀의 얼굴 윤곽은 확연하게 보였으며 왠지 즐거워 보였다.

"마이 씨."

"응?"

목소리도 왠지 밝은 것 같았다.

"뭐하는 거예요?"

"사쿠타의 얼굴을 보고 있어."

"아니, 그건 아는데……."

"애인의 얼굴을 보고 있어."

"……"

방금 그건 반칙이다. 심장이 쿵쾅거렸다. 잠기운이 완전히 달아나버렸다.

"가슴이 두근거렸지?"

마이는 놀리는 듯한 눈길로 사쿠타를 쳐다보았다.

"마이 씨, 지금 기분 좋죠?"

"오래간만에 애인과 느긋하게 만나 한 집에서 같이 자고 있으니 당연하잖아?"

마이는 장난기 섞인 목소리로 그렇게 말하며 허술한 연기를 했다. 그런 그녀의 눈동자에는 불만이 담겨 있었다. 그 사실을 사쿠타가 눈치챈 순간, 마이의 손은 그의 코를 움켜잡았다.

"후타바는요?"

사쿠타는 코맹맹이 목소리로 말했다.

"푹 자고 있어. 며칠 동안 마음 편히 잘 수 없었던 게 아닐까?"

"그런가요."

여자애가 인터넷 카페에서 며칠이나 지내면 정신적으로 지칠 것이다. 그리고 리오는 그런 짓을 아무렇지 않게 할 만큼 신경이 굵은 편도 아니었다.

"사쿠타는 눈앞에 있는 나보다 후타바 양이 더 신경 쓰이는구나."

"실은 마이 씨의 기분이 나빠 보여서, 진지한 이야기를 하는 편이 안전할 것 같더라고요……."

아무래도 이것 또한 지뢰였던 것 같았다.

"하아, 내일은 스케줄이 비어 있어서 데이트해줄 생각이었
는데……."

마이는 고개를 휙 돌리면서 그렇게 말했다. 사쿠타의 코도
놔줬다.

"그러려고 하루 일찍 돌아온 거군요."

"……."

마이는 긍정도, 부정도 하지 않았다. 그저 불만 섞인 눈길
로 사쿠타를 쳐다보고 있었다. 그러니 정답이 틀림없을 거라
고 생각했다.

"그런데 왜 데이트 못할 거라는 듯이 말하는 건데요?"

"내일, 사쿠타는 후타바 양에 대해 조사할 거잖아?"

마이는 한 치의 주저도 없이 정곡을 찔렀다.

"『가짜』는 과학부 활동을 하기 위해 내일도 학교에 갈 테니
까, 일단 살펴보러 갈 생각이에요."

얼버무려봤자 소용이 없을 것 같았기에 솔직하게 털어놨다.
우선 후타바 리오가 두 명 존재한다는 사실을 다시 한번 확
인해볼 생각이었다.

"거봐. 그럴 줄 알았다니깐."

"그래서 마이 씨에게 부탁을 하나 할까 하는데요."

"싫어."

사쿠타가 말을 끝까지 잇기도 전에 마이는 딱 잘라 거부했다.

"사쿠타가 『가짜 후타바 양』한테 간 동안 『진짜 후타바 양』

이 어쩌고 있는지 나보고 지켜보라는 거지?"

"역시 마이 씨는 나에 대해 잘 안다니까요."

진짜 리오를 학교에 데려가서 『가짜』와 나란히 세워두는 게 가장 확실하겠지만, 그 행동에는 리스크가 동반된다. 누군가가 그 상황을 목격하면 골치 아픈 것이다. 패닉이 발생할지도 모른다.

게다가 리오는 두 사람을 동시에 확인하는 것은 무리일지도 모른다고 말했었다.

게다가 도플갱어 괴담도 약간 신경 쓰였다. 좀 더 상황이 확실해진 후에 두 사람을 만나게 하는 편이 좋을 것 같았다.

"기뻐하지 마."

마이는 손가락으로 사쿠타의 볼을 꼬집었다.

"아야야."

"좋아하지 마."

"그러니, 부탁 좀 할게요."

"……"

입을 다문 마이는 사쿠타의 볼에서 손가락을 뗐다.

"그럼 이걸로 사과했다고 쳐도 되지?"

"마이 씨가 나를 한동안 방치해뒀던 거 말이죠?"

"그래."

"너무해~."

"당연하잖아."

"이 일에 대한 답례 삼아 나도 마이 씨의 소원을 뭐든 들어 줄 테니까, 나중에 제대로 사과해줬으면 좋겠는데요."

"지금 같이 자주고 있잖아."

"그거 말고, 쥐의 울음소리와 같은 행위를 부탁할게요."

"……."

마이는 진심으로 어이없어 하는 표정을 지었다.

"어, 이해 못한 건가요?"

물론 그럴 리가 없다. 마이는 이해했기 때문에 어이없어 하는 것이다. 쥐의 울음소리와 같은 행위란 바로 뽀뽀. 즉, 키스다[#1].

"딱히 사과 같은 걸 이유 삼지 않더라도, 때와 장소와 분위기만 잘 고르면 사쿠타가 나한테 해도 돼."

눈에 장난기를 머금은 채 그렇게 말하던 마이는 말을 끝까지 이은 후, 부끄러운지 고개를 돌렸다.

"마이 씨?"

"왜, 왜 그래?"

마이는 굳은 눈길로 사쿠타를 올려다보았다.

이것은 오케이 신호로 받아들여도 될까. 아마 괜찮을 것이다. 설령 오케이가 아니더라도 마이에게 혼나기만 할 뿐이다. 그것 또한 사쿠타에게 있어서는 상이기에 주저할 이유는 하나도 없었다.

#1 쥐의 울음소리와 같은 행위란 바로 뽀뽀. 즉, 키스다 일본에서 쥐 울음소리가 「츄」라는 것을 사용한 말장난.

"……."

"……."

두 사람의 시선이 얽혔다.

1초, 2초…… 3초 후, 마이는 속눈썹을 희미하게 떨면서 조용히 눈을 감았다.

사쿠타는 키스를 하기 위해 몸을 내밀었다. 그와 동시에 마이는 부끄럽다는 듯 고개를 살짝 숙였다. 덕분에 입술보다 먼저 이마와 이마가 부딪혔다. 콩 하는 소리까지 났다.

"아프잖아."

마이는 퉁명한 표정을 지으면서 사쿠타를 노려보았다.

"마이 씨가 부끄러워하면서 고개를 숙이니까 이렇게 된 거잖아요."

"사, 사쿠타가 허겁지겁 달려드니까 이렇게 된 거라구."

마이는 불평을 늘어놓으면서 몸을 일으켰다.

"마이 씨?"

"오늘은 이걸로 끝이야."

불빛이 어두워서 잘 보이지는 않지만 마이가 희미하게 얼굴을 붉히고 있는 것 같았다.

"너무해~."

이 상황에서 중단하는 건 너무했다.

"사쿠타가 서툴러서 이렇게 된 거잖아."

"우와~, 상처 입었어. 남자로서 자신감을 잃는 걸로 모자라, 여성 공포증에 걸릴 것 같아."

"그렇게는 안 될 거야."

마이는 딱 잘라서 부정했다.

"왜 그렇게 생각하는데요?"

"능숙해질 때까지 내가 연습시켜줄 거거든."

"……마이 씨."

"뭐야. 싫어?"

"엄청 좋아요."

"알아."

말투는 귀찮아하는 것 같지만 마이의 입가에는 미소가 어려 있었다.

"그럼 잘 자."

마이는 그렇게 말하고 사쿠타의 방으로 돌아갔다. 사쿠타는 문이 닫히는 소리를 듣고 눈을 감았다.

하지만 좀처럼 잠이 오지 않았다. 마이에게 그런 일을 당하고, 그런 말을 들은 상태에서 마음이 달아오르지 않는 건 무리였다.

그리고 그것 외에도 사쿠타의 마음을 술렁거리게 만드는 것이 있었다.

리오가 사쿠타의 머릿속을 스치고 지나갔다. 낮에 상담 상대가 되어줬던 리오. 사쿠타의 방에서 자고 있는 리오. 리오는 이 세상에 두 명 존재했다.

지금 사쿠타의 방에서 자고 있는 리오는 다른 한 명을 『가짜』라고 불렀다. 그 말에 납득했다면 사쿠타의 마음은 술렁거리지 않았을 것이다.

　하지만 사쿠타는 그 점에 관해 다른 생각을 품고 있었다.

　—양쪽 다 후타바 리오처럼 느껴졌다.

　한쪽이 가짜라면 퇴치하면 된다. 하지만 그런 단순한 이야기가 아닌 것 같았다. 그것이 이 술렁거림의 정체였다.

　하지만 양쪽 다 진짜라면 두 사람이 존재하면 곤란했다. 집도, 학교도, 그리고 아마 사회 또한 두 명의 후타바 리오를 받아들이지 못하리라. 그런 현실을 사쿠타는 실감하고 있었다.

　그렇기 때문에, 사쿠타의 가슴은 술렁이고 있었다.

　"아~, 젠장. 이럴 때는 바니걸 차림의 마이 씨를 상상하는 게 최고지."

제2장

청춘은 패러독스

1

바다를 보고 있었다.

모래사장으로 이어지는 계단에 앉아있는 2년 전의 자신은 멍하니 바다를 쳐다보고 있었다.

몇 번이나 꿈을 통해 봤던 시치리가하마의 바다였다.

그렇기에 사쿠타는 자신이 지금 꿈을 꾸고 있다는 사실을 자각하고 있었다.

이제부터 어떤 일이 벌어질지도 안다.

곧 쇼코가 올 것이다.

"사쿠타 군은 오늘도 텐션이 낮네요."

통통 튀는 발걸음으로 나타난 쇼코는 사쿠타의 옆에 앉았다.

"쇼코 씨는 오늘도 약간 짜증나네요."

"소년의 거칠어진 마음은 매일같이 바다를 봐도 치유되지 않는 건가요?"

"수평선까지의 거리를 알고 말았거든요."

머나면 저편이라고 생각하고 있었는데 실은 4킬로미터밖에 떨어져 있지 않았다. 멀게 느껴지는 것도 실은 가까운 곳에 있다는 교훈을 배웠다고나 할까.

"어머머, 제 탓인 거네요. 어떻게 하면 사쿠타 군이 기운을 되찾을까요? 제가 할 수 있는 일이 있다면 협력할게요."

쇼코가 옆에서 사쿠타의 얼굴을 쳐다보았다. 그 움직임에 맞춰 쇼코의 부드러운 머리카락이 자연스럽게 흘러내렸다. 고개를 갸웃거리는 그 동작이 정말 귀여웠다.

"쇼코 씨의 가슴을 만지게 해주면 기운이 날 것 같아요."

사쿠타는 될 대로 되라는 듯이 그렇게 말했다.

"정말 그러면 기운이 날까요?"

쇼코는 미심쩍은 눈초리로 쳐다보았다.

"날 거예요."

"하지만 저는……, 그다지 크지 않은데요?"

쇼코는 사쿠타를 올려다보면서 말했다.

"……."

사쿠타가 잠시 동안 지그시 쳐다보자 쇼코의 볼이 약간 빨개졌다.

"……자, 잠시만이라면……."

"방금 그 말은 농담이니까 진심으로 여기지 마세요."

이대로 있다간 진짜로 만지게 해줄 것 같아서 사쿠타는 그렇게 말했다.

"그 정도는 저도 알아요."

"정말요?"

"진짜로 기운이 난다면 생각해보겠지만요."

연장자인 쇼코는 장난기 섞인 미소를 지었다.

"그 정도 사이즈 가지고 세게 나오지 마세요."

"너무해~."

쇼코는 벌떡 일어섰다. 그리고 사쿠타의 등 뒤에 서더니ㅡ.

"에잇."

ㅡ하고 말하면서 그의 등에 매달렸다. 사쿠타의 목에 양손을 두르면서 꼭 매달린 것이다. 그러자 쇼코의 가슴은 사쿠타의 등과 밀착됐다. 그 덕분에 사쿠타의 모든 신경은 등에 집중됐다.

"쇼코 씨."

"왜요~?"

"생각했던 것보다 크네요."

"그렇죠~? 그렇죠~?"

만족스러워하는 목소리가 귓가에서 들려왔다.

"어디까지나 생각했던 것보다 말이에요."

"심장이 벌렁거리고 있는데 그런 소리 할 거예요? 정말 귀엽지 않다니깐."

"그건 피차일반이잖아요."

쇼코는 말은 그렇게 하면서도 한동안 사쿠타에게서 떨어지지 않았다. 두 사람은 그 자세 그대로 바다를 쳐다보면서 느긋하게 대화를 나눴다. 별것 아닌 대화들과 등을 통해 느껴지는 쇼코의 체온이 사쿠타에게 안도감을 안겨줬다. 그래서일까, 어떤 이유로 이런 대화를 나누고 있는지 떠올릴 수 없었다. 자연스럽게 이런 대화를 나누게 된 것처럼 느껴졌다.

"사쿠타 군은 여동생을 구해주지 못해서 죄책감을 느끼고 있는 거군요."

"……그러면 안 되나요?"

"안 될 건 없어요. 하지만 사쿠타 군이 기운이 없으면 여동생도 힘들 거라고 생각해요. 자신 때문에 사쿠타 군이 미소를 잃는다면 슬플 테니까요."

"집단 괴롭힘을 당한 건 카에데 탓이 아니에요."

"그렇다고 해도 마찬가지예요."

"……"

"『미안하다』는 감정은 매우 소중한 거예요. 소중하지만 그 마음을 계속 품고 있으면, 사람은『미안하다』는 감정의 무게에 짓눌리고 말 때도 있어요."

"그럼 어떻게 하면 좋죠?"

"사쿠타 군이 듣고 기쁜 말은 뭐죠?"

"……"

"『미안하다』는 말을 듣는 걸 좋아하나요?"

"아뇨."

"저도 좋아하지 않아요. 『고마워』라든가 『힘내』라든가 『사랑해』가 제가 좋아하는 말이죠. 좋아하는 말 베스트 3예요."

사쿠타를 끌어안고 있는 쇼코의 팔에 살짝 힘이 들어갔다. 꼭 끌어안긴 느낌이 들었다. 약간 괴롭지만 그게 기분 좋았다. 따뜻했다.

"사쿠타 군은 힘냈군요."

"윽?!"

귓가에서 들려온 그 말에 사쿠타의 가슴은 두근 하고 반응했다.

"여동생을 위해 최선을 다했어요."

"……."

그 뒤를 이어, 코끝이 뜨거워졌다. 큰일 났다고 생각한 순간은 이미 한발 늦었다. 눈을 깜빡이는 것과 동시에 사쿠타의 눈에서 눈물이 흘러내렸다.

아무에게도 기댈 수 없었다. 아무도 도와주지 않았다. 사춘기 증후군 때문에 몸이 상처투성이가 된 카에데를 쳐다보고 있을 수밖에 없었다. 어떻게든 하고 싶었지만 할 수 있는 게 아무것도 없었다. 카에데를 괴롭히는 불가사의한 현상을 믿어주는 사람조차 없었다.

사쿠타가 목이 쉴 정도로 설명을 해봤자 그 누구도 귀를 기울이지 않았다. 부모님은 현실을 받아들이지 못했고 학교 선생님들은 책임회피를 했으며 친구들은 멀어져갔다. 필사적이 되면 될 수록 주위 사람들은 사쿠타와 카에데에게서 멀어져갔다. 분위기 파악 못하는 인간을 보는 눈으로 쳐다보면서 말이다. 그게 힘들고, 괴롭고, 어찌할 도리가 없어서, 그저 분했다.

"나는……."

"사쿠타 군은 최선을 다했어요."

그 말이, 사쿠타가 계속 참아왔던 감정을 밖으로 끌어냈다.

넘쳐흐르는 눈물이 멎지를 않았다. 아무도 이해하지 못한다고 생각했는데, 이곳에 한 명 있었다. 이해해주는 사람이……. 그게 그저 기뻤다. 그것만으로도 구원받은 느낌이 들었다.

"쇼코 씨, 나는……."

감정의 파도에 몸을 맡기며 돌아보려 했다. 하지만 그럴 수 없었다. 갑자기 뭔가가 두 볼을 압박한 것이다. 그 탓에 고개를 좌우로 움직일 수가 없었다…….

사쿠타는 얼굴에서 느껴진 압박감 탓에 잠에서 깨어났다.

오른쪽 볼이 뜨거웠다. 왼쪽 볼도 뜨거웠다. 따귀를 맞은 것처럼 욱신거렸다.

그 아픔 때문에 눈을 떠보니 눈앞에는 거꾸로 된 마이의 얼굴이 있었다.

"……."

마이는 언짢은 표정을 짓고 있었다. 저 표정이 앞치마 차림인 마이의 이미지를 망치고 있었다. 거꾸로 되어 있는 것은 사쿠타의 머리 위쪽에서 마이가 그의 얼굴을 들여다보고 있기 때문이었다.

그런 마이의 두 손이 사쿠타의 얼굴을 좌우에서 압박하고 있었다.

"미안해요."

사쿠타는 찌그러진 문어 같은 입으로 일단 사과했다.

"뭐가 말이야?"

"으음……."

짐작 가는 것은 딱 하나 있었다. 입에 담아서는 안 되는 이름을, 잠결에 말하고 만 것일지도 모른다…….

"맞은 이유를 물어봐도 될까요?"

사쿠타는 머뭇거리면서 입을 열었다.

"나와 한 지붕 아래에 있는데도 사쿠타가 느긋하게 퍼질러 자고 있어서 화가 났어."

마이는 고개를 돌리더니 태연한 표정으로 거짓말을 했다.

"마이 씨는 애인 집에서 자느라 좀처럼 잠들지 못했다든가?"

"나보다 연하의 애인 집에서 자는 것은 아무것도 아냐."

마이는 자연스러운 태도를 취하고 있지만 말이 끝나자마자 작게 하품을 했다. 일전에 오가키에 있는 비즈니스호텔에서 단둘이 숙박했을 때는 사쿠타가 옆에 있는데도 마이는 잘 잤는데……. 그때와 달리 사쿠타를 약간은 남자로 의식하고 있다는 걸까. 아니면 어제까지 교토에서 드라마 촬영을 하느라 지쳐서 그렇다는 가능성도 있지만…… 일단은 전자라고 생각하기로 했다.

"사쿠타 주제에 건방진 생각 하지 말라구."

"응? 어떻게 알았어요?"

"얼굴에 쓰여 있어."

"풋풋한 마이 씨가 귀엽다고요?"

"정말 건방지다니깐."

마이는 사쿠타의 이마를 때렸다. 찰싹 하고 멋진 소리가 났다.

"아침밥 만들고 있으니까 세수하고 와."

고개를 돌려보니 식탁에는 프렌치토스트와 스크램블 에그가 놓여 있었다.

"냉장고 안에 있는 걸 멋대로 썼어."

"자기 집이라고 생각하며 마음껏 쓰세요."

"바보 같은 소리 하지 말고 빨리 일어나."

"영차."

사쿠타는 일어나는 척하면서 들어 올린 머리를 마이의 허벅지에 올려놓았다. 세간에서 흔히 무릎베개라고 부르는 자세였다. 하지만 완전하지는 않았다. 마이가 무릎을 바닥에 댄 채 엉덩이를 들고 있었기 때문에 허벅지가 경사를 이루고 있었다.

"마이 씨, 목 아파요."

"멋대로 해놓고 불평 늘어놓지 마."

하지만 마이는 사쿠타의 머리를 치우려 하지 않았다. 잠시 동안 행복하기 그지없는 시간이 천천히 흘러갔다.

"앗!"

경악에 찬 목소리는 다른 곳에서 들려왔다. 잠에서 깬 카에데가 방에서 나온 것이다.

"아, 카에데. 좋은 아…… 어, 우왓."

사쿠타가 아침 인사를 하고 있을 때, 마이가 벌떡 일어났

다. 그 탓에 사쿠타의 머리는 거실 바닥에 내동댕이쳐졌다.

"……윽?!"

너무 아파서 비명도 안 나왔다. 사쿠타는 한동안 뒤통수를 양손으로 움켜쥔 채 아무 말 없이 바닥을 굴러다녔다.

"안녕, 카에데."

애인에게 무시무시한 짓을 한 마이는 태연한 표정으로 카에데에게 말을 걸었다. 아무래도 잠꼬대 삼아 쇼코의 이름을 입에 담았다고 생각하는 편이 좋을 것 같았다. 마이가 솔직하게 사실을 밝히지 않은 것은 그녀의 자존심 때문이리라. 쇼코를 신경 쓰고 있다는 걸 인정하고 싶지 않은 것이다.

"아, 안녕하세요. 그리고 카에데는 아무것도 못 봤어요!"

사쿠타가 겨우 몸을 일으켰을 즈음, 카에데는 양손으로 얼굴을 가리며 몸을 배배 꼬았다.

"이제 아무것도 안 보여요! 눈앞이 어두컴컴하다고요!"

"손으로 얼굴을 가리고 있으니 당연히 그렇겠지."

"앞날도 안 보여요!"

"그게 인생이야."

"각본 없는 드라마군요."

"아즈사가와 가는 아침부터 시끌벅적하네."

세면장에서 나온 리오는 안경을 쓰면서 미묘하게 난처한 표정을 지었다. 분명 이 분위기에 녹아들 자신이 없는 것이리라.

그 후, 그들은 마이가 준비한 아침 식사를 다 같이 먹기로 했다.

"잘 먹겠습니다."

이렇게 식탁이 가득 찬 것은 이 집에서 사쿠타와 카에데가 생활하기 시작한 후로 처음 있는 일이었다.

자리에 앉기 전에 조금 주저했지만 카에데도 사쿠타의 옆에 앉아 따끈따끈한 프렌치토스트를 입에 넣고 있었다. 너무 붙어 있어서 사쿠타는 식사를 하기 힘들었다.

"오빠, 이거 맛있어요! 보들보들해요."

"달걀도 맛있어."

"이건 탱글탱글해요."

"마이 씨에게 매일 만들어달라고 할까?"

"예."

카에데는 미소를 지으면서 고개를 끄덕였다.

"카에데를 이용하지 마."

마이는 테이블 아래에서 사쿠타의 발을 밟았다.

"아얏!"

"오빠, 왜 그러세요?"

"사랑을 시험받고 있어."

마이가 사쿠타의 발을 자근자근 밟아댔다.

카에데는 고개를 갸웃거리며 멍하니 있었다. 리오도 식사를 하지 않았다.

"후타바 양, 입에 맞지 않아?"

"아, 아뇨."

마이가 그렇게 말하자 리오는 프렌치토스트를 입에 넣었다.

"누군가와 같이 아침 식사를 하는 게 오랜만이라서요."

그러고 보니 리오는 아침에 학교 물리 실험실에서 토스트를 먹는 일이 잦았다. 물리교사가 준비해둔 인스턴트 커피를 멋대로 마시면서 말이다……. 가족과 함께 아침 식사를 하지 않는 걸까.

사쿠타가 그 점에 대해 물어보려고 한 순간, 낮은 진동음이 들렸다. 귀를 기울이지 않으면 들리지 않을 만큼 희미한 소리였다. 하지만 그것이 스마트폰의 착신음이라는 사실을 사쿠타는 바로 눈치챘다. 옆에 앉아있는 카에데가 온몸을 부르르 떨었기 때문이다.

"아, 미안. 내 핸드폰이야."

마이는 앞치마에 달린 호주머니에서 토끼 귀 커버가 장착된 스마트폰을 꺼냈다.

"잠깐 실례할게. 매니저한테서 전화가 왔거든."

마이는 그렇게 말하며 자리에서 일어났다. 그리고 베란다로 나가더니 스마트폰을 귀에 댔다.

"여보세요."

마이의 태도와 목소리 톤이 갑자기 어른스러워졌다.

"아, 마이 양?"

상대방의 목소리가 커서 그런지, 핸드폰의 볼륨이 커서 그런지는 알 수 없지만 사쿠타에게도 대화가 들렸다.

"무슨 일이죠?"

"아침부터 연락드려 미안해요. 지금 통화 가능한가요?"

"예, 괜찮아요."

"어제 촬영 수고 많았어요. ⋯⋯혹시 지금 밖인가요?"

상대방은 핸드폰에서 들리는 소리를 통해 그 사실을 알아챈 것 같았다. 정확하게는 베란다지만 말이다.

"애인 집이에요."

마이는 지극히 자연스러운 태도로 그렇게 말했다. 말투로 보아하니 통화 상대인 매니저에게 사귀는 사람이 있다고 이야기해둔 것 같았다.

그렇게 생각한 순간—

"아하, 애인⋯⋯. 예, 예에엣?!"

매니저의 깜짝 놀란 목소리가 들려왔다. 아무래도 마이에게 애인이 있다는 이야기를 처음 들은 것 같았다.

"바, 방금, 애, 애인?! 애인이라고 했나요?"

"예. 그래요."

마이는 당황한 매니저에게 차분한 목소리로 말했다.

"거, 거기, 꼼짝 말고 계세요! 제가 사장님과 상담해보겠습니다! 나중에 댁으로 찾아뵙죠!"

통화가 끝나자 마이는 실내로 들어왔다. 게다가 「이걸로 됐어」라고 말하면서 스마트폰의 전원을 껐다.

"미안해, 카에데."

마이는 자리에 앉자마자 카에데에게 사과했다.

"꽤, 괜찮아요! 카에데는 체질상 그 소리를 들으면 온몸을 부르르 떨거든요."

"마이 씨는 괜찮아요?"

"사쿠타 때문에 사무소 사장에게 설교 좀 들을지도 몰라."

"……."

"농담이야."

마이는 별일 아니라는 듯이 웃은 후, 프렌치토스트를 먹었다. 그리고 「꽤 잘 구워졌네」라며 자화자찬했다. 실제로도 정말 맛있었다. 농담이 아니라 매일같이 만들어줬으면 좋겠다.

"마이 씨의 연예계 조크는 농담인지 진담인지 구분이 잘 안 가니 적당히 해주세요."

"애인이 있어도 딱히 문제될 건 없어."

"그런 것 치고는 매니저가 꽤 당황한 것 같던데요?"

"CF 계약을 딴 지 얼마 안 되었기 때문에 스캔들에 민감한 것뿐이야. 뭐, 한동안은 애인과 단둘이서 나돌아다니지 말라는 소리를 들을지도 모르겠네."

"그 정도면 괜찮은 게 아닌 것 같은데요."

설마 헤어지라고 하는 건 아닐까, 라는 생각마저 들었다.

"아, 그리고 매니저가 당황하는 건 어제오늘 일이 아니니까 신경 쓰지 마."

"그것도 괜찮은 게 아닌 것 같은데요."

자세히는 모르지만 매니저는 연예인의 일을 수배해주거나 스케줄 관리를 하는 사람이다. 아까 반응을 보니 꽤 걱정이 되었다. 전화를 걸어왔던 상대방은 용건도 말하지 않고 전화를 끊었으니까……. 게다가 마이는 카에데를 생각해 스마트폰의 전원을 껐다. 지금쯤 용건 전달하는 걸 깜빡했다는 사실을 떠올린 매니저가 또 당황하고 있는 것은 아닐까.

하지만 사쿠타가 걱정한다고 어떻게 되는 일은 아니기에 맛있는 아침이나 계속 먹기로 했다.

열 시가 되자, 평소와 마찬가지로 쇼코가 찾아왔다. 오늘은 챙이 넓은 모자를 쓰고 있었다. 피서지를 산책하는 상류층 아가씨 같았다.

"어머니가 햇빛이 강하다며 쓰고 가라고 했어요."

사쿠타의 시선을 눈치챈 쇼코는 변명하듯 그렇게 말했다.

"저기, 손님이 계신가요?"

쇼코는 현관에 놓인 눈에 익지 않은 신발을 신경 썼다.

"이런저런 일이 좀 있었거든. 괜찮으니까 들어와."

사쿠타는 신발을 벗고 안으로 들어온 쇼코를 거실로 안내했다. 거실에는 카에데 외에도 마이와 리오가 있었다.

"사쿠타 씨는 지인 중에 여성이 많은 것 같네요."

"……."

"아, 다른 의미는 없어요."

쇼코는 오해를 풀려는 것처럼 양손을 내저었다.

"지, 진짜로 없어요."

사쿠타가 아무 말도 하지 않았는데 쇼코는 한 번 더 말했다. 아무래도 다른 의미가 있는 것 같았다.

"나를 바람둥이라고 생각하는 거 아냐?"

"아뇨. 의외로 하렘을 꾸릴 자질이 있는 것 같다고 생각했을 뿐이에요."

쇼코는 상냥한 어조로 당치도 않은 말을 했다. 쇼코가 더심각한 오해를 하기 전에 사쿠타는 리오를 소개했다. 마이는하야테를 주웠을 때 같이 있었으므로 면식이 있었다.

"그녀는 후타바 리오. 내 고등학교 친구야."

"마키노하라 쇼코라고 해요."

쇼코가 고개를 숙이며 그렇게 말하자 리오는 약간 굳은 표정을 지었다. 그 후, 리오는 사쿠타를 힐끔 쳐다보았다. 사쿠타는 눈빛만으로 긍정을 표시해뒀다. 어제 낮, 또 한 명의 리오와 상담을 하긴 했지만 이쪽 리오에게는 쇼코에 대해 이야기하지 않았다. 그러니 리오가 놀라는 것도 당연했다.

일단 『리오』와 상담을 했었기 때문에 사쿠타는 그녀에게 이야기를 했다고 생각했다. 그래서 완전히 깜빡하고 있었던 것이다.

쇼코가 하야테와 노는 사이, 사쿠타는 리오에게 그녀에 관해 이야기해줬다.

"아즈사가와는 사춘기 증후군에게 정말 사랑받고 있구나."

리오가 말한 감상은 사쿠타로서는 눈곱만큼도 마음에 들지 않았다.

그 후, 사쿠타는 어제 약속했던 것처럼 쇼코와 함께 나스노를 목욕시키기로 했다. 쇼코에게 나스노를 안은 채 욕실로 데리고 가게 했다. 그러자 하야테도 통통 뛰는 걸음걸이로 쇼코를 따라갔다. 하지만 경계심을 품고 있는지 욕실에는 들어가지 않았다.

사쿠타는 세숫대야에 미지근한 물을 받았다. 그리고 눈짓을 보내자 쇼코는 나스노를 그 안에 넣었다. 나스노는 대야 안에 얌전히 앉아 있었다. 그런 나스노의 등에 손잡이가 달린 바가지로 온수를 끼얹었다. 그러자 나스노는 기분 좋은 듯 눈을 감았다.

다음에는 샴푸로 털을 감겨줬다.

"털의 방향에 따라 천천히 하면 돼."

"예."

쇼코는 조그마한 손으로 나스노의 털을 감겨줬다. 몸 전체의 털을 다 감겨준 후, 나스노의 몸에 있는 비누 거품을 샤워기로 씻어냈다.

"자, 끝났어."

나스노는 울음소리로 대답을 하더니 대야 밖으로 걸어 나왔다. 그리고 쇼코의 눈앞에서 걸음을 멈췄다.

"아, 큰일 났다."

"예?"

쇼코가 그렇게 말한 바로 그 순간이었다. 나스노는 젖은 온몸을 부르르 떨면서 사방으로 물방울을 흩뿌렸다.

"꺄아!"

쇼코가 깜짝 놀랐는지 물로 범벅이 된 욕실 바닥에 엉덩방아를 찧었다. 그리고 쥐고 있던 샤워기를 자신을 향해 돌리고 말았다.

"꺄, 꺄아!"

온몸이 젖어서 놀란 쇼코는 샤워기를 놓쳤다. 물줄기를 거세게 뿜으며 뱀처럼 날뛰고 있는 샤워기가 쇼코를 물에 빠진 생쥐 꼴로 만들었다.

"으윽."

사쿠타는 허둥지둥 샤워기를 껐다.

하지만 이미 늦었다.

쇼코는 머리에서 엉덩이까지 완전히 흠뻑 젖었다. 얇은 천으로 된 원피스가 피부에 찰싹 달라붙으면서 속옷뿐만 아니라 속살까지 비쳐보였다.

나스노는 그런 쇼코의 옆을 태연하게 지나가더니, 복도로 나갔다. 아직 젖은 상태이기 때문에 방치해둘 수는 없었다.

"카에데! 나스노가 그쪽으로 갔어. 드라이기로 털 좀 말려 줘!"

사쿠타는 그렇게 외친 후, 쇼코의 손을 잡아당기며 그녀를 일으켰다. 놀라울 정도로 가벼웠다.

그대로 손을 잡고 탈의실로 데려간 후, 수건으로 머리를 닦아줬다.

"괜찮아요. 혼자 할 수 있어요."

"그렇구나."

어린애도 아니니 할 수 있을 것이다.

"갈아입을 옷을 준비할 테니까 젖은 옷을 벗어. 그걸 계속 입고 있으면 감기 걸릴 거야."

"예."

쇼코는 원피스 가슴 부분의 단추에 손을 댔다. 하지만 물에 젖은 탓인지 단추가 잘 풀리지 않았다.

"도와줄게."

사쿠타가 손을 내밀자 쇼코는 순순히 단추에서 손을 뗐다. 확실히 물에 젖은 단추는 잘 풀리지 않았다. 하지만 어찌어찌 하나씩 풀었다.

원피스 앞섶이 벌어지자 그 안에 입은 새하얀 캐미솔이 모습을 드러냈다. 그것도 물에 젖어서 피부가 흰히 드러나고 있었다.

벗기기 쉽도록 단추를 하나 더 풀려고 한 순간, 등 뒤에서 인기척이 느껴졌다.

"사쿠타, 뭘 하고 있는 거야?"

탈의실에 서 있는 이는 마이였다.

"마키노하라 양의 옷을 벗기고 있어요."

"당당하게 자백하지 마."

아무래도 화가 제대로 난 것 같았다.

"어? 응? 나, 혹시 앳된 소녀에게 성희롱을 하는 변태처럼 보이나요?"

"그렇게 보여."

"잠깐만요, 마이 씨. 마키노하라 양은 아직 애라고요."

사쿠타가 이성으로 여기기에는 너무 어렸다.

"여자애잖아."

마이의 짜증이 걷잡을 수 없을 만큼 커지는 걸 보면, 둘의 견해는 상당히 차이가 나는 것 같았다. 이것은 아무래도 명확하게 선을 그어둘 필요가 있었다.

"마키노하라 양."

"예."

사쿠타가 갑자기 말을 걸었지만 쇼코는 차분했다.

"아버지와 같이 목욕해?"

"초등학교 3학년 때까지는 같이 한 적도 있어요."

"지금은?"

"이제 안 해요."

쇼코는 딱 잘라 말했다. 듣고 보니 그랬다. 아무리 연하라고 해도 쇼코는 중학교 1학년이다. 어린애가 아니라 마이가 말한 것처럼 여자애인 것이다…….

"으음…… 마이 씨. 뒷일을 부탁해요."

사쿠타는 미소로 얼버무리면서 그렇게 말했다.

"이거 끝나고 나면 할 이야기가 있어."

유감스럽게도 마이는 그냥 넘어갈 생각이 없어 보였다.

"즐거운 이야기면 좋겠네요."

"저기, 저는 괜찮으니까, 사쿠타 씨에게 화내지 말아주세요."

쇼코의 순수한 눈동자가 마이를 향했다.

정말 고마운 한 마디였다. 하지만 지금은 오히려 역효과였다.

"꽤나 순종적으로 길들였네."

마이의 눈은 전혀 웃고 있지 않았다.

"저는 아무 짓도 안 했어요. 원래 이런 애였다고요."

"됐으니까 빨리 나가."

사쿠타는 탈의실에서 쫓겨나고 말았다. 곧 탈의실 문이 닫혔다.

"우와, 큰일 났다. 진짜로 화난 것 같네……."

"다 들린다고, 이 바보야."

"……죄송합니다. 용서해 주세요."

2

마이에게 마구 쥐어짜인 뒤, 점심 식사를 마친 사쿠타는 교복으로 갈아입고 학교에 갔다.

뜨거운 햇살을 받으며 약 10분 동안 걸은 사쿠타는 가장 가까운 역인 후지사와 역에 도착했다. 인구가 약 40만 명 정도인 이 시의 중심지였다. 역을 둘러싸듯 백화점과 가전제품 판매점이 줄지어 있었다. JR, 오다큐, 에노전…… 세 철도 노선이 있는 역 주변은 지금도 많은 사람들이 오가고 있었다.

그곳에서 느릿하게 달리는 가마쿠라 행 열차를 타고 약 15분간 이동한 사쿠타는, 후지사와 역으로부터 남동쪽에 위치한 에노전의 시치리가하마 역에서 내렸다. 딱 한 노선만 달리는 조그마한 역이다.

개찰구를 통과하자 바다 냄새를 머금은 바람이 사쿠타를 맞이했다. 옛날에는 이 역을 계속 이용하다 보면 머지않아 익숙해질 거라고 생각했지만, 지금도 열차에서 내리자마자 바다를 느꼈다. 그 뿐만 아니라 계절이나 날씨에 따라 냄새가 달라진다는 사실도 알았다.

하지만 오늘은 자신의 발이 신경 쓰여서 냄새를 거의 신경 쓰지 못했다. 마이 때문에 긴 시간 동안 무릎을 꿇고 있어서 다리의 감각이 이상해졌다.

역에서 학교로 이어지는 통학로는 사쿠타 이외의 학생이 단한 명도 없었다. 이 지역의 서퍼가 서핑보드를 들고 걷는 모습을 보니 진짜로 여름이 왔다고 실감했다. 놀러온 학생 그룹은 웃으면서 바다를 향해 걸어가고 있었다.

3분의 1 정도만 열린 교문을 통과한 사쿠타는 교내로 들어갔다. 운동장에서는 부활동을 하는 학생들의 구령소리가 들렸다. 이건 야구공을 쫓아다니는 야구부의 구령소리였다. 때때로 금속 배트가 공을 때리는 경쾌한 소리가 들렸다.

여름 대회가 끝났으니 3학년들은 은퇴했을 것이다. 그리고 팀은 새롭게 구성되었으리라. 고등학교 숫자가 많은 카나가와 현의 고등학교 야구 선수 중에 전국 대회 시합장인 고시엔의 흙을 밟는 사람은 극히 일부에 불과했다. 올해 미네가하라 고등학교 야구부는 2회전에서 강호 고등학교와 붙어 패배하고 말았다.

정상의 자리는 멀고도 멀었다. 하지만 그렇기에 정점을 목표로 삼아 땀을 흘리는 그들이 눈부셔 보였다.

그런 야구부의 활기찬 목소리를 등 너머로 들으면서 사쿠타는 그늘을 찾아 건물 안으로 들어갔다.

"후타바, 있어?"

사쿠타는 가벼운 목소리로 그렇게 말하면서 물리 실험실의 문을 열었다.

"……."

대답은 없었다. 안에는 아무도 없었다. 하지만 실험도구를 씻기 위한 싱크대에는 마시다 만 커피가 담긴 컵이 놓여 있었다.

아무래도 『가짜』는 학교에 와있는 것 같았다.

화장실에 간 것일까. 복도로 얼굴을 내민 사쿠타는 몇 미터 떨어진 곳에 있는 여자 화장실의 입구를 쳐다보았다. 아무도 없는 것 같았다.

책상 밑에 가방에 놓여 있는 것을 보면 집에 돌아간 것은 아니었다.

리오가 돌아올 때까지 기다리기로 마음먹은 사쿠타는 물리 실험실 안을 돌아다녔다. 일반교실 두 개 넓이인 이 공간은 혼자서 지내기엔 지나치게 넓었다. 드문드문 놓인 의자에서 누군가가 있었던 흔적이 느껴졌다. 유리 너머에서 들려오는 운동부의 목소리가 이곳에 흐르는 정적을 더욱 돋보이게 했다.

이곳에 있으니 홀로 교내에 남겨진 기분이 들었다.

얼마 전까지는 사람이 잔뜩 있었지만 지금은 아무도 없다……, 그런 분위기가 이 넓은 물리 실험실에서 흐르고 있었다.

그것은 불안감이 되어서 사쿠타의 위 언저리에 기묘한 압박을 가하고 있었다. 리오는 이런 기분을 매일같이 맛보고 있는 걸까. 아니면 사쿠타의 착각인 걸까.

"……."

사쿠타는 기분전환을 할 겸 창문을 열었다.

따뜻한 바람과 함께 함성이 들려왔다. 얼굴을 내밀어보니 수많은 이들이 자아내는 열기가 체육관 쪽에서 느껴졌다. 건물 주위에는 농구부 유니폼과 티셔츠 차림의 학생이 있었다. 다른 색깔의 유니폼을 입은 이들은 다른 학교의 학생인 것 같았다.

"그러고 보니 쿠니미가 연습 시합이 있다고 했었지."

그 이야기는 어제 아르바이트를 하면서 들었다. 근처에 있는 고등학교 농구부들이 모여 연습시합을 한다고 했었다.

그렇다면 리오가 어디 있는지는 뻔했다.

일단 건물 입구로 이동한 사쿠타는 신발을 신고 체육관으로 향했다. 체육관에 가까워질수록 농구공이 튕기는 소리, 선수들이 달리는 발소리, 농구화와 체육관 바닥이 『끼익!』 하고 마찰하는 소리가 들려왔다.

정면 입구는 다른 학교의 농구부가 점령하고 있었기에 사쿠타는 옆으로 이동했다. 체육관이 커다란 그림자를 만들고 있었다. 시합을 끝낸 학생들은 다리를 쭉 뻗은 채 바닥에 앉아 있었다.

같은 간격으로 세 개가 설치되어 있는 체육관 옆쪽의 문은 바람이 들어갈 수 있도록 활짝 열려 있었다. 그중 가장 안쪽의 문 근처에 리오가 서 있었다.

"저기 있네……."

사쿠타의 입에서 자연스럽게 나온 말에는 희미하게 긴장이 어려 있었다.

어제도 『가짜』와 만났다. 대화도 나눴다. 사쿠타의 상담 상대도 되어줬다. 그때는 아무런 느낌도 받지 않았지만 리오가 두 명 존재한다는 사실을 알고, 또 한 명의 리오가 눈앞에 있자 약간 등골이 서늘해졌다.

사쿠타는 리오를 지그시 쳐다보았다.

어제 서점에서 만났을 때와 마찬가지로 머리카락을 머리 뒤편으로 모아서 묶고 있었다. 흰색 가운은 걸치지 않았다. 평소 긴 가운에 가려져 있던 다리가 지금은 아낌없이 드러나 있었다. 살집이 꽤 있는 허벅지, 블라우스 가슴 언저리는 갑갑해 보였고 위에 걸친 조끼가 계곡을 자아내고 있었다. 앞섶을 여몄기 때문인지 성실해 보이는 겉모습과는 언밸런스하게 성장한 가슴이 더욱 돋보였다.

그런 리오를 다른 학교 남학생이 힐끔힐끔 쳐다보고 있었다. 사쿠타가 그들의 옆을 지나가고 있을 때—.

"저 애, 3학년일까?"

"왠지 야해. 야하면서도 영리해 보여."

"어이, 말 걸어봐."

"네가 걸라고."

그런 소리를 하며 자기들끼리 흥분하고 있었다.

한심한 대화를 나누고 있는 그들의 마음도 이해는 됐다. 확실히 머리를 묶은 리오는 어른스러운데다 요염해 보였다. 게다가 안경을 쓰지 않은 리오의 가라앉은 눈매가 말을 걸고 싶

게 만드는 분위기를 자아내고 있었다.

하지만 그런 리오의 눈에 비치고 있는 이는 단 한 명뿐이었다. 그 한 명만을 계속 좇고 있었다. 리오가 바라보고 있는 것은 농구부의 시합이 아니라, 쿠니미 유마라는 한 사람이었다.

사실, 리오의 눈은 농구공을 좇고 있지 않았다.

"쿠니미는 활약하고 있어?"

리오의 옆에 선 사쿠타는 평소와 다름없는 목소리를 가장하면서 말했다.

"윽?!"

리오는 깜짝 놀랐는지 몸을 부르르 떨었다.

등 뒤에서는 「어, 애인인가?」라든가, 「에이, 아니겠지」 같은 목소리가 들려왔다.

리오는 사쿠타를 힐끔 쳐다본 후, 다시 고개를 돌렸다. 약간 숙인 그녀의 표정에는 서먹함과 거북함이 어려 있었다.

"부활동을 하러 온 김에 보러왔을 뿐이야."

리오는 기어들어가는 목소리로 말했다.

"나는 그런 건 물어보지 않았거든?"

"아즈사가와라면 분명 물어볼 거잖아."

"뭐, 후타바가 부끄러워하는 모습은 흔히 볼 수 있는 게 아니니까 말이야."

"죽어버려."

"마이 씨와 하고 싶은 일이 잔뜩 있으니까, 80년 정도만 유예를 줘."

"아즈사가와, 아흔 넘어서까지 살 생각이야?"

"나 같은 녀석은 명이 질긴 편이잖아?"

"그건 자기 입으로 할 말이 아니라고."

한숨을 쉬듯 그렇게 말한 리오의 눈은 지금도 유마를 좇고 있었다.

사쿠타는 점수를 확인해봤다. 점수 차는 근소했다. 미네가하라 고등학교가 3점 앞서고 있었다. 농구에는 3점 슛이 있기 때문에 단숨에 동점이 될 수 있었다. 그리고 지금, 노란색 유니폼을 입은 상대 팀 선수가 3점 슛을 날렸다.

공은 포물선을 그리며 날아가더니…… 골대에 맞고 튕겨 나왔다. 떨어진 공을 흰색 유니폼을 입은 장신의 선수가 잡았다. 흰색 유니폼은 미네가하라 고등학교의 선수다.

이미 상대 팀 골대를 향해 달리고 있던 유마가 손을 들었다. 그러자 날카로운 롱 패스가 펼쳐졌다.

뒤늦게 양 팀의 선수들이 달리기 시작했다. 체육관은 격렬한 발소리로 가득 찼다.

공을 받은 유마는 주저 없이 적진을 향해 드리블했다. 수비하러 온 노란색 유니폼 선수를, 다리 사이로 공을 집어넣는 페인트를 사용해 제쳤다. 그리고 자유로워진 유마는 점프슛 자세를 취했다. 바로 그때, 서둘러 돌아온 몸집이 큰 선수가 몸을 날렸다. 190센티미터 정도는 되어 보였다. 하지만 유마의 그 움직임은 페이크였다. 그의 두 발은 체육관 바닥에 닿아 있었다.

완전히 상대 수비 타이밍에서 벗어난 유마는 조준을 한 후 슛을 날렸다.

완만한 포물선을 그리며 날아간 농구공은 빙글빙글 회전하더니 골네트를 흔들었다.

시합을 관전하던 여자 부원들이 새된 환성을 질렀다. 꺄아~ 꺄아~ 하고 외쳐대고 있는 이들은 1학년일까. 다른 학교 여학생들도 성원을 보내고 있었다.

"완전 짜증나는 광경이네, 확 돌아삐겠네~."

"아즈사가와는 속이 정말 좁아."

"후타바도 『꺄아~, 쿠니미~!』 같은 소리 안 해?"

"……"

리오는 죽일 듯이 사쿠타를 노려보았다.

"쿠니미가 들으면 깜짝 놀라서 실수를 할 거야."

"응원은 하고 있어."

"마음속으로?"

"……"

저 침묵은 긍정을 의미했다.

"후타바는 어필이 부족해."

또 환성이 들렸다. 상대 팀 선수가 득점을 한 것 같았다.

일진일퇴의 공방전이 벌어지고 있었다. 주위의 반응만 봐도 열띤 시합이 벌어지고 있다는 걸 알 수 있었다.

남은 시합 시간은 2분밖에 안 된다.

"저기, 후타바."

"방해하지 말아줬으면 좋겠어."

"쿠니미의 어디가 좋은 거야?"

사쿠타는 한가운데 직구를 던졌다.

"아즈사가와는 쿠니미의 친구면서 그런 것도 모르는 거야?"

"그 녀석은 좋은 녀석이야. 짜증 날 정도로 시원시원하고, 선입관으로 사람을 평가하지도 않아."

누군가에게 들은 평판이 아니라, 자신이 어떻게 생각하고 있는가를 통해 사람과 매사를 판단한다. 그게 어머니의 가르침이라는 말을 유마에게서 들었지만, 아무나 그런 가르침을 실천에 옮길 수 있는 것은 아니었다. 평판이 나쁜 인간의 곁에 있으면 자신의 평판도 떨어지는 것이 이 세상의 섭리니까 말이다. 그렇기 때문에 사쿠타에게 대놓고 유마와 붙어 다니지 말라고 말한 카미사토 사키의 심정도 이해가 되었다. 그 말을 들은 당사자로서는 열불이 나지만 말이다…….

"하지만 그건 인간적으로 좋아하는 거잖아? 나는 남자라서 여자애가 느끼는 저 녀석의 매력에 대해서는 전혀 몰라."

잘 생겼다는 것은 안다. 키도 사쿠타보다 크다. 농구도 잘하며 시원시원한 성격의 미남이다. 웃는 얼굴이 좀 어린애 같아서 귀엽다고, 같은 패밀리 레스토랑에서 일하는 여대생이 말한 적도 있다. 하지만 리오가 저렇게까지 유마에게 집착하는 이유는 그런 게 아닌 것 같았다.

"알아서 어떻게 할 건데?"

"그냥 흥미가 있어서 물어보는 것뿐이야. 고등학생다운 대화잖아?"

"그런 건 평범한 고등학생의 특권이야."

"후타바는 자기가 특별하다고 생각하는구나."

"평범한 고등학교 생활도 하지 못한다는 의미에서 한 말이야."

감정이 묻어나지 않는 말투로 그렇게 말한 리오의 눈은 계속 유마를 좇고 있었다.

"연애를 할 권리는 누구에게나 있다고. 차와 달리 면허가 필요한 것도 아니잖아."

연애는 누구에게나 허락된, 아니, 권리나 허락 같은 개념에서 벗어난 것이다. 마음이 멋대로 이쪽저쪽으로 기울면서 벌어지는 것이니까 말이다. 게다가 우왕좌왕하기만 할 뿐이다. 그것을 즐기는 사람도 있는가 하면, 지나치게 고민한 나머지 숨이 막히는 느낌을 받는 사람도 있을 뿐이다…….

딱히 특별한 것은 아니다.

"전부터 생각했던 건데, 아즈사가와는 의외로 연애 체질이네."

"그래?"

"첫사랑 여고생을 좇아 미네가하라 고등학교에 들어오고, 그 여고생을 잊는 데 1년이나 걸린 데다가, 어느새 엄청난 유명인과 사귀고 있잖아. 정말 이상해."

"칭찬받으니 부끄럽네."

"알고 있겠지만, 칭찬하는 게 아냐."

"그거 유감인걸."

"칭찬하는 건 아니지만 자신의 감정에 충실한 네가 부러워. 보통은 그런 상황에서 주저하거든. 요즘은 솔직담백이나 충실 같은 건 유행하지 않아."

부럽다고 말하는 리오의 태도는 어디까지나 담백했다. 부러 워하는 기색이 전혀 없었다.

"후타바도 유행 같은 건 신경 쓰지 마."

"솔직하게 행동했다간 변해버리고 마는 관계도 존재해."

물론 그것은 유마에 관한 이야기다.

"그래서? 결국 쿠니미의 어떤 면에 반한 건데?"

리오가 이야기의 논점을 바꾸려 하자 사쿠타는 억지로 이 야기를 원점으로 되돌렸다.

"……."

리오는 원망 섞인 눈길로 사쿠타를 쳐다보았다.

"하아."

리오는 노골적으로 한숨을 내쉬었다. 그런 그녀의 눈은 분 위기 파악 좀 하라며 말하고 있었다.

"사랑 이야기 하다가 한숨 쉬는 건 좀 그렇지 않아?"

"사랑 이야기라는 단어가 아즈사가와의 입에서 나오니 소름이 돈네.”

“그럼 두 번 다시 입에 담지 않도록 조심할게.”

그러고 보니 살면서 처음 말해본 것 같은 느낌이 들었다.

“초코 소라빵.”

리오는 갑자기 빵 이름을 입에 담았다.

“후딱 뛰어가서 사오라는 거야?”

“아냐. 전에 도시락을 싸오지 않은 날에 쿠니미가 줬어.”

“아.”

미네가하라 고등학교에는 학생식당이라는 멋진 설비가 없었다. 점심 식사는 도시락 지참이 기본이다. 아니면 점심 때 조그마한 트럭을 몰고 와서 빵을 파는 아주머니에게 빵을 살 수밖에 없었다. 건물 옆에서 점심시간 동안만 운영하는 빵집이었다.

일단 학교 근처에 편의점도 있으니 마음만 먹으면 얼마든지 이용할 수 있었다. 하지만 학교를 빠져나가는 건 교칙 위반이어서 실제로 그런 짓을 하는 이는 한정되어 있었다.

그런고로 유일하게 합법 점심 공급원인 빵집은 점심시간만 됐다만 북새통이었다. 배고픈 학생들이 몰려들어 메뚜기 떼처럼 케이스 안에 든 빵들을 쓸어가는 것이다.

그들이 지나간 후에는 텅 빈 플라스틱 케이스와 만족스러운 표정을 짓고 있는 아주머니만이 남아 있었다.

“1학년 1학기 때…… 빵집을 이용하는 건 그때가 처음이라서……”

확실히 그 아주머니의 주위에 수많은 학생들이 몰려드는 모습은 박력이 있었다. 심약한 학생들은 뛰어들 용기가 나지 않을 것이다.

　"후타바가 난처해하고 있을 때, 쿠니미가 바람처럼 나타난 거야?"

　"전리품인 카레빵을 먹으면서 나타났어."

　"카레빵 왕자님이었구나."

　"쿠니미가 완전히 압도당한 나한테 말을 걸더니……『후타바는 여자애니까 단 걸 좋아하지?』라고 말하면서 미소 짓더라고."

　안 봐도 그 광경은 충분히 상상이 되었다. 빵을 사러온 학생들과 조금 떨어진 곳에 서 있는 리오. 빵을 사고 싶지만 저 북새통에 뛰어들 용기는 없었다. 고개를 푹 숙인 채 돌아가려고 한 순간, 유마가 나타났으리라. 평소와 다름없이 구김 없는 미소를 지으면서…….

　계기는 파악했다.

　"흐음."

　사쿠타는 고개를 끄덕이며 다음 말을 기다렸다.

　"……"

　"……"

　하지만 볼을 살짝 붉힌 리오는 아무 말도 하지 않았다.

　"그리고?"

　사쿠타는 어쩔 수 없이 재촉했다.

"그게 다야."

리오는 평소와 다름없는 목소리로 대답했다.

"오호라, 그게 다구나."

"응."

"초코 소라빵은 얼마였어?"

"130엔."

"후타바는 정말 쉬운 여자구나."

"아즈사가와가 줬다면 좋아하게 되지는 않았을 거야."

"결국 얼굴에 넘어간 거냐."

"아즈사가와 말고 나를『후타바』라고 불러준 사람은 쿠니미가 처음이었어."

사쿠타도, 유마도, 리오도, 1학년이었던 1년 전. 세 사람은 같은 반이었다. 1학년 1반. 그 교실에서 항상 흰색 가운을 걸치고 있는 리오는 눈에 띄었다. 어느 여자 그룹에도 속하지 않았고 남자들도 그녀에게 말을 걸지 않았다. 항상 자신의 자리에 앉아있는 그녀의 모습은 묘하게 인상에 남아 있었다. 누구와도 얽히려 하지 않는 존재. 반 친구들은 이름이 아니라『박사』라든가『흰색 가운』같은 호칭으로 그녀를 불렀다. 그런 존재가 바로 후타바 리오였다.

"그럼 나한테 반해도 되지 않아?"

"나는 아즈사가와의 타입이 아니잖아."

"뭐, 후타바는 애인보다는 친구로 삼고 싶은 타입이지."

리오는 못 말리는 녀석이라니깐, 이라고 말하며 웃었다.

"결국 중요한 건 타이밍이라고 생각해. 그때의 나는 기분이 가라앉아 있었거든."

"응? 그 시기에 무슨 일 있었어?"

"아무 일 없어도 기분이 가라앉을 때가 있잖아. 참, 아즈사가와에게는 그럴 때가 없겠네."

"모르는 것 같으니 가르쳐주는 건데, 나도 후타바와 마찬가지로 인간이라고."

"충격적인 사실이네."

"뭐, 좋아. 그래서? 기분이 가라앉아 있을 때 상냥하게 대해준 쿠니미를 특별하게 생각한 거야?"

"……네 말을 듣고 보니 나는 정말 쉬운 여자네."

리오는 자조 섞인 코웃음을 터뜨렸다.

사쿠타가 리오에게 뭐라고 말할지 생각하고 있을 때, 시합 종료를 알리는 부저가 울렸다.

두 팀의 선수들이 정렬했다.

"수고하셨습니다!"

힘찬 목소리가 체육관 안에 울려 퍼졌다.

시합 후, 땀범벅이 된 선수들은 체육관 밖으로 몰려나왔다. 유니폼 상의를 벗더니 「이대로 바다에 뛰어들고 싶어~!」라고 외치던 그들은 수돗가로 뛰어가 몸에 물을 뿌렸다.

부활동을 통해 단련된 그들의 몸은 탄탄했다. 미네가하라 고등학교 학생은 물론이고, 다른 학교 또한 바닷가 학교라 그런지 피부가 구릿빛을 띠고 있었다.

1학년 여학생은 그런 운동부 부원들을 보며 부끄러움과 기쁨이 반씩 섞인 비명을 질렀다. 같은 학년 여자애는 「남자들은 정말 저질이야~」라고 말하며 흘겨보고 있었다. 시합 후에 이런 짓을 할 수 있는 건 남자들뿐이었다.

하지만 사쿠타는 남자의 몸에는 흥미가 없기에 고개를 돌렸다. 보고 있어봤자 후덥지근할 뿐이다.

리오도 마찬가지로 고개를 돌렸다. 하지만 그 이유는 사쿠타와 달랐다. 물을 뒤집어쓰며 떠들어대는 그들의 목소리에 일일이 반응하고 목까지 새빨개져 있었다.

"보고 싶으면 보면 될 텐데 말이야."

물로 몸을 식힌 유마는 고개를 흔들며 사방으로 물을 흩뿌렸다. 그 후, 수건으로 몸을 닦더니 새 티셔츠로 갈아입었다.

"아아, 옷을 입었네."

"……."

희미하게 고개를 돌린 리오의 눈동자에는 차가운 살의가 어려 있었다. 이제 그만 놀리는 편이 좋을 것 같았다. 더 했다간 우정에 금이 갈지도 모른다.

"그런데, 아즈사가와는 무슨 일로 온 거야?"

"뭐?"

"아무 일도 없는데 여름방학 때 등교할 만큼 학교를 좋아하지는 않잖아."

"뭐, 여름방학이 영원히 계속됐으면 좋겠다고 생각하기는 해."

물론 마이와 매일같이 만날 수 있다……는 조건 하에 말이다.

"하는 생각이 꼭 초등학생 같네."

매몰차게 말한 리오는 빨리 본론에 들어가라는 듯 곁눈질을 했다.

"그럼 솔직하게 말할게."

"대체 무슨 일인데?"

"지금 우리 집에 후타바가 있어."

"……"

리오의 눈가가 흔들렸다.

"흐음, 어젯밤의 통화 때 아즈사가와의 반응이 이상했던 건 그래서였구나."

리오는 혼잣말을 하듯 중얼거렸다.

"대체 무슨 일이 일어나고 있는 거야?"

"또 한 명의 나한테 물어보는 건 어때?"

"네가 한 명 더 있다는 건 아무렇지도 않게 인정하네."

말투도 사무적이며 마치 남 일을 이야기하는 느낌이었다. 하지만 그건 사쿠타가 잘 아는 리오의 평소 태도였다. 그리고 유마를 가지고 놀렸을 때 보였던 반응 또한 사쿠타가 잘 아는 리오와 똑같았다. 난처하게도 눈앞에 있는 리오가 진짜 리오

가 아니라는 증거를 하나도 찾지 못했다. 『가짜』로는 도저히
보이지 않았다.

"또 다른 나의 견해는?"

"양자 텔레포테이션일 가능성이 있다더라고."

"나와 같은 생각이네."

그러고 보니 리오는 어제 서점에서 만났을 때 양자 텔레포
테이션 뭐시기라는 책을 샀다.

"하지만 그럴 경우 나와 또 한 명의 나는 동시에 존재할 수
없고, 동일한 사고와 기억을 가지고 있어야만 해."

그것은 또 한 명의 리오도 했던 말이다.

"그러니 이번에 후타바를 관측하고 있는 것은 후타바의 의
식 그 자체이며, 그런 후타바의 의식이 어떤 이유로 두 개 존
재하는 것은 아닐까 라며 고찰하고 있었어."

방금 한 설명이 사실인지는 알 수 없지만 사쿠타는 그렇게
생각하고 있었다.

"그렇구나. 그럼 의식이 두 개 존재하는 원인에 관해서는?"

"짐작 가는 데가 없대."

"아즈사가와는 그런 뻔한 거짓말을 믿은 거야?"

"내가 친구를 의심할 리가 없어."

"할 수 있어. 실은 나를 『가짜』라고 생각하고 있지?"

리오가 날카롭게 파고들었다.

"솔직하게 말하자면, 그럴 지도 모른다고 생각하기는 했어."

"지금은 그렇게 생각하지 않는다는 거야?"

"아무리 봐도 너는 틀림없이 후타바야. 혹시 짐작 가는 데가 있다면, 의식이 둘로 나눠진 이유를 가르쳐줘."

"또 다른 나에게 물어보지 그래? 짐작 가는 데가 있을 거야."

"왜 그렇게 생각하는데?"

"나는 짐작 가는 데가 있거든."

즉, 『후타바 리오』라면 당연히 그것을 알고 있어야 한다는 것이다. 그리고 만약 모른다면 그쪽이 가짜라고 눈앞의 리오는 말하고 있었다.

"어차피 같은 대답이라면, 그냥 네가 이 자리에서 가르쳐줘도 되잖아."

리오의 눈이 한순간 사쿠타의 등 뒤를 향했다. 그곳에는 유마가 있을 것이다.

"나는 부활동 하러 갈게."

리오는 일방적으로 그렇게 말한 후 부실 쪽으로 걸어갔다. 마치 도망가듯이 말이다…….

"쿠니미와는 이야기 안 할 거야?"

사춘기 증후군에 대해 더 추궁해봤자 부질없다고 생각한 사쿠타는 평소처럼 리오의 등을 쳐다보며 그렇게 말했다.

"……."

그 질문에 대한 답은 침묵이었다. 리오는 걸음을 멈추지 않더니 곧장 건물 안으로 들어갔다. 그녀의 등이 이윽고 시야에서 사라졌다.

"저런 고상한 면도 영락없는 후타바라니깐."

쳐다보고 있는 사쿠타조차도 안타까운 마음이 들었다.

"후타바가 뭐 어쨌는데?"

그 말을 듣고 등 뒤를 돌아보니 티셔츠와 반바지 차림의 유마가 수건을 머리에 쓴 채 서 있었다. 손에는 파란색 라벨이 붙은 페트병을 들고 있었다. 2리터짜리 스포츠 드링크였다. 이미 3분의 1만 남아 있었고 그것 또한 단숨에 마셨다.

"하아~, 살 것 같아."

"방금까지 죽어 있었던 거야?"

"거의 죽어 있었어……. 그런데 후타바가 뭐 어쨌는데?"

"별 거 아냐. 후타바는 오늘도 후타바라는 이야기지."

"무슨 소리를 하는 건지 모르겠네."

사쿠타는 적당히 둘러댔지만 유마는 캐묻지 않았다. 역시 리오가 두 명이 되었다고 이야기 할 수는 없었다. 사쿠타의 머리가 이상해졌다고 생각할 것이다. 아니, 유마라면 납득이 될 때까지 질문을 해댈 것 같았다. 하지만 리오는 유마에게 이 사실이 알려지는 것을 원하지 않으리라.

"후타바, 아까까지 여기에 있었지?"

"알고 있었구나."

"시합 시작 직후에 후타바가 여기 서 있는 모습이 보였거든."

"시합에 좀 더 집중하라고."

"코트 안에 있으면 주위에 있는 지인의 얼굴이 확실하게 보인다고."

그런 변명을 늘어놓은 유마는 쓰레기통을 향해 텅 빈 페트병을 던졌다. 사쿠타는 빗나가기를 빌었지만 깔끔하게 들어갔다.

"사쿠타, 방금 빗나가라고 생각했지?"

"쿠니미는 남의 마음을 읽을 수 있는 거야?"

"얼굴에 쓰여 있었어."

유마는 가볍게 사쿠타의 머리를 쥐어박았다.

"후타바는 자주 보러 와?"

"으음, 글쎄? 과학부 활동을 하러 온 김에 겸사겸사 들르는 느낌이랄까?"

"대체 어느 쪽이 겸사겸사인 거야."

사쿠타는 명확한 의지가 담긴 눈길로 유마를 쳐다보았다.

"요즘 들어 사쿠타에게서 느껴지는 압박감이 강해지고 있는걸."

"쿠니미가 후타바를 가지고 노는 걸 용서할 수 없는 것뿐이야."

"딱 잘라 말하네."

체육관 안에서는 여자 부원들의 시합이 시작됐다.

"그 점에 대해서는 선처하기로 하고…… 사쿠타는 왜 여기 있는 거야?"

유마는 당연한 질문을 하듯 사쿠타에게 물었다.

"내가 여기 있으면 안 되는 거야?"

"사쿠타는 여름방학에 등교할 만큼 학교를 사랑하지 않잖아."

"그 말은 후타바에게 이미 들었어."

"……혹시 후타바에게 무슨 일 있는 거야?"

한순간 뭔가를 생각하던 유마는 갑자기 그런 소리를 했다.

"무슨 일이라니? 그게 무슨 소리야?"

"나한테는 딱히 아무 일도 없고, 사쿠타는 여름방학인데도 학교에 왔잖아. ……그렇다면 후타바에게 무슨 일이 있는 거라고 생각하는 게 정상 아냐?"

타당한 것 같으면서도 타당하지 않은 말이었다…….

사쿠타와 리오에 대해 잘 알지 못한다면 나올 수 없는 말이었다.

"쿠니미 선배, 코치님이 반성회를 한대요."

대화가 잠시 중단되었을 때, 1학년으로 보이는 농구부 부원이 끼어들었다.

"알았어. 금방 갈게."

유마는 그렇게 말한 후 체육관으로 돌아가려 했지만, 갑자기 멈춰서더니 사쿠타를 돌아보았다.

"무슨 일 있으면 바로 말해."

"응?"

"후타바한테 무슨 일 있으면 말이야."

"네가 말 안 해도 그럴 생각이야. 한밤중에 전화해도 튀어오라고."

"하늘을 날 순 없지만, 자전거 타고 쏜살같이 갈게."

유마는 미소를 지으면서 그렇게 말하고 체육관 안으로 들어갔다.

3

체육관에서 벗어난 사쿠타가 향한 곳은 입구에서 30미터 정도 떨어진 내빈용 입구였다. 그 입구 정면에는 교무실이 있어서 딱히 볼일이 있는 학생이 아니라면 잘 이용하지 않았다. 교무실 옆에 있는 양호실에 갈 때나 이용했다.

정적이 흐르는 내빈용 입구에서 신발을 벗은 사쿠타는 슬리퍼를 신었다. 그리고 불이 꺼진 교무실 문이 아니라 복도 끝에 있는 녹색 공중전화기 앞에 섰다. 지갑에서 10엔짜리 동전을 있는 대로 꺼내어 전화기 옆에 쌓아두고 수화기를 들었다. 그리고 10엔 동전을 하나만 넣었다.

그 후, 사쿠타가 누른 것은 집 전화번호였다.

전화는 곧 연결되었다.

"예, 아즈사가와입니다."

전화를 받은 상대가 누구인지는 바로 눈치챘다. 마이였다.

"마이 씨, 한 번만 더 부탁드릴게요."

"예, 아즈사가와입니다."

아까는 목소리가 상냥했지만 지금은 사무적으로 느껴질 만큼 담담했다. 마이의 언짢은 표정이 눈앞에 선했다.

"갓 결혼해서 남자 쪽 성이 된 새색시 같은 느낌으로 말해주면 좋겠는데 말이죠."

"전화 한 통으로 이렇게 기뻐하는구나."

"그야 상대가 마이 씨니까요."

"그런 소리 해봤자, 새색시 톤으로는 안 할 거야."

"안 부끄러워해도 되는데."

"그쪽은 어떻게 됐어?"

사쿠타의 어리광을 깔끔하게 무시한 마이는 본론에 들어갔다.

좀 더 애원하고 싶었지만 10엔 동전도 무한이 아니라서 사쿠타는 순순히 대답했다. 애초에 볼일이 있어서 전화를 건 사람은 사쿠타인 것이다.

사쿠타는 10엔을 더 넣으면서 말했다.

"후타바, 학교에 왔어요."

"그랬구나. 이쪽 후타바 양도 계속 집에 있었어."

"내가 외출한 후에는 뭘 하던가요?"

"주로 카에데에게 공부를 가르쳐줬어. 지금은 후타바 양이 요리를 가르쳐주고 있어."

"카에데한테요?"

"응. 좀 거리감이 있지만 말이야."

마이는 웃음을 흘렸다. 아마 자기 방에서 얼굴만 쏙 내민 카에데에게 거실에 있는 리오가 공부를 가르쳐줬을 것이다. 방에 숨어있는 카에데가 리오보다 키가 크니까 상상만으로도 재미있는 광경이었다. 카에데는 키가 162센티미터지만 리오는 155센티미터 정도다. 마이가 웃은 이유가 상상이 되었다.

"마이 씨는 뭘 했나요?"

"사쿠타의 방을 청소해뒀어."

그 목소리에는 약간의 장난기가 어려 있었다.

"마이 씨, 옷장 안에 있는 내 팬티를 감상한 거 맞죠?"

"방에 있던 음란한 것들은 전부 처분했어."

"……진짜요?"

"바니걸 의상 같은 건 이제 필요 없잖아?"

"그건 이 세상에서 두 번째로 소중한 건데!"

사쿠타는 수화기를 향해 몸을 쑥 내밀었다.

"첫 번째는 뭐야?"

"그야 마이 씨죠."

"흐음~."

"진짜라고요."

"그럼 첫 번째 말고는 없어도 되겠네."

"예?"

"나만 있으면 충분하잖아?"

"……."

"안 그래?"

마이는 딱 잘라 말했다.

"충분하고말고요."

사쿠타는 어쩔 수 없이 작은 목소리로 대답했다.

"그렇게 실망하지는 마. 전부 안 버리고 놔뒀어."

"마이 씨는 보기보다 고약한 사람이네요."

"그런데 사쿠타는 아이돌을 좋아해?"

마이는 갑자기 화제를 바꿨다. 너무 갑작스러워서 사쿠타는 그 의도를 파악하지 못했다.

"예? 왜 그런 걸 묻는 거예요?"

"아이돌 그룹이 표지를 장식하고 있는 만화 잡지가 방에 있었거든. 석 달 정도 된 거야."

"아~, 버리는 걸 깜빡한 거예요. 그건 버려도 돼요."

"그렇구나."

마이는 바로 납득했다. 하지만 다른 뭔가를 생각하고 있는 것 같았다.

"마이 씨?"

"맞아. 10분 정도 후에 매니저가 오기로 했는데, 너희 집에 들여도 돼? 저기…… 후타바 양에게서 눈을 떼지 않는 편이 좋잖아?"

리오를 신경 쓰는 건지 마이는 약간 목소리를 낮췄다.

"아까 그걸 한 번 더 말해준다면 괜찮아요."

"예, 아즈사가와입니다."

부드러운 어조 안에서는 행복이라는 이름의 오라가 느껴졌다. 그야말로 사쿠타가 상상해왔던 새색시 톤이었다.

　　"사쿠타는 나와 결혼하고 싶어?"

　　"지금은 애인 사이로 충분해요."

　　"『예』라고 즉답하는 것도 싫지만, 미묘하게 거부당한 것 같아서 석연치 않네."

　　"실은 아직 결혼이라는 걸 리얼하게 상상할 수가 없거든요."

　　"흐음."

　　마이는 역시 납득하지 못한 것 같았다.

　　"뭐, 나도 같은 의견이야. 행복한 가족이라는 것도 실감이 나지 않거든."

　　마이는 혼잣말을 하듯 중얼거렸다. 어릴 적에 부모님이 이혼한 후, 오랫동안 어머니와 단둘이 살아서 저렇게 말한다는 생각이 들었다. 지금은 어머니와도 사이가 나빠져서 따로 살고 있었다.

　　"역시 마이 씨와 결혼하고 싶네요."

　　"갑자기 무슨 소리를 하는 거야?"

　　"함께 행복한 가정을 꾸리자고요."

　　"그래그래. 그런데 사쿠타는 이제 돌아올 거야?"

　　"그럴 생각이에요. 그쪽에 있는 후타바에게 물어볼 게 있거든요."

　　"그렇구나. 그럼 나중에 봐."

"예."

마이가 전화를 끊을 때까지 기다린 후, 사쿠타는 수화기를 내려놨다.

남은 10엔짜리 동전을 지갑에 넣었다. 그리고 돌아가기 위해 뒤돌아섰다.

"윽."

무심코 그렇게 말한 것은 등 뒤에 누군가가 있었기 때문이다. 4, 5미터 정도 떨어진 곳에 서 있는 이는 유마의 애인인…… 카미사토 사키였다.

"사람 얼굴을 보고 『윽』은 좀 너무하지 않아?"

양손을 허리에 댄 사키는 사쿠타를 똑바로 쳐다보았다.

"……."

"……."

시선이 마주쳤지만 사키는 아무 말도 하지 않았다. 그녀에게 딱히 볼일이 없는 사쿠타는 그 틈에 신발을 갈아 신으려 했다.

"잠깐."

바로 그때, 언짢은 감정이 실린 가시 돋친 목소리가 들려왔다.

사쿠타가 못 들은 척 하면서 신발을 계속 신자—

"못 들은 척 하는 거야? 짜증나네."

—하고 사키는 차가운 목소리로 말했다.

사쿠타는 마음속으로 한숨을 내쉬면서 사키를 향해 돌아

섰다.

"미안해. 설마 반 안에서 가장 귀엽다고 평판이 자자한 카미사토 사키 양이 반에서 고립되어 있는 나 따위에게 말을 걸거라고는 꿈에도 생각 못했거든. 우와~, 깜짝 놀랐네."

일단 자신의 기분도 전해주자고 생각한 사쿠타는 교과서 읽는 목소리로 그렇게 말했다.

"뭐라고 지껄이는 거야? 진짜 짜증나네."

사키는 쓰레기라도 쳐다보는 눈길로 사쿠타를 주시했다. 정말 굴욕적이었다. 어차피 누군가에게 저런 시선을 받아야만 한다면 마이가 해줬으면 좋겠다. 그럼 사쿠타에게 있어서는 상이겠지만 사키에게서 저런 시선을 받아봤자 불쾌할 뿐이었다.

"방금은 나도 짜증날 만 하다고 생각해."

실은 일부러 짜증나는 소리를 했던 것이다. 하지만 사쿠타가 한 말…… 특히 『반에서 가장 귀엽다고 평판이 자자한』이라는 부분을 부정하지 않는 걸 보면 사키도 상당한 애라고 생각했다.

"그런데 무슨 일이야? 오늘도 쿠니미와 헤어져달라고 부탁하러 온 거야?"

"유마와 사귀고 있는 건 나거든?"

"사실 우리는 그렇고 그런 사이야."

"……."

사키는 약간 볼을 붉혔다.

"카미사토는 그런 쪽 취향이야?"

"아냐!"

"나도 그러니까 안심해. 남자 따위 사양이야. 나는 여자애가 좋다고. 여자애라고 쓰고 좋아한다고 읽을 정도로 말이지."

"무슨 소리를 하는 거야?"

"나를 더 골 때린 녀석으로 만들고 싶지 않다면, 빨리 용건이나 말해."

마이가 집에 있단 말이다. 빨리 돌아가고 싶었다.

"……."

사키는 자기가 말을 먼저 걸어놓고, 사쿠타가 용건을 말해보라고 하자 주저하기 시작했다. 말을 고르고 있는지 시선이 흔들리고 있었다.

"아즈사가와는 그 여자애와 친구지?"

"……."

"언제?"

"『그 여자애』라면, 후타바 말이야?"

"흰색 가운 입은 여자애."

"후타바네."

"……."

사키는 또 입을 다물었다. 하지만 이번에는 얼마 지나지 않아 사쿠타를 쳐다보았다. 사쿠타는 항상 자신감이 넘치던 사키의 이런 표정을 처음 보았다.

"그 여자애, 혹시 위험한 짓을 하고 있는 거 아냐?"

"……위험한 짓?"

혹시 사춘기 증후군에 대한 건가, 하고 생각했지만 그런 것치고는 말투가 이상했다. 사키는「하고 있는 거 아냐?」라고 물었다. 현재 리오의 상황을 『하고 있다』고 표현하는 것은 이상했다.

"뭐야, 물리 실험실에서 폭탄이라도 만들고 있었어?"

사키의 진의를 파악하지 못한 사쿠타는 상대의 의도를 알아내기 위해 농담을 섞어 그렇게 말했다.

"뭐? 바보 아냐?"

사키는 진심으로 어이없어 했다.

"그럼 뭐야? 쓸데없는 소리 하지 말고 빨리 말해봐."

사쿠타는 짜증을 참으면서 물었다.

"그게……."

사키는 또 말끝을 흐렸다. 사쿠타는 이렇게 우물쭈물하는 사키를 처음 보았다. 그런 사키를 보면서 짜증이 느껴지기 시작했을 즈음, 사키는 당치도 않은 소리를 했다.

"일주일 정도 전에…… 자기 치마 속 사진을 찍고 있었어."

"……."

사쿠타는 한순간 무슨 말을 들은 것인지 이해하지 못했다.

"……."

"……."

사쿠타와 사키 사이에서 침묵이 감돌았다. 체육관에서 부활동을 하고 있는 학생들의 고함 소리가 멀게 느껴졌다.

"뭐?"

5초 후, 사쿠타는 겨우 마음을 진정시켰다.

"그러니까! 스마트폰 카메라로, 이렇게……."

사키는 자신의 스마트폰을 치마 아래쪽으로 이동시켰다. 그리고 다리를 교차시키면서 포즈를 취했다. 저러면 절묘하게 팬티가 가릴 것이다.

"요즘 여고생 사이에서는 야한 놀이가 유행하고 있구나."

"유행 안 해."

"카미사토, 혹시 성욕을 주체 못하는 거야?"

"그런 거 아냐!"

"적당히 하라고."

"그러니까, 내가 아니라구! 후타바라는 여자애가 했단 말이야! 너, 진짜 골 때린 애네. 확 죽어버려."

사키는 쌀쌀맞은 목소리로 마지막 말을 했다. 꽤 진심으로 한 말 같았다. 역시 장난이 너무 심했다고 생각해서 마음속으로 반성했다.

"……후타바가 그랬단 말이지."

하지만 사키가 방금 한 말은 영 믿기지 않았다.

"그래."

사키는 사쿠타의 혼잣말을 듣더니 고개를 숙였다.

"그랬구나."

"그래."

"그랬구나~."

"……."

"……."

"……어? 그게 다야?"

사쿠타는 충분히 놀라고 있었다. 솔직히 말해 리오가 두 명 존재하는 지금 상황보다도 더 놀라웠다. 하지만 직접 그런 광경을 목격한 것은 아니기 때문에 실감이 나지 않았다. 사키와 사쿠타 사이에 온도차가 존재하는 것도 무리는 아니었다.

그리고 사춘기 증후군이 발생하고 있으니, 또 당치도 않은 사태가 벌어질지도 모른다는 생각이 사쿠타의 머릿속에 존재했다.

"아즈사가와, 전혀 이해하지 못했지?"

"후타바가 자기 치마 속 사진을 찍었다는 거잖아? 이해했어."

"찍은 사진을 남에게 보여줄지도 모른다는 생각은 안 드는 거야?"

"뭐?"

"진짜로 안 했나 보네."

사키는 마치 바보를 보는 표정으로 사쿠타를 쳐다보았다.

"왜 남한테 보여주는 건데? 전혀 짐작이 안 되네."

사쿠타에게서 눈을 뗀 사키는 스마트폰을 조작했다. 그런 그녀는 어째선지 심드렁한 표정을 지었다.

스마트폰에서 시선을 뗀 사키는 여전히 심드렁한 표정을 지은 채 사쿠타에게 다가왔다. 감귤 냄새를 머금은 바람이 느껴졌다. 사키가 쓰는 땀 억제 스프레이 냄새일 것이다.

"이걸 봐."

사키는 사쿠타의 얼굴을 향해 스마트폰의 화면을 내밀었다.

누군가의 SNS 페이지였다. 아이콘으로는 입 아래쪽의 근접 촬영 사진이 쓰이고 있었다. 이것만으로 누구인지 판별하는 것은 어렵지만 사쿠타는 짐작 가는 이가 있었다. 그 사진에 찍힌 입술 오른쪽 편에는 점 두 개가 나란히 있었다. 리오에게도 비슷한 곳에 점 두 개가 있다.

그 아이콘 사진 밑에 있는 최신 코멘트에는 『조금만』이라고 적혀 있었다. 날짜를 보니 어제 올린 그 코멘트에는 사진 한 장이 실려 있었다. 위쪽 단추 세 개를 푼 블라우스의 가슴 언저리를 찍은 사진이었다. 요염하게 앞섶이 벌어져 있었다. 그 것을 위에서 들여다보는 앵글로 아름다운 가슴 계곡이 찍혀 있었다.

사진에 나온 부분은 얼마 안 되지만 보아하니 학교 교복 같았다.

"이건 그 애의 비밀 계정이야."

"비밀 계정?"

"실제로 알고 지내는 지인에게 알려주지 않는 은밀한 계정이라구."

사키는 귀찮다는 어조로 가르쳐줬다.

"흐음."

이 십여 개의 알파벳의 배열이 바로 그런 것이리라.

"그 여자는 다른 계정이 없을 것 같으니까, 딱히 비밀 계정이 아닐지도 모르지만 말이지."

"그런데 후타바의 은밀한 계정을 어째서 카미사토가 알고 있는 건데?"

실제로 아는 사람한테 들킨다면 비밀 계정 같은 것은 아무런 의미도 없었다. 게다가 딱히 친구도 아닌데다, 지인조차 아닌 두 사람이 계정을 교환했을 리도 없었다.

"아까 물리 실험실에 가봤더니 가방과 함께 스마트폰이 있길래 좀 살펴봤어."

사키는 멋대로 봤다는 사실을 고백했다.

"애인이 열심히 연습시합을 하고 있는 동안, 너는 대체 뭘 하고 있는 거야……."

"유, 유마와는 상관없다구!"

사키는 과잉반응을 하면서 사쿠타를 노려보았다.

"뭐야. 너희, 혹시 싸웠냐?"

"……."

사키의 눈동자에 살의가 어렸다. 아무래도 정곡을 찌른 것 같았다. 며칠 전에 바다 데이트를 했다던데 그때 무슨 일이 있었던 걸까.

"뭐, 아무튼 후타바는 조심성이 없고, 카미사토는 비상식이네."

그런 사키 덕분에 사쿠타는 이런 정보를 입수했지만…….

"카미사토는 쿠니미의 스마트폰도 멋대로 살펴보는 거야?"

"……."

사키는 아무 말도 하지 않았다. 아까처럼 무시무시한 얼굴로 사쿠타를 노려보기만 했다. 어쩌면 두 사람이 싸운 원인은 그것일지도 모른다. 그 이야기를 더 했다간 긁어 부스럼이 되리라. 분노의 창끝이 이쪽을 향한다면 골치 아플 것이다.

"좀 봐도 돼?"

사쿠타는 그렇게 말하고 사키에게서 스마트폰을 넘겨받았다. 화면을 내리며 투고된 메시지를 살펴봤다.

끝은 얼마 안 가서 나왔다. 정확하게는 올린 글 자체가 총 열 개밖에 되지 않았다. 처음에 올린 것은 잠옷 차림의 사진이었다. 후드가 달린 폭신폭신한 잠옷이었다. 아래쪽에는 반바지를 입고 있었기에 맨발이 훤히 드러났다. 부드러워 보이는 허벅지는 수컷의 본능을 자극하고도 남았다. 그와 함께 『요청이 있으면 또 올리겠습니다』라는 메시지가 첨부되어 있었다.

비슷한 느낌의 사진 열 장이 올라와 있었다. 전부 얼굴은 드러나지 않았다.

첫 사진은 7월 25일에 올려졌다. 즉, 일주일 전에 올린 것이다.

그 글들에는 사진을 본 사람들의 댓글이 달려 있었다.

―끝내주는 허벅지네!

―잠옷 귀여워. 이런 걸 입어주길 원했다고!

―고등학생한테 이런 가슴 계곡이?!

―이 I자야말로 천연 계곡! 억지로 모아올린 인공은 Y자가 되거든…….

―가슴 마에스트로가 나타났다(웃음)

등등……. 반응은 좋았다. 더 보여 달라는 요청 댓글이 잔뜩 달려 있었다.

"이 애가 진짜 후타바라고 치자고."

"틀림없어."

사키는 딱 잘라 그렇게 말했다.

"그럼 왜 이런 짓을 하는 건데?"

"팔로워를 늘리고 싶어서겠지."

현재 팔로워 숫자는 약 2천 명이었다.

"늘려서 어쩌는데?"

"아무것도 안 해."

"그게 무슨 소리야?"

"이딴 사진 올리는 건 주목 받고 싶어서거든."

"그렇구나."

사쿠타는 납득한 것처럼 그렇게 말했지만 납득이 되지 않았다. 리오가 약간 야한 사진을 찍는 것도, 그것을 SNS에 올리는 것도, 그리고 그래야만 하는 이유도 알 수 없었다.

상식적으로 생각해보면 바보 같은 짓이다. 그 이상도 그 이하도 아니다. 하지만 이게 『바보 같은 짓』이라는 것은 리오도 분명 이해하고 있을 것이다. 이해하고 있으면서도 할 수밖에 없는 사정이 있다면 그게 뭘까. 그게 짐작조차 되지 않았다.

"여고생은 어떤 때 이런 짓을 하고 싶어지는 거야?"

"나는 안 해."

"점잔 빼지 말고 가르쳐달라고."

"그러니까 안 한다고 방금 말했잖아. 귀머거리야?"

"이런 사진을 찍으면서?"

사쿠타는 허락도 받지 않고 찾아낸 사진 데이터를 사키에게 보여줬다.

1미터 정도 되는 곰 봉제인형을 꼭 끌어안은 사키의 사진이었다. 흉포한 표정을 지닌 『가부린쵸 베어~』라는 캐릭터였다.

"머, 멋대로 보지 마! 진짜 신경이 어떻게 되어먹은 거야?"

"남에게 불평할 때는 자기가 한 짓을 깔끔하게 잊는 게 중요하지."

사키는 스마트폰을 채갔다.

"그런 건 본인에게 물어보라구."

잔뜩 골이 난 사키는 화난 걸음걸이로 멀어져갔다. 그런 사키의 뒷모습을 쳐다보면서 사쿠타는 중얼거렸다.

"저 녀석, 이상한 방식으로 남 걱정을 하네."

묘한 정의감을 지닌 것 같았다.

"자, 어떻게 한다……."

사키가 사라진 후, 사쿠타는 다시 리오에 대해 생각했다.

지금 바로 물리 실험실에 가서 리오에게 자초지종을 물어보는 것은 간단했다. 하지만 사쿠타는 어떤 사실을 눈치챘다.

아까 사키가 보여준 리오의 비밀 계정에는 일주일 전부터 사진이 올라오고 있었다. 그리고 어제 리오는「사흘 전부터 후타바 리오는 두 명이 되었다」고 말했다. 즉, 일주일 전에는 리오가 한 명만 존재했으며…… 사춘기 증후군이 발생하기 전부터 리오는 야한 셀카를 SNS에 올리고 있었던 것이다.

"진짜로 어떻게 하지……."

자신의 몸을 이런 식으로 사용하거나, 이용하거나…… 혹은 이용당하는 여고생이 존재한다는 것은 알고 있었다. 여고생 장사라는 말도 텔레비전에서 나오는 시대인 것이다.

사쿠타는 방금까지 그런 것을 머나먼 이국에서 벌어지는 일처럼 여기고 있었다. 의식조차 하지 않았다. 반 친구가 이런 짓을 한다는 이야기는 소문으로도 들은 적이 없었고 그런 분위기를 접한 적도 없었다.

평생 이런 일에 얽히지 않을 거라고도 생각했다.

하지만 지금, 눈앞에서 그런 일이 느닷없이 발생했다. 게다가 그런 일을 하고 있는 이는 생판남이 아니라, 친구인 것이다……. 그 사실이 사쿠타의 아랫배를 묵직하게 만들고 있었다.

"누군가와 상의하고 싶지만……."

지인 중에서 이런 일에 관해 잘 알 만한 인물이 없었다.

"……아, 한 명 있기는 하네."

가능하면 만나고 싶지 않은 인물이자 절대 빚을 지고 싶지 않은 인물이지만, 지금은 다른 방법이 없었다.

사쿠타는 한숨을 내쉬며 신발을 벗고 공중전화로 향했다. 그리고 지갑에서 동전과 함께 꺼낸 것은 예전부터 계속 넣어 뒀던 한 장의 명함이었다.

4

"어서 오세요."

후지사와 역에서 돌아온 사쿠타가 자신이 아르바이트를 하는 패밀리 레스토랑에 들어가자, 여성 점원이 귀여운 목소리로 맞이해줬다.

"어, 선배?"

손님을 맞이하러 온 이는 토모에였다. 얼굴에는 의문 부호가 떠올라 있었다. 오늘은 사쿠타가 일하는 날이 아니라는 사실을 알기 때문이리라.

"손님으로 온 거야."

"혼자이신가요?"

"곧 한 명 더 올 거예요. 여기서 누군가와 만나기로 했거든요."

"사쿠라지마 선배?"

토모에는 약간 머뭇거리더니 귀엽게 사쿠타를 올려다보면서 물었다.

"아냐."

"쿠니미 선배?"

"그 녀석도 아냐."

"……."

아무래도 토모에는 그 두 사람 외에, 사쿠타가 이런 곳에서 만날 만한 사람이 생각나지 않는 것 같았다.

"망상 친구?"

그래서 무례하기 그지없는 소리를 했다.

"확 주물러 버린다?"

토모에는 양손으로 엉덩이를 가렸다.

"가슴을 가려야 정상 아냐?"

"내 가슴이 주부를 수 있을 만큼 크지 않다는 걸 선배도 알잖아."

"나와 코가는 어느새 꽤 야한 사이가 되었네."

"그, 그런 뜻으로 한 말 아냐!"

토모에는 볼을 부풀리면서 항의했다.

"코가는 정말 귀엽다니깐."

"흥. 됐어. 자리로 안내하겠습니다."

사쿠타는 칭찬 삼아 그렇게 말했지만 토모에는 기분이 나빠진 것 같았다. 그녀는 투덜거리면서 사쿠타를 안쪽 박스석으로 안내했다. 5번 테이블, 어제 마이가 앉아있던 자리였다.

사쿠타가 순순히 그 자리에 앉자 토모에가 물었다.

"선배, 왜 교복을 입고 있는 거야?"

"학교에 갔다 왔거든."

"보충수업 들으려고?"

"코가도 아니고 그런 걸 들을 리가 없잖아?"

"나도 안 들어."

"볼일이 좀 있었던 것뿐이야."

"흐음."

사쿠타가 솔직하게 대답해주지 않자 토모에는 불만어린 시선으로 그를 쳐다보았다. 하지만 추궁은 하지 않았다.

"일단 드링크 바만 주문할게요."

"알겠습니다. 그럼 편안한 시간 되십시오."

단말기에 주문을 입력한 후, 토모에는 미소를 지으며 고개를 숙였다.

바로 그때, 손님이 왔다는 사실을 알리는 벨이 울렸다.

"어서 오세요."

토모에는 종종걸음으로 입구를 향해 뛰어갔다.

하지만 곧 사쿠타가 앉아있는 테이블로 돌아왔다.

"저, 저기, 일행 분이 오셨어요."

토모에의 목소리에서는 긴장이 느껴졌다. 그녀의 의문 섞인 시선이 사쿠타를 사정없이 찔러댔다. 그 이유는 토모에가 데리고 온 『일행 분』에게 있었다.

그 사람은 20대 후반의 성인 여성이었다. 청결한 느낌의 흰색 블라우스, 그리고 종아리까지 가리는 어른스러운 바지를 걸쳤으며, 옅은 화장에서는 지적이면서도 활동적인 인상이 느껴졌다. 여성 아나운서 같은 분위기…… 아니, 그녀는 진짜 텔레비전 방송국 아나운스부에 소속된 아나운서였다.

"우리는 이제 끝난 사이인 줄 알았는데, 네가 만나고 싶다며 먼저 연락을 해올 줄은 몰랐어."

사쿠타와 마주보고 앉은 난죠 후미카는 의미심장한 미소를 지으며 그렇게 말했다.

"별거 중인 이혼 초읽기 단계의 부부 같은 소리 좀 하지 마세요."

"어머, 용케도 눈치챘네."

진짜로 그런 설정이었나 보다.

"뭘 드실래요?"

사쿠타가 메뉴를 내밀었지만 후미카는 그걸 받지 않고ㅡ.

"치즈케이크와 드링크 바 세트로 부탁해."

옆에 서 있는 토모에를 향해 미소 지으며 말했다.

"아, 예. 치즈케이크와 드링크 바 세트이시죠."

토모에는 긴장한 손길로 단말기에 주문을 입력했다. 도중에 사쿠타를 힐끔 쳐다봤지만 어떤 관계인지 묻지는 않았다.

"편안한 시간 되십시오."

토모에는 형식적인 인사를 늘어놓고 다른 곳으로 향했다.

"저 애, 귀엽네."

"그렇죠?"

"왜 사쿠타 군이 자랑스러워하는 건데?"

"자랑스러운 후배거든요."

사쿠타는 그렇게 말하면서 자리에서 일어났다. 드링크 바에 간 그는 커피 두 잔을 준비했다. 하나는 아이스커피, 다른 하나는 뜨거운 커피였다.

자리로 돌아와 보니 후미카 앞에는 치즈케이크가 놓여 있었다. 이미 한 입 먹었는지 끝부분이 없었다.

"자요."

사쿠타는 커피 잔을 후미카 앞에 두었다.

"고마워."

후미카는 립글로스를 바른 입술을 잔에 댔다. 그리고 「후우」 하고 작게 한숨을 내쉬더니 말했다.

"나한테 묻고 싶은 건 요즘 여고생의 생태에 관한 거지?"

현재 여자 아나운서인 후미카가 메인으로 담당하고 있는 일은 낮에 방송되는 와이드쇼의 어시스턴트 캐스터였다. 연예계와 정치, 경제 등을 폭넓게 다루고 있었다. 그 안에는 미성년

자와 관련된 사건이나 사회 문제 등도 포함되어 있었다. 그렇기 때문에 후미카라면 리오와 똑같은 짓을 하는 고등학생을 취재하지 않을까, 라고 생각한 사쿠타는 그녀에게 연락을 한 것이다.

"인터넷 만남 사이트와 관련된 트러블이나 원조교제, 그리고 여고생 장사 같은 것에 관해서라면 몇 번이나 취재해봤어."

후미카는 아까 통화를 했을 때 그렇게 말했다. 게다가 그 후 시간이 있다면서 일부러 이곳에 온 것이다.

"아, 물론 사쿠타 군과 친해져서 언젠가 너를 취재하기 위해 이러는 거야."

그런 속내를 털어놓으면서 말이다.

"그걸 말해버리면 의미 없지 않아요?"

"말하지 않더라도 사쿠타 군이라면 그 정도는 눈치채고 남잖아."

사쿠타가 지적을 해도 후미카는 태연한 어조로 그렇게 말했다.

사쿠타는 후미카의 이런 시원시원한 면에 호감을 가지고 있었다. 자신이 취재대상만 아니었다면 꽤 마음에 들었을 것이다. 하지만 그렇기에 방심할 수 없었다.

후미카가 알고 싶은 것은 사쿠타가 경험한 사춘기 증후군에 관한 것이었다. 그런 있을 수 없는 일들을 세간이 받아들일 거라고는 도저히 생각할 수가 없었다. 거짓말쟁이 취급을 당할지도 모르는데다, 취재 카메라에게 쫓기게 될지도 모른다.

이제는 마이와 토모에, 그리고 리오가 휘말릴 위험성도 있었다.

"그런데 구체적으로는 어떤 케이스에 관해 알고 싶은 거야?"

후미카는 한 입 사이즈로 자른 치즈케이크를 입에 넣었다.

"가슴 계곡 셀카 사진을 SNS 같은 데 올리는 여고생에 관해서예요."

"자발적으로 말이야? 인터넷 만남 사이트 같은 데서 만난 남자에게 강요당한 게 아니라?"

"자발적으로 그러는 거라고 생각해요."

"그쪽이구나……."

"어떻게 생각해요?"

"요즘 애들은 발육이 좋다니깐."

후미카의 시선은 사쿠타의 뒤편을 향하고 있었다. 슬쩍 고개를 돌려보니 교복 차림의 여고생 4인조가 스마트폰 화면을 서로에게 보여주며 떠들어대고 있었다. 웃음소리는 가게 전체에 울려 퍼지고 있었으며 그녀들은 완전히 자신들만의 세계에 빠져 있었다.

"내가 고등학생일 때는 꽤 노력하지 않으면 가슴 계곡을 만들 수 없었어."

"난죠 씨의 발육 상태에 관해서는 흥미 없어요."

지금은 새하얀 블라우스 안에 멋지게 성장한 계곡이 존재하는 것 같았다.

"말은 그러지만, 내 가슴 쪽에서 사쿠타 군의 시선이 느껴지는걸~?"

"이야기 흐름상 쳐다보는 게 예의인 것 같아서요."

"남자가 그런 반응을 하기 때문 아닐까?"

"……."

"수요가 있거든."

아무래도 드디어 본론에 들어간 것 같았다.

"사쿠타 군의 시선이 가슴을 향하고 있다는 걸 알고, 나는 적지 않은 우월감을 느꼈어."

"변태군요."

"남들이 자신을 여자로 여긴다는 것은 꽤 중요해. 뭐, 상대에 따라 다르지만 말이야. 변태는 사양이고, 에로 상사는 노 땡큐야."

"그럼 우월감을 느끼고 싶어서 사진을 올리는 건가요?"

"행위가 과격해지는 이유 중 하나라고나 할까? 처음에는 맨발이나 속옷 일부 정도로 시작하지만, 『좋아』, 『더 보여줘』, 『다음에는 수영복이 보고 싶어』 같은 말을 들으며 추켜세워지다 보면 행위가 과격해진다는 게 전형적인 패턴이야."

"……."

"믿기지 않는다는 표정이네. 하지만 내가 취재한 여자애들은 이유는 달랐어도 그런 짓을 하면서『누군가가 자신을 필요로 한다고 느꼈다』라고 말했어."

역시 잘 이해가 되지 않았다.

"이야기 순서가 좋지 않았던 것 같네. 원래 그런 행위를 하는 여자애는 남들보다 강한 고독감을 안고 있는 경향이 있어."

"고독감……."

"학교에서 친구를 만들지 못하거나, 친구와 잘 지내지 못하거나…… 가정에서는 가족과 대화가 없거나, 거꾸로 너무 기대를 받으면서 상호간의 의사소통이 단절되거나 해서…… 아무도 자신을 이해하지 못한다고 생각하는 거야."

"그렇군요."

맞장구를 쳤지만 전혀 이해가 되지 않았다.

"하지만 그렇기 때문에 자신을 받아들여주는 누군가를 항상 갈구해. 누군가가 상냥한 말을 해주면 즉시 만족감을 느끼지."

"그게 기뻐서, 만족감을 얻고 싶어서, 남들이 자신을 더욱 필요로 해주기를 바라기에, 아까 말한 것처럼 행위가 과격해지는 거네요."

"그래."

"그럼 자기가 하고 있는 짓에 대해서는 어떻게 생각하죠? 올바르다거나, 하고 싶다고 생각하면서 하는 건가요?"

가장 마음에 걸리는 것은 바로 그 점이었다.

"내가 취재했던 고등학교 2학년 여자애는 항상 기분 나빴다고 말했어. 속옷 차림으로 셀카를 찍고 있는 자신이 한심하고 부끄러운데다……, 사진을 올렸는데도 댓글이 달리지 않으면 어쩌나 하고 불안해했어. 댓글이 달려도『못난이』라든가, 『역겨워』같은 것도 달리기 때문에 걱정이 끊이지 않았던 것 같아.”

“그럼 관두면 되잖아요.”

그 이전에 하지 않으면 된다고 생각하는 것은 지나치게 단순한 의견일까.

“그 불안과 걱정이 골치 아픈 거야.”

사쿠타가 미간을 찌푸리자 후미카는 말을 이었다.

“불안과 걱정이 크면 클수록, 긍정적인 댓글이 달렸을 때의 기쁨이 커진다는 건 이해가 되지?”

“……”

사쿠타는 아무 말 없이 고개를 끄덕였다. 그 갭이 그대로 기쁨이 된다는 것은 이해가 되었다.

“단 한 마디,『좋네』라는 말을 듣는 것만으로 불안은 사라지고 엄청난 만족감을 얻을 수 있대.”

“하지만 자신이 하는 짓에 대해서는 부정적인 거죠?”

“그래. 그렇기 때문에 일시적으로만 만족할 뿐…… 또 불안을 느끼는 거야. 누군가의 목소리를 원하게 돼.”

“그 불안과 고독을 메우기 위해 또 그런 짓을 저지르는 거네요…….”

"한번 그 악순환에 휘말리면, 거기서 빠져나오는 건 힘들어. 가까운 이들에게 알려지고 싶지 않으니 다른 사람과 상의할 수도 없지. 처음에는 약간 마(魔)가 꼈을 뿐이지만 말이야. 그게 방금 말한 경위를 통해 습관화된다고나 할까……. 내가 만났던 여자애들은 그랬어."

"……."

무슨 말인지 알 것 같지만 솔직히 말해 이해할 자신은 없었다.

"어떻게 접하는 게 좋을까요."

"절대로 해선 안 되는 건 『바보 같은 짓 하지 마』 같은 일반론을 강요하는 거야. 당사자 또한 바보 같은 짓을 하고 있다는 걸 알아. 그리고 그런 짓을 하는 자신을 용서할 수 없다고도 생각하고 있어."

방금 이야기는 이해가 됐다.

사쿠타는 카에데가 반 친구들에게 집단 괴롭힘을 당했던 때를 떠올렸다. 학교에 가지 못하게 된 카에데에게 『근성이 없다』거나 『스스로 정신을 바짝 차려야지』 같은 소리를 하는 사람이 있었다.

하지만 카에데는 좋아서 학교를 못 간 게 아니었다. 집 애호가가 된 것이 아니었다.

카에데는 자신이 학교에 가지 못하게 된 사실 때문에 괴로워했고, 좀 더 정신을 빠짝 차려야겠다며 노력했다. 하지만 결과적으로 그것이 카에데에게 더 깊은 상처를 입혔다고 지금도 생각했다.

필요한 것은 카에데의 마음을 이해해주는 것이었다. 노력하고 있는 카에데를 칭찬해주는 사람이 필요했다.

학교에 가기 싫은 것은 아니다. 가고 싶지만 갈 수 없는 경우도 있다. 그 사실을 알아줄 사람이 필요했다.

사쿠타가 그 사실을 이해한 건 카에데가 상처투성이가 된 후였다……. 쇼코가 가르쳐준 후에야 겨우 이해했다. 상대가 듣고 기뻐할 말을 해줬어야 한다는 것을…….

"……."

"뭐, 사쿠타 군이라면 그쯤은 알고 있겠지."

하지만 이렇게 남의 말을 통해 들어서 다행이라는 생각이 들었다. 머리로는 알고 있지만 실제로 그런 상황에 처했을 때 올바르게 행동하려면 나름의 각오가 필요하기 때문이다.

"아뇨, 고마워요."

"으음, 사쿠타 군이 솔직하게 나오니 좀 뜻밖이네. 혹시 공략이 거의 다 된 거야?"

"그것과 이건 별개예요."

"어머, 유감이네."

후미카는 딱히 유감스러워 하지 않으면서 남은 치즈케이크를 입에 집어넣었다.

"이건 네 친구에 관한 이야기인 거야?"

"노 코멘트 하겠어요."

"너무하네. 이것저것 많이 가르쳐줬는데 말이야."

"친구 일이에요."

후미카가 끈질기게 물고 늘어지면 골치 아플 것 같아서 사쿠타는 바로 말했다.

"그럼 조심하도록 해."

"그럴 생각이에요."

실제로 뭘 할 수 있을지는 모르겠지만 말이다.

"한번 업로드된 사진이나 문장을 인터넷 상에서 완전히 지우는 건 어려워. 한번 올려버리면, 관둔다고 없었던 일이 되지 않아."

그게 골치 아픈 점이다. 평생 남아있을지도 모르는 것이다.

"얼굴이 노출되지 않더라도, 누구인지 알려지거나 주소가 드러나서 문제나 범죄에 휘말리게 될 위험성도 있어. GPS가 달린 스마트폰으로 찍은 사진에는 위치 정보가 포함되기도 해."

편리하지만 그런 정보가 한번 퍼져나가면 수습할 수 없었다. 빛의 속도로 퍼져나가는 것이다.

"나도 생방송 중, 치마가 들춰진 사진이 아직도 인터넷에 떠돌아다녀서 난처하다구."

"수요가 있어서 다행이네요."

"그때 검은색 속옷이어서 『낮방송인데 음란하다』 같은 클레임 전화가 엄청 왔다구. 빨리 잊고 싶은데 인터넷으로 뭘 조사하다 보면 때때로 눈에 들어오기도 하니까 잊을 수가 없어."

그럼 밤이라면 검은색 속옷이라도 괜찮았던 걸까. 일부러 클레임 전화까지 하는 사람들의 마음을 이해할 수 없었다.

"뭐, 내 이야기는 이쯤 하고……."

후미카는 의미심장한 미소를 지었다.

"왜 그래요?"

왠지 그 말을 기다리고 있는 것 같았기에 사쿠타는 굳이 말해줬다.

"사쿠라지마 마이 양과는 어떤 사이야?"

"학교 선후배예요."

사쿠타는 담담한 목소리로 대답했다. 그리고 아이스커피로 목을 축였다.

"그게 다야?"

후미카는 명백하게 사쿠타와 마이의 관계를 의심하고 있었다. 후미카는 그럴 만한 근거를 가지고 있었다.

일전에 마이에 관한 정보를 가르쳐주는 대가로 사쿠타는 자신의 가슴에 난 상처 사진을 후미카에게 제공했다. 마이는 그 사진이 나돌아 다니지 않게 하려고 후미카에게 거래를 제안했다. 마이가 자신의 연예계 복귀 뉴스를 제공했던 것이다.

즉, 마이는 사쿠타를 감싸준 적이 있었다. 후미카가 두 사람은 단순한 선후배가 아니라고 의심하는 것도 무리는 아니었다. 그런 의심을 하지 않는 게 오히려 이상했다.

"그녀는 지금까지 연애 관련 스캔들이 전혀 없었으니까, 『애인 발각』 같은 일이 벌어지면 대대적으로 보도될 거야."

"그런 일이 벌어진다면, 나는 절대 난죠 씨의 취재에 응하지 않을 거예요."

"다른 방송국이나 주간지도 노리고 있을 테니까 주의하도록 해. 괜한 불똥이 튀어서 내가 사쿠타 군에게 미움 받게 되는 건 싫단 말이야."

"알았어요."

하지만 실제로는 어떨까. 마이는 그런 걸 전혀 신경 쓰지 않았다. 1학기 때는 평범하게 등하교를 함께 했고 어제는 사쿠타의 집에 묵기까지 했다. 위기감을 느끼지 않는 것인지, 알면서 그러는 것인지, 집에 돌아가서 물어보는 편이 좋을 것 같았다.

"그런데, 실은 어때?"

후미카는 비밀스러운 이야기라도 하듯 사쿠타를 향해 몸을 쑥 내밀면서 말했다.

"뭐가 말이에요?"

"진도는 어디까지 나갔어?"

후미카는 눈을 반짝이면서 질문했다.

"……."

사쿠타는 어이없어 했다.

"키스는 한 거야?"

하지만 후미카는 그런 사쿠타를 전혀 개의치 않고 질문을 던졌다.

"난죠 씨."

"했어? 안 했어? 어느 쪽이야?"

"완전 아줌마 같은 질문이네요."

"그 정도는 가르쳐줘도 되잖아."

후미카는 뾰로통한 표정을 짓더니 등받이에 등을 기댔다.

"난죠 씨는 애인이 없나요?"

사쿠타는 반격을 하듯 그대로 질문을 던졌다.

"내 이야기 좀 들어봐. 정말 너무하다니깐."

그리고 후미카는 자기 애인에 대한 불평불만을 늘어놓기 시작했고, 그것은 약 한 시간 동안 계속됐다.

상대는 학생시절부터 사귄 동갑내기 남성이라고 한다. 직업은 대형 통신회사의 영업담당이며 3년 전부터 동거도 하고 있다. 후미카로서는 프러포즈를 기다리고 있는 상태지만 상대방은 아직 그럴 생각이 없는 것 같았다. 여자 아나운서로서 활약하고 있는 후미카에 비해서 자신은 아직 멀었기 때문에, 뭔가 제대로 된 결과를 낸 후에…… 라는 말을 어젯밤 애인에게서 들었다고 했다.

"그 결과라는 게 대체 뭐냔 말이야."

후미카는 사쿠타에게 마구 화풀이를 해댔다.

"그렇게 영 아니면 헤어지는 건 어때요? 여자 아나운서니까 프로야구 선수가 얼마든지 받아줄 거라고요."

하지만 후미카는 지금도 그를 좋아하는 것 같았다.

이런저런 걸 가르쳐준 답례삼아, 사쿠타는 그런 아무래도 좋을 이야기를 한 시간 동안이나 들어줬다.

5

패밀리 레스토랑에서 후미카와 헤어진 사쿠타는 집을 향해 홀로 걸었다. 현재 오후 일곱 시가 지났다. 태양은 보이지 않지만 하늘은 아직 밝았다.

근처 공원 앞을 지나고 있을 때 나무에서 매미 소리가 들려왔다. 한 마리만 울고 있는 것 같았다. 이 울음 소리로 볼 때 기름매미다. 낮에는 다른 매미들도 시끄러울 정도로 울어댔지만 지금은 쓸쓸한 느낌이 감돌았다.

멈춰 서서 나무를 올려다봤지만 어디에 있는지 알 수 없었다.

"……고독감이라."

무의식적으로 입에서 말이 흘러나왔다. 후미카가 한 말 중에서 사쿠타가 가장 신경 쓰였던 말이다. 가슴에 박힌 말이었다.

후미카가 한 말이 맞다면 리오는 그 고독감 때문에 괴로워하고 있는 것이다.

"그 녀석, 여자애들의 그룹 문화에 어울릴 만한 성격이 아니긴 해."

공감과 동조가 중요시되는 커뮤니티와 리오의 이론적인 성격은 확실히 잘 맞지 않을 것이다. 아마 리오도 그 사실을 자각하고 있었다. 그러므로 항상 동급생들의 굴레에서 떨어져 있는 것이다.

리오가 대화를 나누는 이는 사쿠타와 유마뿐이었다. 그것만으로는 부족한 것일까. 아니면 학교 이외의 장소에서 리오는 고독을 느끼고 있는 것일까.

"그 녀석, 집에서는 어떻게 지내고 있는 거지?"

이대로 멈춰 서서 매미를 찾아봤자 아무 의미도 없었기에 사쿠타는 집을 향해 걸음을 옮겼다.

사쿠타는 지금까지 리오의 집에 가본 적이 없었다. 어떤 집에서 사는지도 모른다. 단독주택에 사는지, 맨션에 사는지도 모른다. 부모님이 무슨 일을 하시는지도 알지 못했다.

알고 있는 것은 집에서 가장 가까운 역이 후지사와 역에서 오다큐 에노시마 방향으로 한 정거장 옆인 혼쿠게누마라는 것뿐이었다.

사쿠타는 이제서야 리오의 개인 정보를 거의 알지 못한다는 사실을 알았다. 리오는 적극적으로 자신에 대한 이야기를 하는 성격이 아니며 질문을 받더라도 필요한 점만 간결하게 대답했다. 그래서 이야기가 옆으로 새며 리오 개인에 대한 정보를 들을 기회도 적었다.

"뭐, 모르는 것에 대해서는 결국 물어볼 수밖에 없겠지."

멀찍이서 지켜보기만 해서는 사태가 호전될 리가 없었다.

그렇다면 상대가 짜증난다고 생각할지라도 직접 물어볼 수밖에 없다.

하늘을 올려다본 사쿠타는 크게 하품을 하며 그런 생각을 했다.

"다녀왔어~."

현관문을 연 사쿠타는 실내를 향해 그렇게 말했다.

"……."

하지만 대답이 없었다. 평소 같으면 카에데가 헐레벌떡 뛰어와서 마중해주겠지만 오늘은 어찌된 영문인지 모습을 보이지 않았다.

"자는 걸까?"

사쿠타는 신발을 벗고 현관 매트 위에 섰다. 세면장에서 손을 씻고 양치질을 한 후, 그는 거실에 들어갔다.

아니나 다를까 카에데는 텔레비전 앞에서 두 고양이와 함께 늦은 낮잠을 자고 있었다.

"어서 와."

부엌 쪽에서 목소리가 들려오자 사쿠타는 의아하게 생각하며 그쪽을 향해 고개를 돌렸다.

리오는 가스레인지 위에 놓인 냄비 앞에 서 있었다. 그녀는 내용물이 냄비 바닥에 눌어붙지 않도록 국자로 저어주고 있었다.

"후타바, 뭐하고 있는 거야?"

"카레를 만들고 있어."

"그 꼴로?"

사쿠타가 그런 소리를 한 것은 리오가 흰색 가운을 걸치고 있었기 때문이다.

"카레가 뭘까 싶어서 말이야."

"그 카레, 사람이 먹을 수 있는 거지?"

겉모습은 그야말로 과학자 타입 마녀다. 무표정하고 논리적인 로지컬 마녀였다. 냄비 안에는 위험한 약품이 들어 있는 것 같았다.

"레시피대로 만들었으니까 괜찮을 거야."

고개를 돌려보니 냄비 옆에는 요리책 한 권이 놓여 있었다. 사쿠타가 카에데와 둘이 살게 되면서 요리를 배우기 위해 구입한 책이었다. 요즘은 거의 보지 않아서 어디 넣어뒀는지도 까먹었다.

"그런데 마이 씨는 어디 있어?"

카에데는 지금도 거실에서 폭풍 수면 중이지만 마이의 모습은 보이지 않았다.

"아즈사가와의 방에서 대본을 읽겠대. 아즈사가와가 돌아오면 방으로 와달라고 전해달랬어."

"그럼 겸사겸사 옷을 갈아입고 올게."

아무래도 교복 차림으로 집에 있으니 마음이 편하지 않았다. 솔직히 말해 기분 나빴다.

"나는 집에 돌아오면 바로 옷을 갈아입자 파거든."

"그 정보, 필요 없거든?"

리오는 냄비 안의 카레에서 눈을 떼지 않은 채 무뚝뚝한 반응을 보였다.

자기 방 쪽으로 이동한 사쿠타는 일단 문에 노크를 했다.

"마이 씨, 들어가도 되죠?"

혹시나 해서 그렇게 말해봤다.

"……."

대답이 없었다.

일단 확인 절차를 밟았으니 마이가 옷 갈아입는 도중일지라도 혼나지는 않을 것이다.

사쿠타는 그런 기쁘기 그지없는 해프닝을 기대하면서 문을 열었다.

"……."

마이는 금방 발견했다. 침대에 드러누워 있었다. 다리를 어깨 넓이 정도로 벌린 채 손에 쥔 대본을 보고 있었다.

그런 그녀는 후드가 달린 상의와 무릎 아래까지 오는 실내복을 입고 있었다. 평소 검은색 타이츠에 가려져 있던 종아리가 훤히 드러나 있었다.

"……."

마이의 표정은 진지 그 자체였다. 날카로운 집중력이 실내의 공기에 전염되어 긴장된 분위기를 만들어냈다. 말을 걸만한 분위기가 아니었다.

일단 소리를 내지 않고 방 안에 들어간 사쿠타는 천천히 문을 닫았다. 그리고 방구석에 무릎을 꿇고 앉아서 대기했다. 마이에게서 흘러나오는 긴박감이 사쿠타가 절로 그렇게 만들었다.

"……."

마이의 가슴은 일정한 리듬으로 움직이고 있었다. 숨을 쉬고 있다는 증거다. 눈도 계속 깜빡이는 걸 보면 눈을 뜬 채 잠이 든 것도 아니었다.

방해를 하면 미안해서 잠시 동안 시간을 때우기로 했다. 방 안을 둘러보니 깨끗하게 치워져 있었다. 진짜로 청소를 해준 것 같았다. 방바닥을 굴러다니고 있던 석 달 전에 산 만화잡지까지 책상 위에 깔끔하게 놓여 있었다.

사쿠타는 심심하니까 그 잡지를 쥐었다. 마이가 아까 통화 때 말했던 것처럼 표지는 아이돌 그룹이 장식하고 있었다. 열다섯, 열여섯 정도로 보이는 소녀 일곱 명이었다. 환한 미소를 짓고 있었다. 의상은 꽤 하드해서 록 밴드 같은 느낌이 감돌았다. 그것이 아이돌적인 요소와 합쳐지며 잘 만든 할로윈 의상 느낌이 되었다. 스타일리시하게도 보였고 귀엽게도 보였다.

표지를 넘겨보니 앞쪽 몇 페이지에는 그녀들의 수영복 사진과 함께 소개 기사가 실려 있었다. 그룹명은 『스위트 불릿』인 것 같았다. 『올해 대박을 치는 건 그녀들?!』이라는 글이 화려한 글씨체로 적혀 있었다.

문득 한 소녀의 프로필에 눈길이 갔다. 신장과 출신지 밑에 있는 『좋아하는 것』이라는 항목에 『사쿠라지마 마이 씨』라고 적혀 있는 애가 있었다.

이름은 토요하마 노도카. 나이는 열여섯 살. 다른 멤버는 전부 흑발인데, 그녀 혼자만 금발이었다. 보통 『좋아하는 것』에는 『딸기』 같은 걸 적는 게 정상 아닐까. 다른 여섯 명은 그런 느낌이었다.

무심코 잘 알지도 못하는 아이돌들의 프로필을 열심히 읽고 말았다. 사쿠타는 잡지를 덮은 후, 책상 위에 올려놓았다.

마이를 다시 쳐다보니 그녀의 아름다운 입술은 희미하게 움직이고 있었다. 대사를 읊조리고 있는 걸지도 모른다.

"……마이 씨?"

기다리는 것에 질린 사쿠타는 낮은 목소리로 말을 걸었다.

"……."

마이는 아무런 반응도 보이지 않았다.

"혹시 지금이라면 야한 장난을 마음껏 쳐도 되려나?"

"다 들리거든?"

마이는 대본에서 눈을 떼더니 드디어 사쿠타를 쳐다보았다.

"방해한 건가요?"

"방해받고 싶지 않았다면 애초에 여기서 대본을 읽지 않았겠지. 어서 와."

"다녀왔어요."

마이는 대본을 덮더니 몸을 일으켰다. 그리고 침대 가장자리에 걸터앉았다.

사쿠타는 마이 옆에 앉으려고 했지만…….

"사쿠타는 바닥에 앉아."

……마이는 애완견에게 개집에 가라고 말하는 어조로 그렇게 말했다.

"덮칠 생각은 눈곱만큼도 없다고요."

사쿠타는 투덜거리면서 바닥에 앉았다.

"매니저, 왔었어요?"

마이가 자신에게 용건이 있다면 그 일 때문일 거라고 생각한 사쿠타는, 먼저 그 일을 언급했다.

"왔다가 돌아갔어."

"이야기는 했나요?"

"응. 그래서 온 거였거든."

그야 당연할 것이다.

왠지 언짢아 보이는 마이의 태도를 보아하니 결과는 쉬이 상상이 되었다.

"매니저가 뭐라던가요?"

"헤어지라고는 안 했지만, 한동안은 단둘이서 만나지 말래."

예상에서 크게 벗어나지 않는 대답이었다.

"일단 이유를 물어도 될까요?"

"연예계 활동을 재개하고 얼마 되지 않았으니 스캔들을 피하고 싶대. CF 계약을 한지 얼마 안 됐으니 스폰서 기업을 배려하는 의미도 겸해서 말이야. 애인 발각 같은 사태가 벌어지면 내 이미지와 함께 광고하는 상품의 인상도 나빠질 수 있다더라구."

"마이 씨에게 애인이 생기면 스포츠 드링크의 매상이 떨어지는구나……. 엄청나네요."

스포츠 드링크는 영향을 받지 않을 것 같은데…….

"남성 아이돌 그룹의 미남 아이돌과 사귀어서 팬들에게 욕을 먹거나, 기혼인 남성 배우와 불륜을 하다 들킨 거라면 이해가 되지만…… 고등학교 후배, 그것도 이렇게 평범한 남자애와 사귀는 것만으로 내 이미지가 나빠진다는 거야? 정말 말세네."

"뭐, 그 말에는 동감이에요."

"료코 씨는 나를 연애가 금지된 아이돌로 착각하고 있는 건지도 모르겠어."

마이의 눈은 사쿠타가 방금 읽었던 만화 잡지로 향했다.

"그 료코 씨라는 사람이 마이 씨의 매니저예요?"

"응. 하나와 료코 씨. 자기 성을 싫어한대. 성 때문에 어릴 적에 홀스타인이라는 별명이 붙었다더라구."

하나와는 쇠코뚜레의 일본말인 하나와(鼻輪)와 발음이 같다. 그래서 홀스타인(젖소)이라는 별명이 붙은 것이다.

그 별명을 지어준 건 바보 같은 남자애일 거라고 생각하지만 그 센스 자체는 마음에 들었다.

"미리 말해두겠는데, 료코 씨는 날씬한 체형이야."

"나는 아무 말도 안 했거든요?"

별명이 별명인 만큼 가슴이 커다란 여성을 상상했다는 건 마음속에 담아두자.

"자기 체형을 가지고 빈정거리는 것 같아서 더 싫었다고 했어."

"몇인데요?"

"……."

마이는 갑자기 입을 다물더니 멸시하는 눈길로 사쿠타를 쳐다보았다.

"나이를 물은 거거든요?"

결단코 말하는데 가슴 사이즈를 물은 게 아니었다.

"입사 3년 차, 25세."

"그리고 25세인 하나와 씨의 이야기를 듣고, 마이 씨는 승낙한 건가요?"

"나 혼자서 결정할 문제가 아니니까 보류해뒀어."

"나와 마이 씨의 문제라는 거예요?"

"그래. 우리 둘의 문제 맞잖아?"

사쿠타는 우리 둘의 문제, 라는 그 말의 뉘앙스가 마음에 들었다.

하지만 이 문제의 답은 처음부터 정해져 있는 것 아닐까.

아무리 생각해도 선택지는 하나뿐이다.

마이는 그 사실을 알고 있기에 언짢은 것이다.

"한동안은 어쩔 수 없지 않을까요?"

다른 선택지는 없었다.

그러니 이 건은 사쿠타가 이렇게 말해버리면 마무리될 거라고 생각했다.

"어쩔 수 없다는 게 무슨 소리야?"

하지만 마이의 얼굴에서 표정이 사라졌다. 목소리 톤이 갑자기 얼어붙었다.

방금까지 마이의 짜증은 자신이 소속된 예능사무소와 매니저를 향하고 있었다. 하지만 지금은 사쿠타의 목덜미에 닿아 있었다.

조용하지만 진짜로 화났을 때의 분위기였다.

"어? 왜 마이 씨가 화내는 건데요? 왜 나한테 화내는 건데요?"

정색했다간 본격적인 싸움이 벌어질 것 같아서 사쿠타는 과장스럽게 겁먹은 척 했다.

그러자 마이는 분위기를 바꾸면서 부자연스럽게 사쿠타를 노려보았다.

"도망치지 마."

무섭지만, 무섭지 않았다. 마이의 분노에 장난기가 섞여 있었기 때문이다.

"전략적 후퇴예요."

"신경 하나는 정말 굵다니깐."

"이기지 못하는 싸움은 하지 말자는 게 제 주의거든요."

"거짓말. 필요하면 주저 없이 싸우잖아."

"마이 씨에게 그런 말을 듣는 나는 꽤 멋진 녀석 같지 않아요?"

"자기 입으로 그런 소리 하지 마."

마이는 동그랗게 만 대본으로 사쿠타의 머리를 때렸다.

"아얏. 내가 이러다 이상한 취향에 눈뜨기라도 하면 책임져 달라고요."

"……."

"미안해요. 농담이었어요."

"사쿠타는 한동안 나와 만나지 못해도 괜찮은 거야?"

"곰곰이 생각해보니 요즘 들어서도 거의 만나지 못했네요."

"이 상황에서 그런 소리가 잘도 나오네."

마이는 가늘게 뜬 눈으로 사쿠타를 노려보았다. 그런 그녀의 눈빛이 무시무시해서 하던 이야기를 계속 하기로 했다.

"실은 정말 싫어요."

"……."

"뭐, 그래도 매니저의 말대로 연예계 활동을 다시 시작한지 얼마 안 되었으니, 한동안은 우등생으로 지내는 편이 주위에서 좋게 봐줄걸요?"

"고리타분한 정론이네."

입으로는 그렇게 말했지만 마이는 이미 뭐라고 대답할지 결정한 것 같았다. 아마 처음부터 이렇게 될 것을 알고 있었으리라. 그런데도 혼자 결론을 내리는 것이 아니라, 두 사람의 문제로서 함께 상의한 후에 결정하는 길을 선택한 것이다.

이야기가 일단락되었을 즈음, 방문이 천천히 열렸다. 문틈을 통해 안을 들여다본 사람은 바로 카에데였다. 늦은 낮잠에서 깨어난 것 같았다.

"오빠, 어서 오세요."

"다녀왔어."

"오빠와 마이 씨의 이야기는 끝났나요?"

"그래."

"그렇군요. 리오 씨가 카레 시간이래요."

"저녁 시간이 아니라?"

"아, 냄새 좋네."

마이의 말처럼 스파이시한 냄새가 방안으로 흘러들어왔다.

리오가 만든 카레는 푹 끓여서 만든 본격적인 카레였다.

"후타바, 좋은 아내가 될 수 있겠어."

"카레 같은 건 누가 만들더라도 똑같은 맛이야."

리오에게 있어서는 당연한 일인지 멋쩍어하지도 않았다.

"만드는 과정 자체는 실험이라도 하는 것 같았지만 말이야."

부엌에는 사쿠타가 좀처럼 사용하지 않는 계량스푼과 저울이 있었다. 실험에 사용하는 약품을 다루듯 조미료를 밀리그램 단위로 재는 리오의 모습을 쉽게 상상할 수 있었다.

사쿠타는 그 광경을 보지 않아서 다행이라는 생각이 들었다. 앞치마 대신 걸친 흰색 가운 때문에 카레에서 약품 맛이 날 것 같았다.

넷이서 테이블에 둘러앉아 저녁 식사를 마치고 사쿠타는 마이를 배웅하기 위해 함께 밖으로 나갔다. 엘리베이터를 타고 1층으로 내려간 후, 맨션 앞 도로로 나섰다.

사쿠타와 마이를 내려다보고 있는 하늘은 어두워져 있었다. 여덟 시 반이 넘었으니 그럴 만도 했다. 하지만 구름이 거의 없는 밤하늘은 깊은 청색을 띤 것처럼 보였다.

마이가 사는 곳은 맞은 편 맨션이어서 두 사람은 1분도 채 흐르기 전에 목적지에 도착했다.

두 사람은 오토 록인 문 앞에 멈춰 섰다.

"마이 씨, 그럼 들어가서 쉬세요."

"응. 사쿠타도 쉬어."

"그럼 가볼게요."

사쿠타는 가볍게 손을 들면서 돌아가려 했다.

"……아, 잠깐만 있어봐."

하지만 마이의 작은 목소리가 사쿠타를 불러 세웠다.

"작별 포옹이라도 할까요?"

"……"

"어? 맞춘 거예요?"

"그런 거 아냐……. 아니, 꼭 그렇다고 말할 수는 없겠네."

그렇게 말한 마이는 한참동안 주위를 신경 썼다.

"마이 씨?"

"이제 한동안 만날 수 없을 거야."

"그렇겠죠."

누군가가 납득했냐고 묻는다면 「예」라고 대답하기는 힘들 것 같았다. 하지만 마이와 상의하고 결정한 것이다.

"어쩌면 2학기가 시작될 때까지 못 만날지도 몰라."

"그럼 이틈에 교내에서 남들 눈에 띠지 않는 장소를 찾아둘게요."

"지금은 괜찮은 거야?"

"예?"

"이대로 헤어져도 괜찮은 거야?"

마이의 눈동자가 사쿠타를 유혹하듯 올려다보고 있었다. 마이는 약간 부끄러워하며 고개를 숙이면서도 사쿠타에게서 시선을 떼지 않았다.

"으음."

먼저 고개를 돌린 사람은 사쿠타였다. 그는 은근슬쩍 역으로 이어지는 도로와 주위를 살펴보았다.

"지나가는 사람은 없어."

미리 주위를 둘러본 마이가 그렇게 말했다. 그 말을 들은 순간, 사쿠타는 등골이 서늘해졌다.

"수상해 보이는 차량도 없어."

통행인이 쳐다볼 걱정도 없고 흔히 파파라치라고 불리는 업계 관계자도 없는 것이다.

이런 말을 들었으니 물러설 수 없다. 아니, 물러설 수 있을 리가 없었다.

사쿠타는 마이의 어깨에 살며시 손을 얹었다.

"……."

"……."

몇 초 동안 시선이 얽힌 후 사쿠타가 고개를 내밀자 마이는 천천히 눈을 감았다. 그것은 아마 반사적인 행동이리라. 마이가 몸을 웅크리듯 턱을 잡아당겼다. 사쿠타는 몸을 살짝 숙이더니 마이의 얼굴을 들여다보듯 그녀의 입술을 빼앗았다.

"으음……."

마이의 입에서 요염한 신음이 흘러나왔다. 열기를 머금은 그녀의 숨결이 볼을 쓰다듬자 묘하게 간지러웠다. 의식을 지나치게 입술에 집중한 나머지, 숨을 쉬는 걸 깜빡했다. 숨이 막히기 시작하자 사쿠타는 마이에게서 떨어졌다.

마이는 아무렇지도 않은 표정으로 사쿠타를 쳐다보고 있었다. 하지만 붉은 색으로 달아오른 볼은 숨기지 못했다.

“……."

“……."

“무, 무슨 말이라도 좀 해보지 그래?"

“잘 먹었습니다."

“바보."

그 말은 마이가 부끄러움을 감추려고 일부러 한 말처럼 들렸다.

“그럼, 한 그릇 더 먹고 싶어요."

“정말 바보라니깐."

방금 그 말은 말 그대로의 의미를 담고 있었다. 어이없어 하고 있었다. 마이에게서 느껴지던 부끄러움이 순식간에 자취를 감췄다. 아쉬운 짓을 했다.

“이 다음은 나중에 하자."

“너무해~. 방금 그것 때문에 몸이 달아올라서 더는 못 참겠다고요."

“발정난 원숭이가 아니니까, 참아 봐."

“나를 발정난 원숭이로 만든 건 마이 씨잖아요."

“나, 원숭이 같은 애인은 필요 없어."

“마이 씨의 어리광에 응했을 뿐인데~."

“그, 그런 적 없어."

마이는 사쿠타를 힐끔 노려보았다.

“정말이려나~."

"진짜야."

"마이 씨, 아까 엄청 귀여웠는데~."

"그런 소리해도 안 돼. 사쿠타는 금방 기어오르잖아."

"……."

"썩은 동태 눈깔을 해봤자 안 되는 건 안 되는 거야."

"목표는 버림받은 강아지 눈이었는데 말이죠."

"연기 재능은 제로네. 아니, 마이너스야."

혹독하기 그지없는 평가였다.

"그럼 잘 자."

"……."

사쿠타는 무언의 저항을 시도했다.

"사쿠타, 안녕히 주무세요, 라고 해야지?"

어린애에게 예절교육을 시키는 말투였다.

"안녕히 주무세요~."

"전화할게."

"와아, 기대되네~."

"하아……."

마이는 땅이 꺼져라 한숨을 내쉬었다. 깊디깊은 한숨이었다.

"어리광을 받아주는 건 오늘로 끝이야."

마이는 빠른 말투로 그렇게 말하더니 사쿠타를 향해 한 걸음 내디뎠다. 그리고 몸을 쭉 펴더니 사쿠타의 입술에 상냥하게 키스를 했다. 입술을 살짝 대기만 하는 짧은 키스였다.

"이걸로 다음번에는 안 해줄 거야."

"어? 그런 룰이에요?"

"그래."

사쿠타를 가지고 논 마이는 만족스러운 미소를 지었다. 그리고 춤추는 듯한 가벼운 걸음걸이로 뒤돌아서더니 맨션 안으로 들어갔다. 그런 그녀의 뒷모습은 곧 사쿠타의 시야에서 사라졌다.

"우와, 진짜로 발정나버렸어. 이 마음, 어떻게 하지……."

하지만 계속 발정난 상태로 있을 수는 없었다. 그럴 수는 없는 것이다. 오늘 해야 할 일이 남아있었다.

사쿠타는 집에 돌아가서 리오와 중요한 대화를 해야만 한다.

"후타바와는 내일 이야기해도 되려나……."

사쿠타는 그럴 수 없다고 생각하면서 자신의 집으로 돌아갔다.

6

사쿠타가 마이를 배웅하고 돌아와 보니 카에데는 목욕을 하고 있었다. 그리고 리오는 식탁에 앉아서 하드커버로 된 책을 읽고 있었다. 소설일까.

마이를 마중한 후에 치울 생각이었던 부엌은 깔끔하게 정리되어 있었다. 식기와 냄비는 설거지 후 물기를 빼고 있었다. 남은 카레는 밀폐 용기에 담겨져 냉동고 안에서 동면중이었다.

"고마워, 후타바."

"응."

리오는 책에 집중하고 있는지 건성으로 대답했다.

"배웅만 하고 오는 것 치고는 꽤 오래 걸렸네."

그 뒤를 이어 들려온 말은 의미심장했지만 리오는 별다른 뜻 없이 한 말 같았다. 사실을 그저 사실 그대로 말한 느낌이었다.

"무슨 책을 읽고 있는 거야?"

"네 동생이 재미있는 책을 빌려줬어."

리오는 책을 들어서 옆 표지를 보여줬다. 타이틀은 『벌거숭이 왕자와 언짢은 마녀』였고 작가는 『유이가하마 칸나』였다. 카에데가 가장 좋아하는 작가다.

사쿠타도 카에데의 추천으로 이 작가의 책을 몇 권 읽어봤지만 푹 빠지지는 않았다. 애매모호하게 끝나는 이야기가 많았기 때문이다. 뒷맛이 씁쓸하고 개운하지 않았다. 카에데는 그게 이 작품의 매력이라고 말했지만…….

"그것도 우울한 이야기야?"

"응? 그렇지는 않아. ……지금 읽은 데까지는 처음으로 애인이 생긴 수수한 여자애가 들떠 있는 이야기네."

그 말만 들으니 꽤 밝은 내용이었다.

"애인이 꽤 인기가 좋은 편이거든……. 그래서 『나처럼 수수한 여자애가 애인이라도 괜찮은 걸까』라고 고민하거나, 예쁜 여자애가 근처에 있으면 『저 애가 훨씬 잘 어울려』 같은 자기 혐오에 빠져 멋대로 불안해 해. 그런데다 그녀는 솔직하지 못해서 그 불안을 애인에게 퍼붓고 있어."

꽤나 구체적인 설명이었다. 그리고 꽤 성가신 여자애에 관한 이야기 같았다.

"그거, 재미있어?"

사쿠타는 소박하기 그지없는 질문을 던졌다.

"응, 재미있어. 그녀의 이 비굴한 성격에 공감할 수 있거든."

"그거, 진짜로 재미있기는 한 거냐……."

"여자애는 동조와 공감으로 된 생물이잖아."

리오는 자신도 여자애면서 남일 이야기하듯 분석했다. 그렇게 객관적으로 자신을 파악하고 있으면서 진짜로 저 소설을 즐길 수 있는 건지 의문이 느껴졌다.

"다 씻었어요. 카에데는 이제 후끈후끈해요."

사쿠타는 그런 카에데에게 냉장고에서 꺼낸 스포츠 드링크를 건넸다.

"카에데는 이제 시원시원해요!"

"후타바, 먼저 씻어."

"……."

리오는 그제야 책에서 시선을 뗐다. 그녀의 차가운 시선이 사쿠타에게 인정사정없이 꽂혔다.

"혹시나 해서 말해두는 건데, 후타바를 우린 국물로 이런저런 짓을 할 생각은 없어."

"아즈사가와."

"내 마음을 이해한 거야?"

"국물 같은 말을 입에 담은 것만으로도 죽어 마땅하거든?"

"……그럼 나 먼저 씻어도 되는 거지?"

"그래. 지금 막 재미있어지려는 참이야."

리오는 책의 문장을 좇느라 바쁘게 움직이고 있었다.

"키스 장면이라도 나온 거야?"

"여자애가 길거리에 흩뿌려진 토사물이라도 쳐다보는 눈길로 애인을 길들이고 있어."

사쿠타의 상상을 뛰어넘는 흥미로운 장면이었다.

"재미있어 보이네. 후타바가 다 읽고 나면 나도 봐야겠다."

사쿠타는 그렇게 말하면서 욕실에 들어갔다.

알몸이 된 사쿠타는 우선 세면대야에 받은 물을 머리에 끼얹었다. 그리고 보디 샴푸를 묻힌 스펀지로 주로 쓰는 팔을 문질렀다. 평소와 같은 패턴이었다. 그리고 스펀지를 방금 씻은 손으로 쥔 후, 온몸을 문질렀다. 그걸 끝낸 사쿠타는 비누 거품을 대충 씻어내고 머리를 감았다. 그 다음에는 세수를 했다. 샤워기로 몸 구석구석까지 씻고 욕조 안에 들어갔다가 10초 만에 나왔다.

"후타바, 욕실 비었어."

"몸에 물칠만 했나 보네."

"여름에는 덥거든."

겨울에는 좀 더 느긋하게 씻는다.

책에 책갈피를 끼운 리오는 「그럼 씻고 올게」라고 말하면서 탈의실에 들어갔다. 덜컹 하면서 문이 닫혔다. 하지만 이 집은 현관과 화장실 이외에는 자물쇠가 달려 있지 않았다.

문 너머에서 옷깃 스치는 소리가 희미하게 들려왔다. 계속 듣고 있는 것도 좀 그래서 사쿠타는 선풍기 앞으로 이동했다. 스위치 온. 바람이 달아오른 몸을 식혀줬다.

"우리는 우주인이다〜."

불현듯 우주인 놀이를 해봤지만 공허한 기분이 들었다.

5분 정도 몸을 식히고 자리에서 일어난 사쿠타는 리오가 목욕중인 욕실로 향했다.

그는 탈의실 문을 열었다. 그 순간, 욕실에서 텅 하는 가벼운 소리가 들려왔다. 대야가 바닥과 부딪히는 소리였다.

불투명 유리로 된 문 너머로 여자애의 실루엣이 보였다. 탈의실 쪽으로 등을 보이고 서서 한창 몸을 씻고 있는 것 같았다.

"후타바, 잠깐 시간 좀 내줄래?"

"그 전에 내가 한 마디 해도 될까?"

"응?"

"왜 아즈사가와는 내가 목욕하고 있을 때만 골라서 말을 거는 거야?"

"문 너머에 알몸 여자애가 있으면 흥분되거든."

"……"

"얼굴이 보이지 않는 편이 이야기를 나누기 쉬울 때도 있잖아."

"무슨 소리를 하는 거야?"

리오에게서 경계하는 분위기가 느껴졌다. 하지만 그녀는 다시 몸에 비누칠을 하기 시작했다.

사쿠타는 욕실 문에서 조금 떨어진 곳에 앉았다. 이제부터 하려는 이야기는 금방 끝날 것이 아니었다.

"후타바는 어떤 집에서 살아?"

"그건 또 무슨 소리야?"

리오는 미심쩍어했다. 하지만 사쿠타는 개의치 않으면서 이야기를 계속했다.

"맨션? 단독주택?"

"단독주택."

"넓어?"

"아마 넓은 편일걸?"

"혹시 후타바네 집은 부자야?"

"그럴지도 몰라."

아무렇지도 않게 긍정한 리오에게서는 자기 이야기를 하고 있는 분위기가 느껴지지 않았다. 부자인 것은 자신이 아니라 어디까지나 부모님이라고 생각하는 것 같았다.

"부모님은 무슨 일 하셔?"

"아버지는 의사야."

"정말?!"

"그렇게 놀랄 일은 아니잖아?"

"그럼 너희 집, 병원이야?"

"개업의는 아냐. 대학병원에서 일하셔."

"파벌 다툼 같은 것도 하셔?"

"하는 것 같아."

"우와~."

욕실에서 몸에 묻은 거품을 씻어내는 물소리가 들렸다. 그 소리가 몇 번 들린 후, 리오의 실루엣은 욕조에 몸을 담갔다.

"어머니는?"

"수입 의류 브랜드숍을 경영해."

"사장이라는 존재가 진짜로 이 세상에 존재하는 구나."

"그야 있지……. 그런데 아즈사가와는 무슨 소리가 하고 싶은 거야?"

리오는 차분한 목소리로 질문했다. 태도를 보아하니 리오는 이미 눈치챈 것 같았다. 사쿠타가 리오의 비밀 중 하나를 알고 말았다는 사실을…….

"『가짜』한테서 무슨 이야기를 들었구나."

"경위는 다소 복잡하지만 말이야."

리오도 사키가 얽혀있을 거라고는 짐작조차 못할 것이다.

"후타바가 한 짓은 알고 있어."

"그렇구나."

그 말뿐인 반응에는 감정이 실려 있지 않았다. 혼잣말에 가까운 느낌이었다.

"……"

"……"

"계정은 여름방학 전에 만들었어."

잠시 동안 침묵한 후, 리오는 천천히 이야기를 시작했다.

"하지만 뭘 쓰면 좋을지 감이 오지 않았어."

초등학생의 작문 숙제에 관해 이야기하는 듯한 어조였다.

"아무거나 쓰면 되잖아? 현재 애인 있는 미남을 짝사랑하고 있습니다, 라거나 말이야."

"생판남이 그런 걸 보면 즐거울까?"

"여자들은 공감으로 된 생물이라면서?"

"어차피 기분 나쁜 여자라고 여겨질 뿐이야. 못난이가 헛소리 지껄이지 말라고 생각할걸?"

"자조적이네."

적어도 사쿠타는 리오가 못난이라고 생각한 적이 단 한 번도 없었다. 수수하다고 생각한 적은 있지만 그것은 리오의 매력 중 하나였다.

"나는 전교생 앞에서 국민적 지명도를 자랑하는 미인 여배우에게 고백하는 녀석만큼 무신경하지 않아."

"그것보다도 더 대담한 짓을 하고 있잖아."

"……."

"1년 넘게 너와 알고 지냈지만, 그렇게 멋진 계곡은 본 적이 없다고."

"아즈사가와에게 서비스할 이유는 없어."

"아무에게나 보여줘도 상관없다면, 나한테 보여줘도 되지 않아?"

"아즈사가와는 정말 바보네."

"마이 씨한테도 그 말 들었어."

그것도 거의 같은 뉘앙스였다…….

"잘 이해가 안 돼. 후타바는 평소에 방어를 철저하게 하잖아?"

"……아즈사가와의 그런 빈틈없는 면이 정말 싫어."

"후타바가 알기 쉬운 것뿐이라고."

치마도 다른 학생들보다 길고 블라우스 단추 또한 모든 단추를 여민다. 여름이 되면 조끼를 입지 않고 지내는 여학생도 많은 바닷가 학교에서, 그녀는 항상 흰색 가운을 걸치고 있는 것이다. 소매가 긴데다 끝자락도 길어서 다리도 얼추 가려졌다.

"그 사실을 알면서도, 아즈사가와는 나한테 성희롱을 한 거구나."

"진짜로 싫어할 만한 짓은 하지 않도록 주의했어."

"성격 한번 끝내준다니깐."

"그럼 그런 나한테 싫증이 나서, 후타바는 인터넷 친구를 만들려고 한 거야?"

"글쎄…… 좀 다르다고 생각해."

"다르다고?"

"그저 단순하게…… 누군가가 나를 신경써주길 바란 걸지도 몰라."

리오는 자조 섞인 목소리로 말했다. 그녀의 태도는 자연스러웠다. 자포자기한 분위기는 전혀 느껴지지 않았다. 평소와 마찬가지로 담담했다.

하지만 그 점이 사쿠타를 불안하게 만들었다. 뭔가 명확한 이유가 있어서 셀카 사진을 SNS에 올린 거라면 이해하기 쉬웠다. 하지만 그렇지 않은 것이다. 우울한 기분이 쌓이고 쌓인 끝에, 딱히 극적인 일이 일어난 게 아닌데도 일상 속에서 지금 같은 상황이 벌어진 것이다.

마음속의 컵에 울분이 한 방울씩 쌓이고 쌓여 드디어 넘치고 말았다. 그런 느낌이었다.

천천히, 천천히, 마음이 침식되어 간 것이다. 그래서 사쿠타는 리오의 그런 기분을 전혀 눈치채지 못했다.

"그래도 처음부터 야한 사진을 올리는 건 너무하잖아."

"나한테는 그것밖에 없었어."

"그런 데에는 자신이 있었던 거야?"

"……그저 콤플렉스로 여긴 것뿐이야."

그렇지 않다면 이렇게 방어가 철저할 리가 없었다.

"중학교 때부터…… 동급생보다 여성스러운 부분의 성장이 빨랐어. 그래서 원숭이나 다름없는 남자들이 어떤 눈으로 나를 쳐다보고 있는지 알아."

"『후타바의 가슴, 진짜 끝내주네』 같은 느낌이었어?"

"진짜로 그런 소리를 듣기도 했어."

사쿠타도 원숭이나 다름없는 남자 중학생이었던 시기가 있었기에 잘 안다. 지금도 그때에 비해 많이 달라지지는 않았다고 생각한다. 여자애의 몸에 흥미를 가지는 시기인 것이다. 교복 블라우스에 비친 브래지어의 라인 같은 것에 대해 이야기를 해댔다. 반에 한두 명 정도 있는 발육이 좋은 여자애는 그런 흥미 어린 시선을 집중적으로 받게 된다. 리오의 반에서는 그 대상이 리오였던 것이리라.

"어느 날 청소 당번이라 쓰레기를 버리고 돌아왔다가, 방과 후 교실에 남아있던 남자들이 내 이야기를 하는 걸 듣고…… 이 몸이 싫어졌어. 자신이 더럽혀진 것처럼 느껴진 거야……."

감수성이 풍부한 시기인 사춘기에 받은 충격은 오랫동안 지속된다. 단 한 번뿐인 그 일이 계속 마음에 남아 그 사람의 인생에 영향을 끼치기도 하는 것이다. 당시에는 그런 것도 모르면서 살았지만—.

"미안해."

"아즈사가와가 왜 사과하는 거야?"

"원숭이나 다름없는 남자 대표로서 사과하는 거야."

욕실 쪽에서 약간 허탈한 웃음소리가 들려왔다.

"그 다음부터는 남자의 시선을 견디지 못하게 됐어."

이걸로 경위는 알았다. 하지만 리오가 지금 하고 있는 짓과는 앞뒤가 맞지 않았다.

"그럼 왜 그런 사진을 올린 거야?"

완전히 정반대나 다름없는 짓을 하고 있는 느낌이 들었다. 리오는 남자의 시선을 싫어한다. 그런데 아무리 얼굴을 숨겼다고 해도 그런 아슬아슬한 사진을 SNS에 올렸다.

"그러면 남들이 반응을 보이잖아."

"엉큼한 아저씨들에게 사랑받는 게 기쁜 거야?"

"상대를 고를 수 있는 건, 고를 수 있을 정도의 매력을 지닌 인간만이야. 이 세상의 모든 사람들이, 자신이 원하는 형태로 남들에게 보이는 건 아니라구."

"진실 같은 건 알고 싶지 않거든?"

"상대가 누구든지 간에, 반응이 있는 것만으로도 나는 구원받은 느낌이 들었어."

"그건 네가 원하는 형태가 아니라고 말하는 거나 마찬가지야."

"그래서일지도 몰라. 결국, 누군가가 음탕한 눈길로 자신의 몸을 쳐다본다는 혐오감에서 벗어나지 못 했어……. 나는 상반된 목적과 수단 사이에서 강렬한 스트레스를 받고 있었다고 생각해. 그리고 그게 내 의식을 괴리(乖離)시킨 거지. 그렇게 생각하면 납득이 되는 부분도 있어."

냉정하기 그지없는 자기분석이었다.

　"그럼 『누군가가 신경써줬으면 하는 후타바』와 『그러기 위한 수단을 용납할 수 없는 후타바』로 분리됐다고 보면 될까?"

　사쿠타 스스로 당치도 않은 소리를 한다고 생각했다. 하지만 간단히 정리하자면 지금 리오가 한 말은 그런 뜻이었다.

　"그렇게 명확하게 분리된 거라고는 생각하지 않지만…… 해석의 방향성으로서는 맞을 거야."

　"그렇구나……."

　사쿠타는 천장을 올려다보았다. 형광등이 약간 치직거리고 있었다. LED로 교환할까, 하지만 비싼데, 같은 별것 아닌 생각이 그의 머릿속을 스친 후 그대로 사라졌다.

　"또 한 명의 후타바는 셀카 사진을 계속 올리고 있는 것 같아."

　"알아. 인터넷 카페에서 감시하고 있었거든. 계정을 지울까도 했지만, 이미 패스워드가 바뀌었더라고."

　"어떻게 할 거야?"

　"아무것도 할 수 없어."

　리오는 체념한 목소리로 말했다.

　"그게 무슨 소리야?"

　"그 애도 나잖아. 그러니 쉽게 관두지 않을 게 뻔해. 쉽게 관둘 거라면 애초에 시작을 하지 않았을 거야."

　"아무도 관두게 하는 것이 쉬울 거라고는 말하지 않았다고."

　"……."

"후타바는 어떻게 하고 싶어?"

"가능하다면 관두게 하고 싶어."

"알았어. 나한테 맡겨둬."

방법은 생각나지 않았다. 사쿠타가 설득한다고 관둘 것 같지도 않았다. 리오가 방금 말한 것처럼 쉽게 관둘 거라면 애초에 시작하지 않았을 테니까 말이다.

이것은 논리로 해결될 일이 아니었다. 논리로 해결될 일이라면 사쿠타보다는 리오가 이 상황에 더 적절하게 대처했을 것이다.

하지만 뜻대로 되지 않으니 이런 사태가 벌어진 것이다.

영차, 하면서 사쿠타는 몸을 일으켰다.

"아즈사가와? 어쩔 생각이야?"

"내일도 학교에 갈 거야."

"그래서?"

"빈둥거리면서 이야기라도 해볼래."

"그리고?"

"모레도 학교에 갈 거야."

"흐음……. 그리고 또 빈둥거리면서 이야기를 할 거구나."

"그러겠지."

"엄청 성가시겠네."

"하지만 후타바는 바다에 가자고 해도 절대 안 갈 거잖아?"

"120퍼센트 거절하겠지."

그것은 설득력이 넘치는 말이었다. 리오의 말이니 틀림없으리라.

"아즈사가와가 말한 대로야. 얼굴이 안 보이는 편이 이야기를 나누기 쉬울 때도 있네."

사쿠타는 마지막 그 말을 듣지 못한 척 하며 탈의실에서 나왔다. 늘어만 가는 문제 때문에 골머리를 썩이면서…….

제3장

우정은 시속 40킬로미터

1

다음 날인 8월 4일. 날씨는 맑음.

사쿠타가 세탁물을 널기 위해 베란다에 서자 새하얀 구름이 서쪽에서 동쪽 하늘을 향해 흘러가고 있었다. 바람도 희미하게 불고 있으며 태양은 눈부신 빛을 뿜고 있었다. 오늘도 더울 것 같았다.

시곗바늘이 오전 열 시를 가리켰다. 평소 같으면 인터폰이 울릴 시간이지만 이 날은 울리지 않았다. 그 대신, 집 전화가 울렸다.

"지금 가요~."

흑백 액정 화면에 표시된 번호는 눈에 익었다. 090으로 시작되는 열한 자리 숫자는 쇼코의 핸드폰 번호였다.

"예, 아즈사가와입니다."

"안녕하세요. 마키노하라예요."

"안녕."

"저기…… 죄송해요."

쇼코가 갑자기 사과를 했다.

"응?"

"오늘은 못 가게 됐어요."

뭔가 볼일이라도 있는 것일까. 쇼코의 목소리가 가라앉은 점이 약간 신경 쓰였다. 몇 마디 나누지 않았지만 명백하게 기운이 없었다.

"그렇구나. 그럼 내가 하야테에게 밥을 챙겨줄게."

"예, 고마워요. 그리고 저기……."

"응."

"오늘만이 아니라…… 일주일 정도, 어쩌면 더 긴 기간 동안 못 갈지도 몰라요."

"해외여행이라도 가는 거야?"

그런 것치고는 말투가 묘했다. 쇼코는 「일주일 정도」라든가 「모른다」 같은 말을 하고 있었다. 아직 예정이 정해지지 않은 것 같았다.

"아, 여행을 가는 건 아니에요. 하지만 한동안 집을 비워야만 하거든요."

여행 이외에 한동안 집을 비워야 하는 볼일이 대체 뭘까.

"……."

사쿠타는 잠시 동안 생각해봤다. 그의 머릿속에 떠오른 것은 단 하나다. 사쿠타도 『그것』을 예전에 한 번 경험한 적이 있었다. 하지만 사쿠타는 진짜로 『그것』이 맞는지 쇼코에게 확인해보지는 않았다.

쇼코는 아까부터 말을 골라가면서 하고 있었다. 적어도 지금은 사쿠타에게 알려지고 싶지 않은 것이리라. 그러니 일부러 물어서 쇼코를 곤란하게 만들 필요는 없다.

"알았어. 다시 올 수 있게 되면 연락 줘. 하야테는 내가 책임지고 돌볼게."

"예, 죄송해요."

수화기에서 「쇼코」 하고 그녀의 이름을 부르는 여성의 목소리가 들려왔다. 그녀의 어머니일까. 그 말을 들은 쇼코는 「지금 가요」라고 대답했다.

"그럼 나중에 또 연락할게요."

쇼코는 여전히 가라앉은 목소리로 그렇게 말한 후, 전화를 끊었다. 사쿠타도 수화기를 내려놓았다.

"카에데~."

"왜요?"

거실 테이블에서 공부를 하고 있던 카에데가 환한 표정을 지으며 사쿠타를 쳐다보았다.

"마키노하라 양이 한동안 못 올 것 같으니까 하야테 좀 돌봐줘."

"예, 맡겨만 주세요!"

카에데는 납작한 가슴을 힘껏 펴면서 말했다.

그 후, 일찌감치 점심을 먹은 사쿠타는 교복을 입고 학교에 가려 했다.

"진짜로 가는 구나."

리오가 교복 차림으로 방에서 나온 사쿠타에게 말을 걸었다. 그녀의 발치에서는 나스노가 재롱을 부리고 있었다. 꽤 친해진 것 같았다.

"후타바도 갈래?"

"나는 안 가는 편이 나을 거야."

"왜?"

"같은 얼굴을 지닌 인간과 만나면 그 후에 죽는다는 도시괴담, 알지?"

"그래."

"두 존재가 동시에 확정되는 상태는 양자 텔레포테이션 상으론 발생할 수 없지만…… 혹시 모르잖아."

"그 가설에 비춰서 생각해봤을 때, 만약 두 사람이 마주치게 된다면 어떻게 될 것 같아?"

"모순을 보완하기 위해 한쪽이 소멸하거나…… 어쩌면 패러독스가 붕괴되어 둘 다 사라질지도 몰라."

눈곱만큼도 웃기지 않은 이야기였다.

"자기 이름이 유명한 문학상의 명칭이 된 어느 작가가 그것 때문에 죽었다는 소문도 있잖아. ……도플갱어는 나와 같은 일을 체험한 인간에게서 비롯된 실화일지도 몰라."

실제로 그 작가는 등장인물이 도플갱어와 조우하는 이야기를 썼다고 한다. 도시괴담이 유행했던 초등학생 시절…… 사쿠타는 그 이야기가 신빙성이 있다면서 반 친구들과 와자지껄 떠들어댔던 게 기억났다.

"그러니까 나는 안 가는 게 나을 거야."

"그럼 우리 집 좀 봐줘."

사쿠타는 현관으로 이동해 신발을 신었다.

"저녁 준비도 해둘게."

"왠지 동거하고 있는 것 같네."

사쿠타는 농담 삼아 그렇게 말했지만 리오는 진심으로 질색했다.

"그 말, 오늘 두 번이나 했어."

첫 번째는 오늘 아침에 했다. 리오는 이 집에서 지내게 해주는 데 대한 답례라면서 세탁을 도와줬다. 그녀는 익숙한 손길로 세탁물의 주름을 폈다. 평소에도 직접 세탁을 하고 있다는 게 느껴지는 자연스러운 손놀림이었다. 그런 리오가 사쿠타의 팬티를 널었을 때—.

"왠지 동거하고 있는 것 같네."

—라고 말한 것이다.

그 직후, 리오는 사쿠타의 얼굴을 향해 팬티를 집어던졌다.

"그리고 앞치마 차림으로 마중해준다면 완벽할 거야."

"그건 동거가 아니라 신혼이야."

"아, 그렇구나."

"그런 플레이는 사쿠라지마 선배와 해."

"좋은 생각이네."

사쿠타는 앞치마를 한 마이를 상상하면서 집을 나섰다.

습기를 머금은 여름 공기는 눅눅했다. 그리고 태양의 강렬한 햇볕이 내리쬐고 있었다. 사쿠타는 아스팔트 위에 존재하는 오아시스 신기루를 눈으로 좇으면서 통학로를 걸었다.

10분 후, 땀범벅이 된 사쿠타는 후지사와 역에 도착했다. 계단을 올라가 연결통로를 지난 그는 에노전 후지사와 역으로 향했다.

사쿠타가 개찰구를 빠져나가 플랫폼에 서자, 녹색과 크림색으로 된 열차가 마침 들어왔다. 정면에서 볼 때 애교 있는 얼굴처럼 보이는 그 차량의 복고적인 분위기가 마음에 들었다. 더위 속에서도 이 열차는 열심히 승객을 후지사와에서 가마쿠라로 옮기고 있는 것이다.

에어컨 덕분에 시원한 차량 안으로 들어갔다. 빈 좌석에 앉아서 몸을 식히고 있을 때 근처에 있는 입구를 통해 아는 사람이 탔다.

그 사람은 미네가하라 고등학교의 여름 교복을 입고 있었다. 감색 치마와 흰색 블라우스, 그리고 베이지색 조끼를 입었으며 붉은 색 넥타이를 단정하게 맸다. 학교에서 추천하는 여학생의 표준적인 복장이다. 하지만 이런 복장으로 학교에 다닌 것은 사실 얼마 되지 않았다.

"……."

사쿠타와 눈이 마주치자 리오는 아무 말 없이 그의 옆에 앉았다.

열차의 출발을 알리는 벨 소리가 들렸다. 마지막으로 여대생 그룹이 허둥지둥 열차에 탔다. 곧 문이 닫혔다. 열차는 천천히 플랫폼에서 출발했다.

"뭔가 알아냈어?"

리오는 바깥 경치를 눈동자로 쳐다보며 물었다.

"후타바가 벗으면 굉장하다는 걸 알았어."

"……."

"안 벗어도 굉장하다는 건 알고 있었지만 말이야."

이 상황에서 리오의 가슴을 쳐다보면 독설이 날아올 것이다. 그렇기에 사쿠타는 리오와 마찬가지로 창밖의 풍경에 집중했다. 그리고 오늘도 머리 뒤편으로 모아 묶은 리오의 머리카락을 쳐다보았다. 안경도 쓰지 않았다. 아니, 안경은 다른 리오가 쓰고 있으니 이 리오는 안경이 없는 걸지도 모른다.

"아즈사가와는 바보 같은 짓 하지 말라고 설교하러 왔구나."

"귀찮게 그런 짓을 왜 해?"

"그럼 뭘 하러 온 건데?"

"마이 씨와 데이트도 못하게 되어서 시간이 남아도니까, 후타바와 빈둥거리며 시간을 때울까 해서 말이야."

"……."

리오는 잠시 생각에 잠겼다.

"아하, 아즈사가와는 더 성가신 짓을 하러 온 거구나."

사쿠타는 그 말에 대답하지 않고 리오의 얼굴을 쳐다보았다.

"왜 그래?"

"사진, 더 있지? SNS에 올린 것 말고도 말이야."

"있는데, 왜?"

"보여줘."

"……."

리오의 표정에 혐오감이 어렸다.

"이제 와서 나한테 못 보여줄 것도 없잖아?"

사쿠타가 가볍게 도발하자 리오는 아무 말 없이 스마트폰을 건네줬다.

사진 폴더를 열어봤다. 프리뷰 화면에 사진이 쭉 표시되었다.

"있네……."

그 숫자는 삼백 장 이상이었다. 사쿠타가 상상했던 것의 열 배는 되었다.

하지만 전부 성적인 느낌의 과격한 사진은 아니었다. 단순히 손바닥만 찍은 것이나 발끝만 찍은 것도 있었다. 가방 안을 촬영한 것도 있었다.

옛날 사진을 살펴보다가 눈에 익지 않은 교복을 입은 리오를 발견했다. 감색 블레이저와 무릎까지 오는 치마를 입었으며 얼굴은 지금보다 앳되어 보였다. 머리카락도 짧았다. 하지만 리오 본인이 틀림없이 보였다.

"이건 뭐야?"

사쿠타는 리오에게 사진을 보여주면서 물었다.

"중학교 때 찍은 거야."

그 시절부터 셀카를 찍은 것이다. 이 사태의 근원은 꽤 깊은 곳에 존재하는 것 같았다.

"얼굴이나 온몸이 드러나는 사진도 꽤 있네."

옛날 사진일수록 그런 경향이 강했다. 최근 사진일수록 얼굴이 드러나는 게 적었다. 그 대신 속옷 라인이나 은밀한 속살 같은 성적 요소를 담고 있는 게 늘어났다.

"처음에는 누군가에게 보여주거나, 인터넷에 올릴 생각이 없었어."

"자신만의 앨범 같은 거야?"

"나를 그렇게 애처로운 여자로 만들고 싶어?"

"이미 애처로운 여자잖아."

"그럴지도 몰라."

리오는 자조 섞인 웃음을 터뜨렸다. 사쿠타는 마음에 들지 않는 웃음이라고 생각했다. 리오가 이런 표정을 짓지 말았으면 한다.

"셀카를 찍기 시작했을 때는 객관적으로 자신을 보면서, 『바보 같은 짓을 하고 있다』며 생각하고 싶었던 것뿐이었을 거야."

"이유가 뭔데?"

"바보 같은 자신의 모습을 직접 보면서, 개운해지기 위해서야."

"……."

더 영문을 알 수 없었다.

"웃기지만 이걸 직접 분석해보자면, 일종의 자해 행위라고 생각해."

리오의 입에서 나온 말은 전혀 웃기지 않았다. 하지만 그런 소리를 자기 입으로 직접 한다는 점이 웃겼다. 그것을 자각하면서도 리오는 이런 행위를 계속하며 점점 과격해지고 있었다.

"아즈사가와는 이해할 수 없겠지만…… 나는 내가 싫어."

"그 말은 또 한 명의 후타바도 했어."

계기는 남들에 비해 빠르게 성장한 자신의 몸이었다. 그 점에 남자들이 반응하고 있다는 사실을 알고 자기 자신이 더러운 존재처럼 여겨졌다고 했다. 그 후, 자신의 몸에 존재하는 여성적인 부분을 싫어하게 된 것이다.

"그래서 나는 나를 상처 입힐 수 있어. 내가 싫으니까 말이야."

"그런 싫은 자신을 직접 퇴치하면 한순간이지만 개운해진다는 소리야?"

"아즈사가와는 보기보다 똑똑하네."

"하지만 퇴치한 자신 또한 결국은 너잖아."

그러니 결국 아무것도 해결되지 않은 것이다. 조금만 시간이 흐르면 그런 당연한 사실을 눈치챌 것이다. 자신이 한 짓을 돌이켜보면서 약해빠진 자신을 혐오하는 것이다. 그리고 그런 자신을 더욱 싫어하게 되고, 그런 자신을 괴롭히기 위해 또 같은 짓을 반복한다. 그때마다 행위는 과격해졌다.

이 악순환이 리오의 마음을 불안정하게 뒤흔들었다. 그 결과가 지금 이 상태다. 사춘기 증후군이 발병해 의식이 분열되어…… 두 명의 리오가 존재한다는 상황에 처한 것이다.

리오는 홀로 존재할 수 없을 정도의 모순을 안고 있는 것이리라.

사쿠타는 그걸 이해한다고 말할 생각은 없었다. 하지만 딱 하나, 사쿠타도 공감할 수 있는 부분이 있었다.

당시 중학교 1학년이었던 카에데가 반 친구들에게 집단 괴롭힘을 당했을 때의 일이었다. 눈앞에서 괴로워하는 카에데를 보며 사쿠타는 아무것도 할 수 없었다. 아무것도 해주지 못했다. 그때 마음속에 생겨난 무력감이 내부에서 사쿠타를 좀먹고 있었다.

사쿠타는 한심하기 그지없는 자기 자신을 계속 탓했다. 그런 나날을 보낸 끝에 사쿠타의 가슴에는 세 줄기의 커다란 상처가 새겨졌다. 이 상처가 생긴 이유를 딱 하나만 들자면 그것은 사쿠타가 자기 자신에게 가한 벌이리라. 오빠면서 동생을 구하지 못한 자에게 주어진 죄의 증표인 것이다.

"아즈사가와는 말이야."

사쿠타는 리오의 목소리를 듣고 고개를 들었다.

"응?"

"누구 편이야?"

"나는 후타바 리오 편이야."

사쿠타는 주저 없이 대답했다.

"약아빠진 대답이네."

"우와, 완전 빈정대는 것처럼 들리는걸."

"하지만 『우리』는 서로를 용납할 수 없어."

"고집 부리지 말라고."

"아즈사가와는 넉살이 좋네."

"나는 친구에게 숨기는 것이 없는 타입이거든."

약간 멋쩍었지만 사쿠타는 일부러 그 말을 입에 담았다. 리오가 분명 반응을 보일 거라고 생각했기 때문이다. 하지만 그녀는 미소를 지으며 흘려 넘겼다.

"그럼 나도 속에 있는 말을 다하겠는데……, 그냥 둘 중 한 명을 포기하는 편이 나을 거야."

"무시무시한 소리 좀 하지 마. 지릴 뻔했다고."

"내가 이 말을 할 거라는 건 예상하고 있었잖아?"

열차가 멈췄다. 정차한 역은 시치리가하마 역이었다.

"이 세상에 후타바 리오는 한 명이면 족해."

리오는 얼음장처럼 차가운 목소리로 그렇게 말했다. 그 후, 자리에서 일어선 그녀는 열차에서 내렸다.

곧 열차가 출발한다는 안내 방송이 들려왔다.

"……."

대꾸할 말을 생각하는 사이에 문이 닫히더니 열차는 사쿠타를 태운 채 다시 출발했다.

"진짜로 무시무시한 소리 좀 하지 말라고. 진짜로 지릴 것 같단 말이야."

그 혼잣말을 들었는지 옆에 앉아있던 여성이 은근슬쩍 사쿠타와 떨어져 앉았다.

"농담이에요."

물론 둘 사이의 거리가 다시 줄어드는 일은 없었다.

사쿠타는 다음 역인 이나무라가사키 역에서 내릴까도 했지만 그냥 별생각 없이 열차를 타고 종점인 가마쿠라 역까지 갔다.

그리고 또 별생각 없이 역 밖으로 나갔다. 그리고 문득 눈에 들어온 가게에 들어가서 다섯 개 들이 비둘기 사블레를 샀다. 가마쿠라를 대표하는 기념품인 이것은 비둘기 모양을 한 비스킷 타입의 과자였다. 태어나서 지금까지 쭉 카나가와 현에서 살아온 사쿠타에게 있어서는 슈마이에 버금갈 만큼 익숙한 음식이었다.

그 기념품을 한 손에 들고 역으로 돌아온 사쿠타는 다시 에노전을 탔다.

그리고 이번에야말로 학교가 있는 시치리가하마 역에서 내렸다.

가마쿠라에 갔다 오느라 40분 정도 늦기는 했지만 사쿠타는 무사히 학교에 도착했다.

"자, 선물이야."

　물리 실험실에 간 사쿠타는 리오가 이용하고 있는 실험 테이블 위에 비둘기 사블레가 든 노란색 상자를 올려놓았다.

　"뭐하다 온 거야?"

　"가마쿠라에 들렀다 왔어."

　"그래?"

　리오는 흥미 없는 목소리로 그렇게 말하면서도 상자를 향해 손을 뻗었다. 방금 끓인 커피와 같이 먹으려는 것 같았다. 리오는 꼬리 부분부터 먹는 타입이었다.

　머리부터 덥석 베어 무는 타입인 사쿠타도 한 개 꺼내서 입에 넣었다.

　"어느 쪽 나를 포기할지 정했어?"

　"어이, 후타바."

　"왜?"

　"그런 건 직접 정하라고."

　"……."

　"자기 일은 자기가 정해야 하는 법이잖아."

　"흐음, 맞는 말이네."

　사쿠타는 테이블 밑에서 꺼낸 원형 의자에 앉았다. 그리고 텔레비전 리모컨을 쥐더니 전원 버튼을 눌렀다.

　칠판 옆…… 천장에 달려 있는 액정 텔레비전이 켜졌다. 화면에 나온 것은 한낮의 와이드쇼 방송이었다.

어느 해수욕장의 모래사장에서 열린 모래아트 대회를 눈에 익은 인물이 취재하고 있었다. 마이크를 쥐고 카메라를 쳐다보고 있는 이는 여자 아나운서인 난죠 후미카다. 오늘은 스튜디오 밖에 나간 것 같았다.

"이 멋진 작품을 봐주세요!"

그녀는 텐션이 꽤 높아 보이는 목소리로 모래 조각을 가리켰다. 화면을 가득 채운 것은 스페인 바르셀로나에 있는 유명한 교회, 사그라다 파밀리아였다. 게다가 열여덟 개의 탑이 전부 완성되어 있었다. 완전체. 확실히 후미카의 말대로 멋졌다.

다른 출전자의 작품과는 그야말로 격이 달랐다.

"이 작품을 만든 사람은 바로 이 두 분입니다."

후미카는 한 남녀 페어를 소개했다. 둘 다 20대 중반 정도로 보였다. 남성은 호리호리한 장신이었다. 안경으로 지적인 인상을 자아내고 있는 미남이었다. 카메라 앞에 섰으면서도 전혀 위축되지 않은 그는 빙긋 미소 지었다. 여성은 조그마한 체구와 귀여운 얼굴을 지녔다. 그러면서도 몸매는 끝내줬다. 수영복 위에 티셔츠를 입고 있는데도 확연하게 알 수 있었다. 붉은색 비키니가 비춰 보이는 가슴 언저리는 갑갑해 보일 정도로 풍만했고, 끝자락이 짧은 티셔츠 아래로는 잘록하면서도 건강미 넘치는 허리가 존재했다.

키는 리오와 비슷해 보였다. 사쿠타는 은근슬쩍 비교해보다 리오와 눈이 마주쳤다.

"내 허리는 저렇게 잘록하지 않아."

마음을 읽힌 것 같았다. 하지만 거꾸로 말하자면 그 외에는 비슷하다고 인정한 거나 마찬가지였다. 옷을 벗은 리오는 사쿠타가 생각하는 것보다 엄청날 지도 모른다.

"두 분은 애인 사이인가요?"

텔레비전 안에 있는 후미카가 두 사람에게 질문을 던졌다.

"난죠 아나운서는 실물이 더 아름답군요."

남성은 질문을 무시하면서 그렇게 말했다. 그리고 후미카가 눈썹을 움찔한 순간—.

"참고로 말하자면, 애인이 아니라 아내입니다."

—라고 별것 아니라는 투로 말했다. 그리고 여성은 왼손 약지에 낀 반지를 보여줬다.「짜잔~」하고 자기 입으로 효과음을 내면서 말이다…….

"꽤 젊어 보이는데, 신혼이신가요?"

후미카는 또 질문을 던졌다.

"그렇지도 않아요. 열여덟 살 때 결혼했거든요."

남자는 갑자기 공허한 눈빛을 띠었다. 열여덟 살 때 결혼한 걸 보면, 사연이 많아 보였다. 자신이 했던 고생을 떠올리고 있는 걸지도 모른다. 내년에는 사쿠타도 열여덟 살이 되지만 그에게 있어 결혼이란 아직 판타지 용어나 다름없었다.

"여, 열여덟 살 때 결혼하다니, 대단하시군요."

후미카는 뜻밖의 대답을 듣고 약간 당황했다.

"자, 작품은 아내 분께서 거의 혼자 만들었다고 들었습니다만, 혹시 힘들었던 부분은 있었나요?"

"23일에 쿠게누마 해안에서 열리는 대회에도 나갈거라구~! 거기서 나와 악수!"

후미카가 마이크를 내밀자 그 여성은 타인의 분위기를 깔끔하게 무시하는 하이 텐션으로 느닷없이 그렇게 외쳤다. 무슨 소리를 하는 건지 전혀 알 수가 없었다.

게다가 어흥~ 하고 말하면서 카메라에 다가왔다. 그러자 남성…… 즉, 남편이 아내를 억지로 잡아끌면서 카메라 화면 밖으로 사라졌다.

"……."

후미카는 어안이 벙벙해 했지만 곧 정신을 차리더니 미소를 지으며 말했다.

"스튜디오로 돌리겠습니다~."

미묘한 분위기가 된 스튜디오에서는 메인 사회자가 「CF 시간입니다」라고 말했다.

화면이 바뀌더니, 이번에도 아는 사람이 텔레비전에 나왔다. 마이가 샴푸 CF에 나오고 있었다. 찰랑거리는 아름다운 머리카락이 확 펼쳐지더니 그대로 자연스럽게 흘러내렸다. 「매일 촉촉, 찰랑찰랑」이라는 내레이션이 들려오고 마이는 거울 앞에서 간지러움을 타듯 미소 지었다. 아름다움과 귀여움이 공존하는 파괴력이 엄청난 표정이었다. 몇 번을 봐도 눈을 뗄

수가 없었다. 정말 끝내주는 걸 봤다.

다른 CF가 나오자 사쿠타는 책상 위에 있는 부채를 들고 창가로 이동했다. 에어컨을 약하게 틀어놨는지 실내는 약간 더웠다. 그래서 사쿠타는 부채질을 했다.

밖을 쳐다보니, 뜨거운 햇살을 받으며 운동장을 달리고 있는 이가 다섯 명 정도 있었다. 그 중에 앞장서서 달리고 있는 이는 유마였다. 다른 이들은 농구부 멤버인 것 같았다.

"어이, 후타바."

"왜?"

"어떻게 하면 다시 한 명이 될 거라고 생각해?"

사쿠타는 밖을 쳐다보면서 느닷없이 그런 질문을 했다.

─이 세상에 후타바 리오는 한 명이면 족해

리오가 직접 한 그 말이 사쿠타의 귓가에서 맴돌고 있었다. 자극적인 사진을 인터넷에 올리는 것도 문제지만 사춘기 증후군 또한 이대로 둘 수는 없었다.

"불가능해."

"의식이 괴리되어서 이렇게 된 거라면, 그 의식이 하나가 되면 원래대로 되돌아올까?"

"……그럴지도 몰라."

리오는 체념한 어조로 대답했다.

"어떻게 하면 그렇게 될까?"

"적어도 현재는 점점 더 멀어지고 있을 거야. 두 사람이 따로 행동하고 있으니까. 별개의 기억과 경험이 존재하는 이상, 그것들을 하나로 되돌릴 마음은 생기지 않아."

"좀 더 긍정적인 의견을 들려줘. 위에 구멍이 날 것 같단 말이야."

"뭐, 우리 둘이 한 마음이 되면 어떻게든 되지 않을까?"

"쿠니미가 좋아죽는다든가?"

"……."

그 말에 대한 대답은 얼음장 같은 침묵이었다. 지금 고개를 돌린다면 엄청 차가운 시선이 사쿠타를 기다리고 있으리라. 그렇기 때문에 그는 고개를 돌리지 않았다.

"나, 그리고 또 다른 나의 마음속에 존재하는 그 감정은 일치할 거라고 생각해."

"그럼 다시 한 명이 되라고."

"그런데도 원래대로 되돌아가지 못하는 건, 그 이상으로 강하게 의식할 무언가가 필요하기 때문 아닐까?"

"후타바가 쿠니미보다 더 의식하는 게 뭔데?"

적어도 사쿠타는 짐작조차 되지 않았다.

"몰라."

리오도 모른다면 두 손 두 발 다 드는 수밖에 없다.

답이 없는 문제를 풀고 있는 기분이 들었다.

표정 또한 찡그러진 사쿠타는 비둘기 사블레를 먹으며 기분을 풀었다.

마지막 남은 꼬리 부분을 입에 넣었다. 그것을 씹어 먹고 있을 때, 운동장을 돌던 유마가 이쪽을 향해 다가왔다.

물리 실험실에 있는 사쿠타와 유마의 시선이 마주쳤다. 사쿠타를 본 유마의 표정이 약간 풀렸다. 그리고 사쿠타를 향해 곧장 뛰어왔다. 마지막에는 쓰러지듯 학교 건물에 기댔다.

"아~, 완전 죽겠네!"

사쿠타가 창문을 열자 그런 목소리가 들려왔다.

거친 숨을 내쉬고 있는 유마의 몸에서 흘러내린 땀이 콘크리트 지면을 적셨다.

"사쿠타 너, 끝내주는 걸 들고 있잖아."

유마는 창밖으로 얼굴을 내민 사쿠타를 올려다보면서 손을 흔들어댔다. 부채질을 해달라는 것 같았다. 그 생각이 옳다는 걸 증명하듯 유마의 눈은 사쿠타가 쥔 부채를 향하고 있었다.

"싫어."

"이유가 뭐야?"

"쿠니미에게 봉사할 이유가 없다고."

"바람 플리즈!"

사쿠타는 그 말을 무시하더니 실내를 쳐다보았다.

"후타바."

그는 시험관을 준비하던 리오를 향해 손짓을 했다.

"왜?"

리오는 약간 귀찮아하는 표정을 지으면서도 사쿠타에게 다가갔다.

사쿠타는 그런 리오에게 부채를 건넸다.

"쿠니미가 부채질해달래."

"부탁 받은 건 아즈사가와잖아."

"기왕이면 여자가 부쳐주는 게 훨씬 좋을 거라고."

"……"

리오는 불만 섞인 표정을 지었다. 그 안에는 부끄러움이 반 정도 섞여 있었다.

"후타바, 바람 플리즈!"

유마는 헉헉 거리면서 한심한 소리를 했다.

"……"

리오는 잠시 동안 생각에 잠긴 후, 아무 말 없이 부채질을 시작했다.

"아~, 기분 좋다~."

다른 네 부원은 아직 운동장을 뛰고 있었다. 기진맥진한 상태로 말이다.

"농구부는 체육관에서 훈련하는 거 아냐? 왜 너희만 운동장을 뛰고 있는 건데?"

부원 또한 더 많을 것이다.

"부원끼리의 팀전에서 진 팀의 벌칙이야."

"쿠니미 너, 진 거냐?"

"우리 팀은 나 빼고 전부 1학년이었다고."

"팀메이트에게 책임을 전가하다니, 쿠니미답지 않네. 너, 가짜지?"

"사쿠타는 나를 어떻게 생각하는 거야?"

"짜증나는 인기남이라고 생각해."

"너무하네."

유마는 그렇게 말하고 큰 목소리로 웃었다.

"쿠니미와 아즈사가와가 어째서 사이가 좋은 건지 정말 수수께끼라니깐."

리오는 혼잣말을 하듯 중얼거렸다.

유마는 히죽거리기만 할 뿐 아무 말도 하지 않았다. 사쿠타도 마찬가지였다. 리오 또한 답을 원하는 게 아니었고 그런 건 일부러 언급할 만한 것도 아니었다. 애초에 말로는 표현하기 어려운 문제인 것이다. 간단히 말하자면 죽이 맞았다. 서로가 서로에게 할 말을 다할 수 있고, 농담과 진심이 오해 없이 전해지는 분위기를 유마는 처음부터 지니고 있었다.

그리고 그것은 리오도 마찬가지였다. 처음 제대로 이야기를 나눈 것은 1학년 1학기 때였다. 사쿠타가 중학생 때 폭력 사건을 일으켜서 동급생들을 병원에 보냈다는 소문이 만연한 후였다.

그날, 사쿠타는 도시락을 느긋하게 먹을 장소를 찾고 있었다. 그리고 도달한 곳이 물리 실험실이었다. 하지만 그곳에는 사쿠타보다 먼저 온 사람이 있었다.

"전교생이 자기를 피하는데도, 아즈사가와는 용케 매일같이 학교에 오네."

당시 같은 반이었던 리오는 주저 없이 그렇게 말했다.

"『남들이 자신을 피한다』 같은 생각은 자의식 과잉인 녀석 들이나 한다고."

"전혀 과잉이 아닐 것 같은데? 머리는 괜찮은 거야? 아, 괜 찮지 않으니까 학교에 오는 거구나."

"후타바는 재미있는 애구나."

"뭐? 왜?"

"나한테 주저 없이 이런 소리를 하잖아."

처음부터 두 사람은 서로를 향한 배려가 눈곱만큼도 존재 하지 않는 대화를 나눴다. 지금도 기억하고 있다. 그런 태도는 그 후로 1년 넘게 지났는데도 전혀 변하지 않았다.

"라스트 대시!"

유마가 후배 부원들을 향해 그렇게 외쳤다. 1학년 네 명은 일 제히 속도를 올렸다. 그들은 경쟁하듯 유마를 향해 뛰어왔다.

그리고 손으로 무릎을 짚더니 어깨를 들썩이며 허억허억 하 고 거친 숨을 내쉬었다.

"아~, 쿠니미 선배, 치사해요!"

리오가 부채질을 해주고 있는 유마를 본 1학년이 바로 반응 했다.

"애인이 있으면서, 다른 여자애에게 부채질 받는 거예요?!

왜 선배만 이렇게 인기가 넘치는 거예요?!"

그 점에 대해서는 사쿠타도 같은 의견이었기에 고개를 끄덕였다.

"저쪽에 있는 멋진 여성분을 소개해달라고요."

"2학년인가요?"

"어? 너희들, 후타바를 모르는 거야?"

리오는 교내에서 상당한 유명인이었다. 항상 흰색 가운을 걸치고 다니는 괴짜 2학년으로서 말이다. 아무리 학년이 다르더라도 아마 알 것이다.

"어?"

1학년 네 명은 놀란 반응을 보이며 서로를 쳐다보았다.

"이렇게 귀여운 사람이었구나."

그 녀석들이 작은 목소리로 나누는 대화가 사쿠타에게도 들렸다. 현재 리오는 흰색 가운을 걸치지 않았고 헤어스타일도 달랐다. 안경도 쓰지 않아서 분위기가 너무 달라 알아보지 못한 것이리라. 사쿠타도 처음 봤을 때는 알아보지 못했다.

"너희는 여자 보는 눈이 정말 없구나. 너희 같은 애들에게는 소개 안 해줄 거야. 자, 빨리 체육관으로 돌아가."

유마는 손을 내저으면서 1학년들을 쫓아냈다.

그들은 때때로 리오를 쳐다보면서—.

"2학년은 어른스럽네."

"저 사람, 내가 좋아하는 타입이야."

"에로&똑똑! 아니, 똑똑&에로!"

"우와, 개인교습 받고 싶어!"

—왁자지껄 떠들어대고 있었다.

"쿠니미의 여자 보는 눈도 별 볼일 없다고 생각하거든?"

사쿠타는 멀어져 가는 농구부 1학년들을 쳐다보면서 유마를 은근슬쩍 공격했다. 하지만 머릿속으로는 전혀 다른 생각을 하고 있었다.

그가 생각하고 있는 것은 이 자리에 있는 리오가 했던 말이다.

—이 세상에 후타바 리오는 한 명이면 족해

그 말은 확실히 옳다. 이 세상은 두 명의 리오를 받아들일 수 있도록 만들어지지 않았다. 2학기부터 두 명의 리오가 같이 학교에 다닐 수도 없고 한 집에서 같이 살 수도 없다. 주민등록 같은 것도 문제가 될 것이다.

게다가 현재 제대로 된 사회생활을 하고 있는 것은 이쪽에 있는 리오다. 사쿠타의 집에 있는 리오의 존재를 아는 사람은 사쿠타를 비롯해 극히 일부의 인간뿐이었다.

그러니 역시 이대로는 안 된다. 하지만 사쿠타는 둘을 하나로 되돌릴 방법 같은 건 학교에서 배우지 못했다.

리오는 강하게 의식하는 게 있으면 어떻게 될지도 모른다고 말했지만, 리오가 유마보다 더 의식하는 것은 아마 없을 것이다. 완진히 사변초가였다.

"진짜, 어떻게 하지."

"응?"

사쿠타의 혼잣말에 유마가 반응했다.

"아무것도 아냐."

지금은 이렇게 말끝을 흐릴 수밖에 없었다.

2

"아즈사가와는 언제까지 이런 짓을 계속할 거야?"

학교를 나선 사쿠타가 시치리가하마 역의 벤치에 앉아서 후지사와 행 열차를 기다리고 있을 때, 리오가 느닷없이 그렇게 물었다.

오늘은 8월 12일.

사쿠타가 물리 실험실에 매일같이 들르게 된 후로 일주일이 지났다.

"후타바가 그런 짓을 안 하게 될 때까지 할 거야."

현재도 리오는 자극적인 사진을 SNS에 올리고 있었다.

어제 아르바이트를 끝내고 인터넷 카페에 들러서 확인해봤더니 가슴 계곡에 시험관을 끼운 사진이 공개되어 있었다. 『뭔가를 끼워봐』라는 요청에 응한 것 같았는데 그 모습을 보고 흥분이 가신 사람은 사쿠타뿐인 걸까. 별로 선정적이지 않았다.

"나한테만 에로 사진을 보여줘도 되는데 말이야."

"그랬다간 목표에서 멀어지고 말 거야."

"그거 유감이네."

사쿠타는 몸을 쭉 내밀어 가마쿠라 방면을 확인했다. 아직 열차는 오지 않았다. 이미 여섯 시가 지났지만 아직 하늘은 밝았으며 서쪽 하늘이 희미하게 붉은 색을 띠고 있었다.

"내일은 어떤 실험을 할 거야?"

리오는 일주일 동안 간단한 실험을 주로 했다. 중력가속도 측정이나 역학수레를 이용한 반복 실험. 별 특색 없는 실험들이어서 보고 있어도 재미없었다.

"아즈사가와가 심심하지 않도록 로켓이라도 쏠까?"

"진짜?"

"페트병 로켓 말이야."

"아하."

"줍는 역할을 시켜줄게."

"나보고 그런 걸 하라고? 그럴 때는 누가 더 멀리까지 쏘는지 승부해야 하는 거 아냐?"

"아즈사가와는 내 상대가 못 돼."

리오는 그렇게 말하면서 스마트폰의 화면을 쳐다보았다. 뭔가가 온 것 같았다.

"윽!"

화면을 본 순간 리오의 어깨가 흔들렸다. 표정이 눈에 띌 정도로 굳어졌다. 곧 화면에서 눈을 뗀 리오는 다시 화면을 확인했다. 그런 그녀의 얼굴에서 핏기가 사라졌다.

리오는 허겁지겁 스마트폰을 숨겼다. 화면이 밑에 오도록 허벅지 위에 내려놓더니 양손으로 스마트폰을 가렸다.

"왜 그래?"

"아무것도 아냐."

사쿠타를 쳐다보지도 않으면서 그렇게 말한 리오는 역에서 기다리고 있는 다른 이용객들을 신경 썼다. 미네가하라 고등학교의 학생이 몇 명 있었다. 젊은 학생 그룹도 드문드문 보였다. 그러는 사이에도 스마트폰이 계속 진동하고 있었다.

"후타바?"

"······괜찮아."

겉보기에는 괜찮아 보이지 않았다. 사쿠타의 말에도 약간 늦게 반응했고 목소리도 낮았다. 허벅지 위에 올려놓은 손도 스마트폰의 진동과는 상관없이 희미하게 떨리고 있었다.

"누가 댓글을 달기라도 한 거야?"

"······."

리오는 살며시 고개를 끄덕였다.

"봐도 돼?"

사쿠타는 리오가 양손으로 숨기고 있는 스마트폰을 눈짓으로 가리켰다.

"안 돼."

하지만 사쿠타는 손을 내밀었다. 리오의 손가락 사이로 스마트폰의 커버에 그의 손가락이 닿았다.

"……."

고개를 숙이고 있던 리오는 사쿠타가 스마트폰을 가져가도 저항하지 않았다.

즉, 봐도 된다는 뜻이리라.

사쿠타는 리오의 스마트폰을 확인했다.

화면에 표시된 것은 SNS의 다이렉트 메시지를 확인하는 화면이었다.

─그 교복, 미네가하라 고등학교 교복 맞지?

처음 한 마디는 바로 그것이었다.

─나는 그 학교 졸업생이거든. 바로 알아봤다고.

그리고 다음 순간─.

─오늘, 학교 근처인데 안 만날래?

이런 내용의 메시지가 도착했다. 그것을 읽고 있는 사이에 도─.

─원조교제도 가능해. 만 오천 엔에 어때?

─안 만나주면, 네가 어느 학교인지 밝혀버릴 거야.

─들통 나면 곤란하지 않아?

─그러니까, 만나자. 만나줄 거지?

……같은 짧은 메시지가 연속해서 왔다.

옆에서 화면을 보던 리오는 불안한지 사쿠타의 셔츠 자락을 움켜잡았다. 그녀에게서 느껴지는 떨림이 리오의 불안을 직접적으로 전해주고 있었다.

"이런 일이 실제로 벌어지는구나."

사쿠타는 그렇게 말하면서 스마트폰을 조작해 메시지를 작성했다. 그 사이에도 메시지는 계속 오고 있었다.

—만나고 싶네~.

—답장 기다릴게.

—인마, 듣고 있냐?

—나중에 후회하지 말라고.

문장을 작성하는 사이에도 계속 메시지가 왔다. 메시지를 작성하는데 엄청 방해됐다. 그래도 사쿠타는 원래 쓰려던 메시지를 다 작성했다.

"아즈사가와?"

그리고 사쿠타는 리오의 말을 무시하며 그 메시지를 보냈다.

"지금 뭘 한 거야?!"

"봐."

사쿠타는 리오에게 스마트폰 화면을 보여줬다. 그 화면에는 방금 보낸 메시지가 표시되어 있었다.

—경찰에 연락할거예요.

그러자 스마트폰은 갑자기 침묵을 지켰다. 메시지 수신이 딱 끊긴 것이다.

"이걸로 괜찮을 거야."

"……지워."

"응?"

"그 계정…… 지워."

"알았어……."

사쿠타는 제대로 조작하는 게 맞는지 리오에게 물어보며 그 계정을 지웠다.

"이제 됐지?"

"응."

그 후, 두 사람은 후지사와 행 열차를 탔다.

열차 안은 적당히 혼잡했다. 가마쿠라에 갔다가 돌아가는 것으로 보이는 아주머니 군단은 기념품이 든 봉지를 들고 있었다. 근처 해수욕장에서 논 듯한 젊은 커플과 학생 그룹도 눈에 띄었다.

사쿠타는 리오를 데리고 빈 좌석에 나란히 앉았다. 그 동안 에도 리오는 사쿠타의 셔츠를 계속 움켜쥐고 있었다. 주위에 서 따뜻한 시선이 느껴졌다. 풋풋한 커플이라고 생각하는 것 같았다.

"미안해."

리오는 조그마한 목소리로 말했다.

"자업자득인데……."

몸도, 목소리도, 마음도 공포에 지배당하고 있었다. 완전히 겁을 먹은 것이다.

"잘은, 모르겠지만…… 너무 무서워서……."

리오는 아직도 떨고 있었다. 나란히 앉아 어깨를 맞대고 있기에 바로 알 수 있었다.

"메일이나, 메시지 같은 건, 확 와닿지?"

사쿠타는 앞을 바라보면서 평소와 다름없는 말투로 말했다.

"……뭐?"

"카에데가 집단 괴롭힘을 당했을 때…… 상담사 선생님이 가르쳐줬어. 사람이 얻는 정보중 8할은 눈을 통해 얻는다더라고."

"……그런 것 같네."

"그러니까 대놓고 『죽어』라는 말을 듣는 것보다 『죽어』라고 적힌 메일이나 편지를 받았을 때 더 큰 충격을 받아."

게다가 메일과 메시지는 갑작스럽게 온다. 눈앞에 상대가 있다면 대화의 흐름을 통해 서서히 마음의 준비를 할 수 있겠지만, 일방적으로 날아오는 디지털 문장은 기습 공격이 되기 십상이다. 마음의 준비를 하기 전에 갑작스러운 악의가 마음을 사정없이 찌르는 것이다.

지금의 리오가 바로 그런 상태였다.

후지사와 역에 도착한 사쿠타는 리오와 함께 오다큐 에노시마 선 개찰구를 통과했다. 평소 같으면 여기서부터 걸어서 돌아가겠지만 오늘은 그럴 수 없는 이유가 있었다.

이 기나긴 플랫폼은 언뜻 보기에는 종점 같았다. 하지만 레

일이 연결되어 있지 않은 이 역에서 상하선 열차가 출발한다. 스위치백#2 방식으로 신주쿠 방면과 가타세 에노시마 방면 열차가 달리고 있는 것이다.

다른 이용객들의 물결에 휩쓸린 채 걷고 있을 때 리오가 갑자기 사과했다.

"저기…… 미안해."

귀찮게 해서, 혹은 폐를 끼쳐서 미안하다는 것이리라.

계속 움켜쥐고 있었던 탓인지 리오의 손은 사쿠타의 셔츠에서 떨어지지 않았다.

"후타바의 귀여운 모습을 봤으니 다음에 쿠니미한테 자랑해야지."

"……"

리오는 아무 말 없이 사쿠타를 노려보았다. 하지만 여전히 공포에 사로잡혀 있는 리오는 약간 흐느끼고 있는 것처럼 보였다.

두 사람은 플랫폼에 선 가타세 에노시마 방면 열차를 탔다.

리오가 걱정된 사쿠타는 그녀를 집까지 배웅해줄 생각이었다.

출발 시각이 되자, 새하얀 차체에 푸른색 선이 그어진 열차는 후지사와 역을 출발했다. 리오가 사는 혼쿠게누마는 바로

#2 스위치백(switchback) 경사가 가파른 구간에서 높이차를 극복하기 위하여 지그재그로 움직여 기울기를 해결하는 철도선로방식.

다음 역이기에 금방 도착했다.

그 역에서 나와 5분 정도 걸었을 즈음…….

"여기야."

한산한 주택가 한편에 도착한 리오는 작은 목소리로 그렇게 말하고 멈춰 섰다. 이 주택가에는 단독주택이 줄지어 세워져 있었으며 주위에 있는 맨션도 커봤자 5층 정도였다. 그래서 그런지 하늘이 넓어보였다.

리오는 양문형인 멋진 대문에 손을 댔다. 자잘한 장식이 된 윗부분은 아치를 그리고 있었다. 딱 봐도 부잣집 대문 같은 느낌이었다.

대문과 건물 사이, 약 10미터 정도의 공간에는 정취 있는 돌을 깔아 만든 길이 존재했다. 한편에는 자동개폐식 차고가 있었다. 차 세 대 정도는 여유롭게 들어갈 것 같았다.

"뭐랄까, 엄청나네."

사쿠타의 입에서 솔직한 감상이 흘러나왔다.

"사람 체온이 느껴지지 않는 집이지?"

리오는 별 감흥이 느껴지지 않는 목소리로 말했다.

"확실히 사람이 살지 않는 것처럼 보이기는 하네."

텔레비전 같은 데서 소개되는 쇼난 에어리어의 호화 매물 주택 같은 느낌이었다.

"보통은 내가 한 말을 부정할걸?"

"나한테 그런 걸 기대하지 말라고."

"하긴, 그것도 그러네."

두 사람은 드디어 현관 문 앞에 도착했다. 리오가 열쇠를 꽂아서 문을 열었다. 불이 켜져 있지만 인기척은 느껴지지 않았다. 아마 현관 주위는 자동으로 불이 켜지게 되어 있으리라.

이미 일곱 시가 지났다. 밝았던 하늘도 밤의 분위기에 물들어가고 있었다.

"문단속 잘해."

"아즈사가와."

집 안으로 들어간 리오가 사쿠타를 향해 돌아섰다. 그녀는 불안 섞인 표정으로 사쿠타를 쳐다보았다.

"응?"

솔직히 말하자면 리오가 무슨 말이 하고 싶은지 상상이 되었다. 알지도 못하는 남자에게서 온 메시지 때문에 리오는 여전히 겁에 질려 있었다. 공포를 완전히 떨쳐내지 못한 것이다.

"저기…… 오늘은 같이 있어줬으면 좋겠어."

들릴락 말락 하는 목소리였지만 리오는 똑똑히 그렇게 말했다.

"부모님은?"

"아버지는 학회 때문에 독일에 가셨어. 어머니도 거래 때문에 유럽 어딘가에 계셔."

"드라마에서나 나올 것 같은 대사네."

"우리 집에서는 흔한 일이야."

"혹시나 해서 말하는 건데, 나는 남자라고."

"나한테 이상한 짓 하려고 하면, 있는 일 없는 일 전부 사쿠라지마 선배에게 보고할 거야."

"있었던 일만 보고해줘."

"그리고 아즈사가와는 믿을 수 있어."

"나는 여자들이 경계하는 남자가 되고 싶은데 말이야."

"바보, 빨리 들어와."

"그럼 실례하겠습니다~."

현관 너머에서는 한층 더 무거운 정적이 흐르고 있었다. 옷깃 스치는 소리가 꽤 크게 들렸다. 현관이 통층(通層) 구조라서 그렇게 느껴지는 걸까.

리오는 사쿠타를 넓은 거실로 안내했다. 20평은 되어 보였다. 흰색과 검은색을 바탕으로 한 인테리어가 되어 있고, 감촉이 좋아 보이는 소파의 정면에는 60인치 정도의 대형 텔레비전이 있었다. 창문을 통해서는 잘 손질된 정원이 보였다.

부엌은 오픈키친 스타일이며 유리 선반에는 모델 룸처럼 식기와 조미료가 잘 정돈되어 놓여 있었다. 복도는 전부 고급스러운 간접 조명으로 되어 있었다.

심플하면서도 고급스러웠다. 그리고 호화로운 분위기를 동시에 갖춘 공간이었다. 누구라도 한 번쯤은 살고 싶어 할 저택이었다.

하지만 이 집에는 결정적으로 빠진 것이 있었다. 사쿠타는 집에 들어오기 전부터 그 점을 느끼고 있었다.

냄새가 나지 않는 집. 얼굴 없는 집.

호화찬란하게 꾸며져 있었지만 어디에서도 이 집에 사는 리오의 분위기가 느껴지지 않았다. 그녀의 체온이 느껴지지 않았다.

알지 못하는 공간에 우연히 들어온 착각이 느껴졌다. 그저 서 있을 뿐인데도 불안한 느낌이 들었다.

"가족들이 집에 없을 때가 많은 거야?"

"그렇지도 않아."

"그렇구나."

"1년의 절반 정도밖에 안 돼."

"그 정도면 많은 거라고."

너무 많았다. 「그렇지도 않아」라는 리오의 말을 듣고 사쿠타는 1년에 두세 번 정도 집을 비울 거라고 생각했다. 하지만 마음 한편으로는 납득이 되었다. 그 정도는 비워야 집이 이렇게 될 것이다. 매일같이 부모님이 돌아온다면 분명 이렇게는 되지 않을 것이다.

"아버지는 대학병원 근처에 방을 빌려서 머물기도 하고, 어머니는 거래 때문에 해외에 나가는 일이 잦으니까, 그 정도는 보통이야."

"대체 그 보통은 어느 세상의 보통인 거야?"

또 한 명의 리오가 요리와 세탁에 익숙한 이유도 이제 알았다. 반년 동안 리오는 이 집에서 혼자 생활하고 있으니 익숙해지는 게 당연했다.

"우리 집에서는 그게 보통이야. 아버지도, 어머니도, 부모가 적성에 맞는 사람들이 아니거든."

누구나 알고 있는 상식을 이야기하듯 리오는 태연한 목소리로 그렇게 말했다. 이제 그런 것들을 아무렇지도 않게 느끼는 것 같았다. 옛날 옛적에 포기해서 당연하게 여기고 있다……. 사쿠타는 그런 인상을 받았다.

"아버지는 병원조직 안에서 출세하기 위해 결혼한 거나 마찬가지인 사람이야."

"그게 무슨 소리야?"

"독신인 채로는 출세할 수 없는 세계가 있나 봐."

"후타바의 어머니는 납득한 거야?"

"어머니는 어머니대로 『후타바 교수의 아내』라는 직함이 가지고 싶어서 결혼했으니까, 이해관계는 일치한 것 같아. 그리고 서로가 자기 하고 싶은 일을 마음껏 하고 있으니 불만 같은 게 있을 리 없어. 아즈사가와는 의외로 사고방식이 구식이네."

"뭐, 요즘 같은 시대에 스마트폰도 없는 원시인이거든."

"그건 또 무슨 소리야?"

"귀여운 후배한테서 들은 말이야."

"아, 저번 라플라스의 소악마 말이구나. 맞는 말 했네."

리오는 그렇게 말하면서 살짝 웃었다. 평소의 리오라면 이럴 때 웃지 않는다. 자각하고 있는지 없는지는 알 수 없지만 억지로 웃어서 마음을 달래려는 것 같았다.

리오는 조명을 켜더니 자동으로 욕조에 물을 받아주는 버튼을 눌렀다.

"물 받아지면 아즈사가와가 먼저 씻어."

"그래."

지금의 리오에게 「나중에 씻을래」라고 말하는 것도 좀 껄끄러워서 사쿠타는 시키는 대로 하기로 했다. 어차피 사쿠타는 금방 씻으니까 말이다.

사쿠타는 그렇게 생각하면서 옷을 벗고 욕실에 들어갔지만 리오가 나중에 말했다.

"네 옷의 세탁 및 건조가 끝날 때까지는 나오지 마."

"얼마나 걸리는데?"

"30분."

"나보고 죽으라는 거야?"

무정하게도 리오는 그 말에 대답하지 않았다.

녹초가 된 상태로 욕실에서 나온 사쿠타와 교대하듯 안에 들어간 리오는 약 한 시간 동안 목욕을 했다.

그리고 리오는 사쿠타에게 그 동안 욕실 밖에서 대기해달라고 말했다. 진짜로 혼자 있고 싶지 않은 것 같았다.

사쿠타는 어쩔 수 없이 욕실 벽에 기대앉았다. 그러고 보니

또 한 명의 리오와도 이런 식으로 대화를 나눈 적이 두 번 정
도 있었다.

"아즈사가와."

"여기 있으니까 걱정하지 마."

"응……."

"……."

"아즈사가와?"

"있어."

"응……."

"아……."

"있다고!"

몇 번이나 그런 일이 반복되었다.

"저기, 아즈사가와."

"거 되게 귀찮네. 그냥 같이 목욕할래?"

"……계속 눈감고 있어준다면 그렇게 할게."

리오는 잠시 동안 뜸을 들인 후 그렇게 말했다. 평소의 리
오라면 절대 이런 말을 하지 않을 것이다. 그녀가 지금 심약해
진 상태라는 증거였다.

"그런 하이 레벨 플레이는 싫어."

"그럼 노래라도 불러."

"그건 더 싫다고!"

리오가 목욕을 끝내고 나온 후, 간단하게 식사를 했다. 멋

진 주방에 준비되어 있는 요리는 컵라면이었다. 그 우스꽝스러운 광경을 본 사쿠타는 웃음을 터뜨렸지만 리오는 그가 왜 웃는지 이해하지 못했다. 이 집에 살고 있으니 당연한 건지도 모른다.

라면이 익기를 기다리는 사이, 사쿠타는 집에 전화를 해서 카에데에게 오늘은 집에 들어가지 않을 거라고 말해뒀다.

그리고 텔레비전 앞의 소파에 둘이서 앉아 컵라면을 먹었다. BGM 삼아 해외 드라마의 블루레이를 틀어놓고 사쿠타와 리오는 느긋하게 시간을 보냈다.

하지만 다섯 시간 넘게 드라마를 봤더니 피로가 쌓였다.

심야 한 시 반이 넘어 눈이 서서히 감기기 시작했을 즈음—.

"잘까?"

—하고 리오가 말했다.

목욕을 한 후부터 계속 잠옷 차림이었던 리오는 계단을 올라갔다. 사진에서 봤던 폭신폭신해 보이는 잠옷이었다. 아래쪽에는 반바지만 입었기에 다리가 훤히 드러나 있었다.

방까지 따라갈 수는 없다고 생각한 사쿠타는 계단 밑에서 걸음을 멈췄다. 그러자 리오는 계단 중간에서 사쿠타를 돌아보았다.

"역시 오늘은 거실에서 잘래."

"아쉽네. 후타바의 방을 구경할 찬스가 날아갔어."

"아즈사가와가 그러니까 더 보여주기 싫어. 쿠니미한테 이야기할 것 같거든."

"그야 당연히 이야기하지."

"하아……."

리오는 거실로 돌아오더니 소파를 침대 삼아 드러누웠다. 사쿠타는 소파 옆에 있는 테이블을 옮겨서 공간을 만든 후, 아무 말 없이 드러누웠다.

바닥에는 부드러운 카펫이 깔려 있어서 딱히 불편하지 않았다. 아니, 꽤 좋았다. 사쿠타의 집 거실과는 하늘과 땅 차이였다.

"그럼 잘 자."

"응. 잘 자."

사쿠타는 아까 해외 드라마를 보면서 몇 번이나 하품을 했지만 이렇게 드러누우니 졸음이 확 달아났다.

어차피 리오가 잠들 때까지 깨어있을 생각이었으니 다행이긴 하지만…….

리오가 소파에 눕고 이미 한 시간 가량 지났다. 불규칙한 숨소리와 때때로 몸을 뒤척이는 소리가 들려오는 걸 보면 리오는 잠들지 않은 게 분명했다.

리오는 천천히 한숨을 내쉬었다. 뭔가를 정리하며 내쉬는 한숨이었다. 의지가 깃든 한숨이었다.

사쿠타는 그것을 들으며 커튼 사이로 스며드는 옅은 불빛 속에서 새파랗게 빛나고 있는 천장을 멍하니 쳐다보았다.

잠시 후 리오가 말했다.

"아즈사가와, 자는 거야?"

"자."

"깨어 있잖아."

"이제 잘 거야."

사쿠타는 일부러 하품을 하며 리오를 빨리 재우는 편이 좋겠다고 생각했다. 안 자고 있어봤자 불안 때문에 계속 나쁜 생각만 떠오를 것이다. 이럴 때는 잠을 자는 게 최고였다. 생각 같은 것은 나중에 하면 된다.

"나는 무서웠던 것 같아."

"……."

"지금은 아즈사가와와 쿠니미가 있지만, 언젠가 또 혼자가 되어버릴 거라는 생각이 들었어."

"그건 또 무슨 소리야?"

"고등학교에 입학하기 전에는 이런 불안을 느끼지 않았어. 학교에서도, 집에서도, 혼자인 게 당연했거든. 하지만 아즈사가와나 쿠니미와 만나고, 이런 불안을 느끼게 됐어……."

"쿠니미는 정말 나쁜 녀석이네."

"절반은 아즈사가와의 책임이야. 중학교 때까지는 학교에 다니는 걸 즐겁게 생각한 적이 없어. 하지만 고등학교에 들어간 후로 아주 조금 즐거워졌어."

"겨우 조금이야?"

"아즈사가와는 학교에 다니는 게 즐거워?"

"엄청 즐겁지는 않아. 그래도 눈곱만큼은 즐거울지도 몰라."

"나와 마찬가지네."

하지만 그 조금이 리오의 마음에 불안을 안겨준 것이다. 즐거움을 알게 되면, 인간은 그것이 계속되기를 소망한다. 만약 그것을 잃을지도 모른다고 생각하면 불안을 느낄 것이다.

"쿠니미에게 애인이 생겼다는 걸 알고, 엄청 무서웠어……."

"그때는 『왜 그 여자인 거야』라고 생각하라고."

"그런 생각도 했지만……."

"하긴 한 거냐. 잘 했어, 후타바."

"하지만 쿠니미에게는 그렇게 화려한 여자애가 어울려. 나 같은 애는 어울리지 않아."

"쿠니미는 정말 악랄한 녀석이네. 항상 후타바를 슬프게 만든다니깐."

"아즈사가와도 쿠니미 험담을 할 자격은 없어."

"뭐?"

안전권에 있는 줄 알았는데 그렇지 않은 것 같았다.

"그렇게 예쁜 애인이 생겼으니, 나 같은 건 신경도 쓰지 않을 거라고 생각했어."

"너, 바보지?"

사쿠타는 코웃음을 쳤다.

"내가 마이 씨에게 홀딱 반한 건 인정하겠지만 말이야."

"홀딱 반했다는 말을 쓰는 사람, 처음 봤어. 그거, 언제 적 말이야?"

리오는 웃음을 터뜨렸다.

"나는 후타바와 평생 친구로 지낼 생각이라고."

"그러고 보니 아즈사가와는 친구가 거의 없잖아."

"맞아. 그러니까 멋대로 거리 두지 말라고. 확 울어버린다?"

리오는 그 말에 대답하지 않았다. 어느 정도의 거리를 둬야 할지 감을 못 잡는 것 같았다.

"그리고 후타바는 진짜 모르네."

"뭘 말이야?"

"쿠니미에게 반했으면서, 그 녀석에 대해 전혀 알지를 못해."

"그럴 리가······."

"하나도 모른다고."

사쿠타는 리오의 말을 끊으며 말했다.

"스마트폰 좀 빌릴게."

사쿠타는 아까 맡아뒀던 스마트폰의 전원을 켰다. 어둠 속에서 액정 화면의 불빛이 사쿠타의 얼굴을 비췄다.

"뭘 하려는 거야?"

"쿠니미가 얼마나 대단한 녀석인지 가르쳐줄게. 분명 더 반하게 될 걸?"

스마트폰 화면에 표시된 것은 유마의 전화번호였다. 사쿠타는 전화 버튼에 손가락을 댔다.

"아즈사가와, 너 설마……!"

리오가 윗몸을 벌떡 일으켰다.

"이런 시간에 전화하면 비상식적인 애라고……."

초조와 당혹…… 그리고 사랑에 빠진 소녀다운 감정이 표정에 드러났다. 리오의 얼굴에는 유마에게 미움 받고 싶지 않다고 적혀 있었다.

"이미 늦었어."

귀에 댄 스마트폰에서 호출음이 흘러나오고 있었다. 하지만 심야 두 시 반이 지난 시간이라 그런지 좀처럼 전화를 받지 않았다.

하지만 사쿠타는 유마가 전화를 받을 거라고 믿어 의심치 않았다.

여섯 번째 호출음이 나온 순간, 전화가 연결되었다.

"으음~, 후타바?"

유마의 졸린 듯한 목소리가 들려왔다. 역시 자고 있었나 보다.

"나야."

"사쿠타야?"

유마는 노골적으로 실망했다. 아직 반응이 느렸다. 하지만 목소리만으로 상대가 사쿠타라는 걸 눈치챈 점은 대단했다.

"후타바가 핀치거든. 지금 바로 혼쿠게누마 역으로 튀어와."

"그래. 알았어."

유마의 목소리가 갑자기 바뀌었다. 마치 벌떡 몸을 일으킨 것처럼 힘차게 대답했다.

"금방 갈게."

유마는 짧게 대답한 후, 바로 전화를 끊었다.

볼륨이 컸기 때문에 마지막 말은 리오에게도 들렸을 것이다.

다시 스마트폰의 전원을 끈 사쿠타가 자리에서 일어나자 리오는 어안이 벙벙한 표정으로 소파에 걸터앉아 있었다.

"쿠니미 녀석, 오겠대."

"아즈사가와는 상식이 없구나."

"이 시간에 주저 없이 오겠다고 하는 쿠니미가 더 비상식적일걸?"

유마는 후지사와 역의 북쪽에 산다. 이곳까지는 약 3, 4킬로미터 정도는 될 것이다. 그리고 이렇게 늦은 시간에는 대중교통이 다닐 리 없으니 다른 방법으로 올 수밖에 없다.

그러니 시간이 꽤 걸릴 것이다.

"후타바는 세수라도 해둬."

운 것 같지는 않지만 눈가가 부어 있었다.

"그리고 옷도 갈아입어."

지금 입고 있는 잠옷도 귀여웠지만 잠옷 차림인 리오를 데리고 밖에 나갈 수는 없었다.

"꽃단장 좀 하라고."

"그냥 옷만 갈아입을 거야."

"그럼 나는 밖에서 기다릴게."

사쿠타는 거실에 리오를 남겨둔 후, 현관을 향해 걸어갔다.

약 15분 후, 사쿠타의 엉덩이와 현관 앞의 돌계단이 친목을 다졌을 즈음—.

"오래 기다렸지?"

—하고 멋쩍은 목소리로 말하면서 리오가 집에서 나왔다.

리오는 사쿠타가 말한 것처럼 세수를 한 것 같았다. 머리카락은 모아서 헤어슈슈로 부드럽게 고정시켜뒀다.

그녀는 몸매가 드러나지 않는 헐렁한 티셔츠를 걸쳤다. 그 옷은 끝자락이 길어서 사타구니 부분까지 가려졌다. 그리고 밑에는 발목이 겨우 드러나는 청바지를 입었다.

"......."

오랫동안 기다렸던 만큼 사쿠타는 리오를 지긋이 관찰했다.

"왜, 왜 그래?"

리오는 노골적으로 몸을 딱딱하게 굳혔다.

"노출도가 부족해. 체인지."

사쿠타는 집에 돌아가서 옷을 갈아입고 오라며 현관을 손가락으로 가리켰다.

"쿠니미를 기다리게 하면 미안하잖아."

리오는 성큼성큼 역을 향해 걸음을 내디뎠다. 그녀가 신은 샌들은 약간 굽이 있었다. 5센티미터도 채 되지 않을 정도의 발돋움이지만 리오에게 있어서는 그것이 최선인 것 같았다.

"뭐, 후타바치고는 최선을 다한 편이려나."

"왜 아즈사가와에게 그런 소리를 들어야 하는 거야?"

"위에 그런 걸 입었으면 아래쪽은 핫팬츠가 딱 좋은 것 같은데."

리오는 걸음을 옮기면서 자신의 허리 아래쪽을 쳐다보았다.

"그러면 바지를 안 입은 것처럼 보일 거야."

"그래서 좋은 거야. 연출이라는 건 중요한 거거든."

"……저기, 아즈사가와."

리오는 갑자기 목소리 톤을 낮췄다.

"응?"

"진짜로 이 옷차림은 꽝이야?"

리오는 불안한 눈빛으로 사쿠타를 올려다보았다.

"글쎄? 쿠니미의 취향을 모르거든."

"아즈사가와의 의견이 듣고 싶어. 일단 너도 남자잖아."

약간 화난 목소리로 그렇게 말한 리오의 눈에는 긴장과 불안이 어려 있었다.

"후타바라서 괜찮지 않아?"

"그건 또 무슨 소리야?"

"불평을 할 거면 아예 묻지를 말라고."

아마 사쿠타가 무슨 말을 하더라도 리오가 느끼고 있는 긴장과 불안은 사라지지 않을 것이다. 그런 감정을 그녀에게 안겨주고 있는 이는 지금 만나러 가는 유마니까 말이다.

역시 심야 세 시라 그런지 주변에 사람이 없었다. 사쿠타와 리오가 처음으로 다른 사람을 본 건 역 앞에 도착했을 때였다.

매표소 앞. 자전거에 걸터앉은 누군가가 있었다.

이마에서 흘러내리는 땀을 티셔츠 소매로 닦고 있던 그 인물은 사쿠타와 리오를 보더니 웃으면서 말했다.

"왜 이렇게 늦은 거야?"

그리고 자전거를 타고 다가왔다.

가로등 불빛에 비친 그 인물은 바로 유마였다. 벌써 도착했을 거라고는 꿈에도 생각하지 못했다. 통화 직후에 바로 집에서 튀어나와 전력질주를 해야지 지금 도착할 수 있었다.

"쿠니미가 너무 일찍 왔다고."

"사쿠타가 튀어오라고 했잖아."

"흐음, 쿠니미의 몸은 근육으로 되어 있는 거야?"

"아마 그럴걸?"

유마는 사쿠타의 말을 흘려 넘기더니 리오를 향해 돌아섰다.

"후타바, 괜찮아?"

"응?"

"사쿠타에게 이상한 짓을 당하진 않았어?"

"그런 짓을 왜 해."

"사쿠타가 너를 덮친 줄 알았어."

"가해자가 너한테 연락할 리 없잖아."

"양심의 가책을 느껴서? 아, 사쿠타에게는 양심이 없지."

심야 세 시에 자전거로 여기까지 전력질주를 했으면서도 유마는 평소와 다름없었다.

"왜……."

리오의 목소리가 흘러나왔다.

"왜……."

또 한 번 그 말이 들려왔다. 그리고 그 후의 일들은 순식간에 벌어졌다.

눈동자에 눈물이 맺히더니 그것은 리오의 볼을 타고 단숨에 흘러내렸다. 그리고 아스팔트 위에 커다란 방울이 되어 떨어졌다.

"왜…… 왜……."

그런 리오의 입에서는 같은 말만 나오고 있었다.

"쿠니미, 후타바를 울리지 좀 마."

"이거, 내 탓인 거야?"

사쿠타가 비난 섞인 눈길을 보내자 유마는 당황했다. 자초지종을 모르니 더 그럴 것이다.

"쿠니미 탓이 틀림없다고."

"골치 아프네."

유마는 진짜로 난처한 표정을 지으면서 머리를 긁적였다.

"쿠니미 탓이 아냐……."

리오는 울음 섞인 목소리로 그렇게 말했다. 넘쳐흐르는 눈물은 양손으로 닦아냈다. 그 모습이 영락없는 어린애 같았다.

"쿠니미 탓이 아냐……."

리오는 방금 제대로 말했다는 확신이 없는지 한 번 더 말했다.

"아즈사가와는 헛소리 좀 하지 마……."

리오는 얼굴에서 손을 떼더니 사쿠타를 노려보았다.

마치 울상을 짓고 있는 어린애 같았다.

"후타바는 귀엽게 우는 구나."

사쿠타가 그렇게 말하자 리오는 부끄러운지 고개를 숙였다.

"그런 건 몰라……. 이렇게 우는 것도 오랜만이란 말이야……."

그래서 우는 법을 몰랐던 걸지도 모른다. 어릴 적 이후로 처음 우는 것이기 때문에 고등학생이면서도 어린애처럼 우는 것이다.

"하지만…… 하지만……."

리오는 감정이 격해졌는지 또 눈물을 흘렸다.

"나는…… 나는……."

코를 훌쩍이는 그녀의 얼굴은 엉망진창이었다.

"나는 혼자가 아니었어…… 혼자가 아니었던 거야……."

그렇게 말한 리오는 상냥한 표정으로 울고 있었다. 그래서 사쿠타는 아무 말도 하지 않았다. 리오가 우는 이유를 알 리가 없는 유마 또한 아무 말 없이 그녀를 지켜보고 있었다.

그 후, 리오는 「혼자가 아니었어」라고 몇 번이나 반복해서 말했다. 울음을 멈추려 했지만 그때마다 실패한 탓에 밀려오는 눈물의 파도에 희롱당했다.

"사쿠타."

"응?"

"나하고 후타바한테 주스 한 턱 쏴."

"내가 왜 착취를 당해야 하는 건지 진짜로 모르겠는걸."

"몸 밖으로 배출한 수분을 보급 안 하면 큰일 나거든."

유마는 잘난 척 하는 표정으로 말했다.

"이유치고는 변변찮지만, 오늘은 특별히 넘어가주지."

"나는 탄산음료면 뭐든 좋아. 후타바는?"

"아이스커피."

리오는 울면서도 근처에 있는 편의점 불빛을 쳐다보고 있었다. 아무래도 자판기 커피로는 안 되는 것 같았다.

사쿠타는 「졸음이 달아나도 내 책임 아냐」라고 불평을 늘어놓으면서 어쩔 수 없이 편의점으로 향했다.

혼자서 편의점에 들어간 사쿠타는 선반에서 파란색 라벨이 붙은 스포츠 드링크를 골랐다. 그것도 마시다 죽어보라는 듯이 2리터짜리였다. 그것을 들고 계산대로 간 사쿠타는 대학생으로 보이는 점원에게 아이스커피를 추가로 주문했다. 그러던 와중, 사쿠타는 옆에 놓여 있는 불꽃놀이 세트를 보았다. 그걸 계산대에 올려놓으면서 같이 계산해달라고 했다.

"감사합니다~."

사쿠타는 피곤해 보이는 점원에게서 인사를 받으며 편의점을 나섰다.

유마와 리오는 가게 앞에 와있었다. 왠지 리오의 얼굴이 빨갰다.

"쿠니미가 음담패설이라도 한 거야?"

"안 했어. 그냥 옷 이야기를……."

리오는 작은 목소리로 가르쳐줬다. 얼굴이 새빨개진 걸 보니 칭찬을 받은 것 같았다. 역시 유마답다고나 할까……. 여자를 어떻게 대해야 하는지 잘 아는 것 같았다.

사쿠타는 들고 있던 아이스커피를 리오에게 건넸다. 이미 빨대를 꽂아뒀다. 유마에게는 봉지에서 꺼낸 스포츠 드링크를 건넸다. 마이가 광고하는 그 음료였다.

"아즈사가와는 완전히 사쿠라지마 선배에게 길들여진 것 같네."

얼굴에 눈물자국이 남아있는 리오가 웃음을 터뜨렸다. 아무래도 눈물은 그친 것 같았다.

"사쿠타는 보기보다 일편단심이라니깐."

유마가 그렇게 말했다. 사쿠타가 사온 게 탄산음료가 아닌데도 불만을 표시하지는 않았다. 양이 2리터나 된다는 점을 가지고 한 소리 하지도 않았다. 오히려 단숨에 절반 정도를 마셨다. 진짜로 목이 말랐던 것이리라. 그는 내용물이 반 정도 남은 페트병을 자전거 앞의 바구니에 넣었다.

"그런데 이제부터 어쩔 거야?"

유마는 자전거에 걸터앉은 채 질문을 던졌다. 어느새 오전 세 시가 지났다.

"이건 어때?"

사쿠타는 유마의 자전거 바구니에 편의점 봉투를 집어넣었다. 방금 산 불꽃놀이 세트가 봉지 안에서 살짝 모습을 드러냈다.

"이 근처에 불꽃놀이를 할 만한 곳이 있어?"

주위를 둘러보니 이곳은 완벽한 주택가였다. 유마가 저런 말을 하는 것도 이해가 되었다.

"바다는 어때?"

"여기서 걸어가기에는 꽤 멀어."

이 주변을 가장 잘 아는 리오가 차분한 목소리로 그렇게 말했다.

"내가 후타바를 자전거에 태워서 가고, 쿠니미가 전력질주를 한다면 10분 만에 도착할 거야."

"그 자전거는 내 건데?"

"너무하잖아, 쿠니미. 후타바한테 뛰라는 거야?"

"사쿠타가 뛰라는 소리라고."

유마는 말은 그렇게 하면서도 사쿠타에게 자전거를 넘겨줬다. 스트레칭을 하면서 아킬레스건을 푸는 걸 보니 자기가 뛸 생각인 것 같았다.

"뭐, 사쿠타한테 뛰게 했다간 걸어가는 것만큼 시간이 걸리 겠지."

"농담하지 마. 중간에 쉬어야 하니까, 걸어가는 편이 더 빠를걸?"

"그런 소리를 잘난 척 하듯이 하지 말라고."

큰 소리로 웃던 유마는 지금이 한밤중이라는 사실을 떠올렸는지 필사적으로 웃음을 참았다.

"후타바."

사쿠타는 그녀에게 자전거 뒤편을 권했다.

"그럼 먼저 간다."

그렇게 말한 유마는 대답도 듣지 않고 내달리기 시작했다. 이렇게 되면 리오는 거절할 수 없었다. 주저할 수도 없다.

"한 자전거에 두 명이 타는 건 법적으로 금지되어 있어."

리오는 어이없다는 표정으로 그렇게 말하면서도 자전거의 짐칸에 옆으로 앉았다. 그리고 자전거 안장을 꼭 잡았다.

"나를 끌어안아도 되거든?"

"아즈사가와는 정말 변태라니깐."

"농담…… 우왓."

사쿠타가 이상한 소리를 낸 건 리오가 뜻밖에도 꼭 끌어안았기 때문이다. 사쿠타의 허리에 손을 두른 그녀는 그의 등에 자신의 가슴을 꼭 댔다. 등을 통해 부드러운 감촉이 느껴졌다.

"다음에 사쿠라지마 선배를 만나면 아즈사가와가 나한테

엉큼한 마음을 품었다고 말할 거야."

리오는 부끄러움이 섞인 어조로 그렇게 말했다.

"마이 씨에게 혼나겠네. 기대되는걸."

"사쿠타는 완전 돼지 꿀꿀이가 다 됐네."

웃으면서 그 말을 들은 사쿠타는 페달에 얹은 발에 힘을 줬다. 속도가 날 때까지 자전거는 좌우로 계속 흔들렸다.

"바, 바보, 똑바로 달려."

리오가 드물게도 당황했다.

"후타바가 무거워서 이러는 거라고."

"죽어버려."

겨우겨우 균형이 잡힌 자전거는 앞서 달리던 유마를 따라잡았다.

"너희 둘, 꽤 즐거워 보이네."

유마는 자전거를 탄 사쿠타와 리오를 쳐다보며 웃었다.

"나는 전혀 즐겁지 않아."

무겁다는 소리를 들은 리오는 평범한 여자애처럼 부끄러워하고 있었다.

15분 후, 혼쿠게누마 역에서 출발한 사쿠타 일행은 바로 옆 역인 혼쿠게누마 해안역을 지나 남쪽에 있는 백사장에 도착했다. 사가미 만에 접한 쇼난 에어리어의 일부였다. 이 주변은 바다에 접한 공원이며 백사장으로 이어지는 루트도 잘 정비

되어 있었다. 비치발리볼 코트와 스케이트보드를 즐길 수 있는 공간도 근처에 있었다. 사쿠타가 그런 곳들을 이용하는 날은 평생 오지 않겠지만……

이곳의 동쪽에는 에노시마가 있었다. 이곳에서는 꽤 떨어져 있어서 섬에 연결된 벤텐 다리는 줄타기용 밧줄처럼 가늘어 보였다.

"어이, 사쿠타."

"왜?"

"바람이 세지 않아?"

세 사람은 사쿠타, 리오, 유마 순서로 바다에 등을 보이며 나란히 서 있었다. 벽을 만들어서 바람을 막으려 했지만, 초에 불이 잘 붙지 않았다.

"내일 밤에는 태풍이 온다잖아."

바람이 눅눅한 것도 무리는 아니다.

"좀 더 붙어, 쿠니미. 그 커다란 몸으로 바람을 막으라고."

"사쿠타도 막아."

두 사람은 사이에 있는 리오에게 바짝 붙었다.

"너, 너무 붙지 마……"

리오가 작은 목소리로 항의했지만 못 들은 척 했다.

"부, 붙지 말라구……"

가운데에 선 리오는 몸을 동그랗게 말았다.

"아, 붙었네."

성냥을 들고 있던 유마가 탄성을 터뜨렸다.

"후타바, 서둘러."

유마가 재촉을 하자, 리오는 몸을 조그마하게 웅크린 채 촛불에 불꽃놀이용 폭죽의 끝을 댔다. 그러자 폭죽에 불이 붙더니, 녹색 불꽃이 뿜어져 나왔다. 그 불꽃은 노란색, 그리고 핑크색으로 변했다.

사쿠타와 유마도 불을 붙였다. 세 사람 주위만이 환해졌다.

화약이 타들어가는 냄새가 여름의 인상을 강렬하게 남겼다.

처음에 불을 붙일 때 고생해서 그런지 불을 붙이고 난 후에는 묘하게 마음이 들떴다. 세 사람은 경쟁하듯 차례차례 폭죽에 불을 붙였다.

잠시 후, 바람이 갑자기 멎었다. 세 사람은 짜기라도 한 것처럼 선향불꽃을 향해 손을 뻗었다. 하나 둘 셋~ 하면서 세 사람은 동시에 불을 붙였다. 치직 하는 소리를 내며 세 개의 선향불꽃이 조용히 타들어갔다.

"쿠니미는 안 물어보네."

리오는 선향불꽃을 지그시 쳐다보면서 그렇게 말했다.

"응?"

"나한테 무슨 일이 있었는지 말이야."

"사쿠타한테서 연락을 받았을 때는 큰일이라도 났나 싶었어."

리오는 대수롭지 않다는 투로 그렇게 말하는 유마를 곁눈질했다.

"아까 후타바가 우는 얼굴을 봤더니 됐다는 생각이 들더라고."

"그건…… 잊어줘."

"아."

"어."

사쿠타와 유마의 선향불꽃이 거의 동시에 떨어졌다.

"크윽~, 졌어~."

유마는 기지개를 켜면서 몸을 일으켰다. 딱히 승부를 한 건 아니지만 사쿠타도 비슷한 마음이었다.

"여기에서라면 잘 보일 것 같네."

유마는 그렇게 말하면서 에노시마를 쳐다보았다.

"응? 뭐가?"

"에노시마의 불꽃축제 말이야. 다음 주 맞지?"

사쿠타도 몸을 일으키더니 유마의 옆에 섰다. 적당히 떨어져 있으니 불꽃이 잘 보일 것 같았다.

"그 말, 작년에 내가 했었거든?"

리오의 선향불꽃은 아직 불이 붙어 있었다.

"그랬어?"

"그랬더니 너희가 『가까운 곳에서 보고 싶다』고 했잖아."

그 결과 사람에 치이고, 올려다보느라 목 아프고, 폭죽 소리도 무척 커서 고생이 이만저만이 아니었다.

"그럼 올해야말로 여기서 보자."

유마는 구김 없는 미소를 지으며 리오를 돌아보았다.

"귀여운 애인과 같이 안 가도 되는 거야?"

바로 대답하지 못하는 리오를 대신해 사쿠타가 물었다.

"아~, 지금 한창 전쟁 중이야."

유마는 일부러 메마른 미소를 지으면서 말했다.

"그렇다네."

유마의 대답을 들은 사쿠타는 리오를 향해 그렇게 말했다.

"그러는 아즈사가와는? 사쿠라지마 선배와 같이 안 가는 거야?"

"현재 사무소에서 데이트 금지령 발령 중이야."

"역시 초인기 연예인이네."

유마가 남의 불행을 웃음거리로 삼았다.

"그 날은 아르바이트를 해야 하지만, 코가에게 바꿔달라고 하면 되니까 괜찮을 거야."

"코가 양의 스케줄 같은 건 안중에도 없는 거냐."

유마는 「너무하네」라고 말하면서도 기뻐했다.

"후타바는?"

"딱히 스케줄은 없어."

"그럼 됐네."

"후타바는 오늘 일에 대한 답례 삼아, 유카타를 입고 와."

"뭐?"

리오는 사쿠타의 제안을 듣더니 당황했다.

"오, 좋은 생각이야. 유카타~."

유마도 그렇게 말하자 리오는 더욱 동요했다.

"그거 입으려면 손이 많이 가는데……."

리오는 낮은 목소리로 부질없는 저항을 했다.

"그 말은 혼자서 입을 수 있다는 거네."

"……."

리오는 사쿠타의 말을 듣고서야 자기 무덤을 팠다는 사실을 눈치챘다. 그녀는 인상을 쓰면서 사쿠타를 노려보았다. 그리고 사쿠타에게 다가오더니 화풀이 하듯 그의 어깨를 때렸다.

"어이."

여전히 에노시마 쪽을 쳐다보던 유마는 그렇게 말하면서 하품을 했다.

"하늘이 밝아진 것 같지 않아?"

사쿠타는 후지 산이 있는 서쪽에서 에노시마가 있는 동쪽으로 고개를 돌렸다. 유마의 말대로 동쪽 하늘이 희미하게 밝았다.

"이런 식으로 밤을 샌 건 처음이야. 나, 대체 뭘 하고 있는 걸까?"

"그야 바보 같은 짓이지."

사쿠타는 머릿속에 떠오른 생각을 그대로 말했다.

"확실히 바보 같은 짓 맞네~."

유마도 동의했다.

"하아~."

그러자 리오는 크게 한숨을 내쉬었다.

"유감이네."

그리고, 그렇게 중얼거렸다.

"쿠니미, 너한테 한 말이야."

"아니, 사쿠타한테 한 말일걸?"

"너희 둘한테 한 말이야."

사쿠타는 영문을 모르겠다는 듯 유마와 얼굴을 마주했다. 하지만 도통 감이 오지 않았다. 의아한 표정을 짓고 있는 사쿠타와 유마를 본 리오는 작게 웃었다.

"아즈사가와와 쿠니미가 여자면 좋을 텐데."

사쿠타와 유마는 또 서로를 쳐다보았다.

여자들끼리라면 좀 더 편하게 이런저런 이야기를 할 수 있을지도 모른다. 유마를 좋아하게 되지도 않았을 것이다. 쭉 평범한 친구 사이로 지낼 수 있으리라.

리오는 그런 말이 하고 싶었던 것 같았다.

"사쿠타가 내일부터 치마 입겠대."

"한번 입어보고 싶었어."

유마의 발언을 들은 사쿠타는 주저 없이 그렇게 말했다.

그러자 리오가 웃음을 터뜨렸다.

"바보~."

즐거운 표정을 지은 리오는 사쿠타와 유마를 쳐다보며 웃고 있었다.

"진짜 바보에, 저질이라니깐. 그래도……."

리오는 갑자기 말을 멈췄다.

"그래도?"

"아무것도 아냐."

"에이, 할 말 있으면 하라고."

"싫어."

"이유가 뭔데?"

사쿠타와 유마는 불만 섞인 목소리를 냈다. 하지만 리오는 말하지 않았고 사쿠타와 유마 또한 더는 캐묻지 않았다. 리오가 하려다 만 말이 무엇인지 상상이 되었기 때문이다.

—진짜 바보에, 저질이라니깐. 그래도 친구니까 이럴 수 있는 거겠지?

분명 그런 말을 하려다 만 것이리라.

"쿠니미."

사쿠타는 그렇게 말하면서 유마를 향해 들고 있던 스마트폰을 던졌다. 그것은 아까부터 계속 들고 있었던 리오의 스마트폰이었다.

"응? 어이쿠."

유마는 약간 놀라면서도 한 손으로 스마트폰을 잡았다. 그의 얼굴에는 의문이 떠올라 있었다. 하지만 사쿠타가 바다를 배경 삼아 리오의 옆에 서자, 「아하」 하고 이해한 듯한 목소리를 냈다. 그리고 유마도 리오의 옆에 서더니 어깨를 붙였다.

"뭐, 뭐하는 거야?"

리오만 상황을 이해하지 못했다.

"괜찮으니까 가만히 있어."

유마는 그렇게 말하면서 스마트폰의 렌즈를 자신들에게 향했다. 카메라 기능은 이미 작동되어 있었다. 그리고 모두가 한 화면에 들어가도록 팔을 쭉 뻗었다.

"1억 더하기 2 빼기 1억은?"

"2."

리오가 담담하게 대답했다. 그 직후, 찰칵 하고 기분 좋은 셔터 소리가 모래사장에 울려 퍼졌다.

세 사람은 아침 해가 떠오를 때까지 별것 아닌 이야기를 했다. 리오는 아버지처럼 의사가 될 거냐, 무뚝뚝한 여의사라니 흥분된다, 의사가 될 생각은 없다, 유마는 여자 취향이 이상하다, 그녀에게는 그녀 나름대로 좋은 구석이 있다, 전쟁 중이면서…… 같은 이야기를 마음 편히, 그리고 주저 없이 해댔다.

아침 해가 떠오르자, 멋지다, 감동적이다, 하지만 밤샘 직후에 아침 해를 보니 그다지 반갑지 않다, 같은 소리를 하며 모래사장을 벗어났다.

물론 불꽃놀이를 하면서 나온 쓰레기는 깔끔하게 회수했다. 폭죽들은 바닷물을 넣은 페트병에 집어넣어뒀다.

"아, 이제 열차 다니겠네."

사쿠타 일행은 천천히 가타세 에노시마 역을 향해 걸었다.

용궁성을 이미지한 붉은 역 건물은 아침 햇살을 받으며 신비한 느낌으로 빛나고 있었다.

그리고 개찰구 앞에서 유마와 헤어졌다.

"그럼 수고했어. 다음에 봐."

"그래."

유마는 손을 흔들면서 자전거 페달을 밟았다. 금방 스피드가 붙더니 건물 사이로 사라졌다.

유마는 마지막 순간까지 리오에게 아무것도 묻지 않았다.

"후타바가 반하는 것도 무리는 아니겠네."

"갑자기 무슨 소리를 하는 거야?"

"쿠니미는 너무 매력적이라는 소리야."

"아즈사가와도 마찬가지야."

리오가 먼저 개찰구를 통과했다. 사쿠타는 그녀의 등을 쫓으며 걸었다.

"나를 저런 시원시원한 녀석과 똑같이 취급하지 말라고."

"아즈사가와도 부끄러움을 탈 때가 있구나."

리오는 사쿠타를 돌아보지도 않은 채 웃음을 터뜨렸다.

두 사람은 플랫폼에 서 있는 열차를 탔다. 둘 이외에도 승객이 드문드문 있었다. 대부분 대학생으로 보이는 젊은이 그룹이었다. 사쿠타 일행과 마찬가지로 밤샘한 이들이 역으로 흘러온 것 같았다. 놀다 지쳤는지 축 처진 이들이 태반이었고 코고는 소리도 들렸다.

출발 시각이 됐다는 사실을 알리는 벨 소리가 들렸다. 푸쉭~ 하는 소리를 내며 문이 닫혔다.

열차가 천천히 플랫폼에서 출발했다.

"아즈사가와."

이른 아침에 달리는 열차 특유의 정적 덕분에 리오의 목소리가 확실히 들렸다. 그녀의 시선은 정면 창문 밖의 풍경을 향하고 있었다.

"무서우면 오늘도 같이 있어줄게."

"괜찮아. 지금은 1분이라도 빨리 돌아가서 혼자 자고 싶어."

리오는 하품을 곱씹으면서 말했다.

"동감이야."

사쿠타도 덩달아 하품을 했다.

"그런데, 왜 부른 거야?"

"또 한 명의 나에 대해서 할 이야기가 있어."

"뭐, 그럴 줄 알았어."

"그쪽은 나보다 증상이 심각해."

"……."

사쿠타는 방금 한 말의 의도를 확인하기 위해 리오를 곁눈질했다.

"또 하나의 나는 나를 싫어해."

"그렇구나."

"남자들의 관심을 통해 자신의 존재가치를 확인하려 하는 나를 싫어해. 혐오하며, 내가 자신이 아니라고 생각하고 있어."

그렇기 때문에 현재 리오는 두 명 존재하는 것이리라.

"하지만 아무리 싫어할지라도, 혐오할지라도…… 내가 자신이라는 걸, 또 한 명의 나는 알고 있어."

"골치 아픈 이야기네."

"맞아."

또 한 명의 리오는 이 자리에 있는 리오를 싫어함으로서 결국 자기 자신을 싫어하고 있었다. 진짜 골치 아프기 그지없었다.

"그러니까 부탁해. 또 한 명의 나를 부탁해."

"그건 괜찮은데 말이야."

"왜?"

"그 답례로, 앞으로 내가 물리 실험실에 갈 때마다 커피를 대접해줘."

"좋아. 어차피 내 것도 아닌 걸. ……그런데 가능하겠어?"

리오는 부탁을 하면서도 불안을 감추지 못했다.

"글쎄. 모르겠어. 하지만 후타바가 우는 얼굴을 봤을 때, 왠지 알 것 같은 느낌이 들었어."

기분 탓일지도 모르지만 리오가 갈구하고 있는 것은 그 안에 존재하는 느낌이 들었다.

"그건 잊어줘. 진짜로 부끄럽단 말이야……."

리오는 고개를 숙인 채 몸을 움츠렸다. 그러는 사이 열차는 다음 역인 쿠게누마 해안역에 정차한 후, 또 출발했다. 1분 정도 달리더니 이번에는 리오가 내려야 하는 혼쿠게누마 역에 도착했다.

"아, 스마트폰은 어떻게 할래?"

리오의 스마트폰은 아직 사쿠타가 가지고 있었다.

"아즈사가와가 가지고 있어. 한동안은 못 들고 다닐 것 같아."

리오의 표정을 보아하니 이 스마트폰을 만지기도 싫은 것 같았다.

"알았어. 그럼 들어가서 쉬어."

"아즈사가와도 쉬어."

리오는 살며시 손을 흔든 후, 아침 햇살 속에서 상냥한 미소를 지었다. 그것은 그녀와 1년 넘게 친구로 지낸 사쿠타의 가슴마저도 뛰게 만드는 매력적인 미소였다.

사쿠타는 다섯 시 반이 지나서야 졸린 눈을 비비며 자신이 사는 맨션에 도착했다. 아무도 깨어있지 않을 줄 알았던 실내에서는 인기척이 느껴졌다. 그리고 사쿠타가 현관에서 신발을 벗고 있을 때—

"어서 와."

—라고 말하며 리오가 그를 마중했다.

"다녀왔어……."

"피곤해 보이네."

"받아, 후타바."

사쿠타는 집안에 들어가면서 맡아뒀던 스마트폰을 리오에게 내밀었다.

"아마 이제는 그런 짓을 안 할 거야."

"······그렇구나."

스마트폰을 받은 리오는 고개를 숙인 채 폰의 화면을 쳐다보았다. 아까 사쿠타, 리오, 유마, 이렇게 셋이서 찍은 사진이 대기 화면으로 설정되어 있었다.

가운데에 있는 리오는 어리둥절한 표정을 짓고 있었다. 오른편에 있는 유마는 시원시원하게 웃고 있었다. 반대편에 있는 사쿠타의 얼굴은 반밖에 찍히지 않았다. 등 뒤에는 바다와, 에노시마, 그리고 아침을 기다리고 있는 푸르스름한 하늘이 존재했다. 잘 찍은 사진은 절대 아니었다. 예쁜 사진도 아니었다. 하지만 있는 그대로의 꾸미지 않은 한순간이 담긴 최고의 사진이었다.

"자세한 이야기는 나중에 해줄게. 아무튼 졸려. 잘래."

사쿠타는 비틀거리면서 거실로 가더니 카펫이 깔린 바닥에 쓰러지듯 드러누웠다. 이렇게 드러누우니 더는 움직이고 싶지 않았고 움직일 수도 없었다. 눈을 감자 의식은 눈 깜짝할 사이에 꿈나라로 여행을 떠났다.

그래서 바로 들려왔던 리오의 말을 듣지 못했다. 잠시 후,

현관문이 닫히는 소리가 들려온 것도 눈치채지 못했다.

그날 저녁, 사쿠타가 눈을 떠보니 리오는 집안에 없었다.

제4장

호우가 내리는 밤에 모든 것을 흘려보내고

1

정신을 차려보니 눈앞에는 하야테가 있었다. 털이 하얀 이 고양이는 사쿠타의 몸 위에서 껑충껑충 뛰며 놀고 있었다. 건강하게 잘 자라고 있는 것 같아서 기쁘기 그지없었다.

몸을 일으킨 사쿠타는 주위를 둘러보았다. 눈에 익은 이곳은 바로 사쿠타의 집 거실이었다. 그는 거실 바닥에서 방금까지 자고 있었다.

드디어 머리가 돌아가기 시작한 사쿠타는 자신이 외박을 하고 오늘 아침에 집에 들어왔다는 사실을 떠올렸다.

시계를 보니 곧 오후 여섯 시였다. 열두 시간이나 잔 것 같았다. 그런 것치고는 몸이 나른했다. 그리고 여전히 졸렸다.

하지만 저녁 준비를 해야 한다는 생각 때문에 사쿠타는 일어섰다. 우선 자면서 흘린 땀을 씻기 위해 샤워를 했다.

미지근한 물로 샤워를 하니 기분이 좋았다.

욕실에서 나올 즈음에는 정신이 완전히 들었다. 팬티 한 장만 걸치고 거실로 나온 순간, 카에데가 자신의 방에서 나왔다.

"오빠, 좋은 아침이에요."

"좋은 저녁, 카에데."

"좋은 저녁이에요."

"후타바는 방에 있어?"

현재 사쿠타의 방은 완전히 리오의 방이 되어 있었다.

"아뇨. 아직 돌아오지 않았어요."

"뭐? 외출한 거야?"

"예. 오빠가 돌아온 직후에 시장을 보러 간다면서 나갔어요."

"시장?"

사쿠타는 오늘 아침 여섯 시 경에 돌아왔다. 그렇게 이른 아침에 시장을 보러 가는 것은 이상했다. 상인들이 도매상에 물건을 매입하러 갈 시간인 것이다.

사쿠타는 사실상 리오의 방이 된 자신의 방으로 향했다.

"……."

방문을 열어보니 안은 잘 정리되어 있었다. 리오의 짐은 하나도 없었고 청소 또한 되어 있었다.

방금 샤워를 한 사쿠타의 몸에서 식은땀이 배어 나왔다.

"그 바보가……."

마음속에서 끓어오른 뜨거운 충동에 몸을 맡긴 사쿠타는 반사적으로 현관을 향해 뛰어갔다. 그리고 현관문을 열며 그대로 뛰쳐나갔다. 하지만 그 직후, 그는 걸음을 멈췄다.

리오가 있을 만한 곳이 짐작조차 되지 않은 것이다.

게다가 사쿠타는 팬티 한 장만 걸치고 있었다. 쿨비즈[3]의 시대라고 해도 이 옷차림은 세상이 허용하지 않으리라. 한 10

#3 쿨비즈(Cool-Biz) 쿨(cool)과 비즈니스(business)를 합친 일본의 신조어. 여름에 가벼운 옷차림으로 일을 해서 지나친 에어컨 사용을 줄이자는 캠페인.

년은 앞서가고 있었다. 데인저러스 쿨비즈 시대가 올 때까지 참아야만 한다.

사쿠타는 방으로 돌아가서 카고 팔부 반바지와 티셔츠를 입었다. 그리고 전화기 쪽으로 이동했다.

사쿠타가 입력한 것은 친구의 핸드폰 번호였다. 즉, 리오의 스마트폰 번호를 입력했다.

"......"

신호는 계속 갔지만 상대방은 전화를 받지 않았다. 그리고 전화를 받았나 싶더니 그것은 부재중 전화 서비스였다.

"나야. 아즈사가와야. 지금 어디야? 돌아오지 않을 생각이야? 이 메시지를 들으면 연락 줘. 꼭 연락 달라고."

사쿠타는 부질없는 짓이라고 생각하면서도 메시지를 남긴 후 수화기를 내려놓았다. 그리고 사쿠타는 바로 수화기를 들었다. 또 한 명의 리오에게 연락하기 위해서였다.

"......"

하지만 번호를 입력하려다 알아챘다. 사쿠타는 리오의 집 전화번호를 몰랐다. 초등학교 때는 각 반별로 연락망 같은 게 있었지만 고등학교에 입학한 후에는 그런 걸 본 적이 없었다. 지금까지는 친구의 집 전화번호를 몰라도 딱히 곤란한 적이 없었다.

"카에데, 잠시 나갔다 올게."

"지금 말인가요?"

사쿠타는 약간 쓸쓸한 표정을 짓는 카에데의 머리에 손을 얹었다.

"미안해."

"아, 아뇨. 오빠가 미안해할 필요 없어요. 카에데는 괜찮거든요!"

"저녁에는 카레를 데워서 먹어."

"예."

"아마 늦을 것 같으니까 먼저 자도 돼."

"몇 시까지라도 기다릴 거예요."

힘찬 목소리로 그렇게 말하는 카에데의 머리를 쓰다듬어주고 사쿠타는 집을 나섰다.

자전거에 탄 사쿠타는 주택가를 내달렸다. 그는 우선 후지사와 역 방면으로 향했다. 그곳에서 열차로 갈아탄 후, 리오가 사는 혼쿠게누마로 갈까 했지만 역 하나 정도라면 자전거로 가는 편이 빠를 거라고 생각한 사쿠타는 페달을 계속 밟았다.

몸에 닿는 바람이 묘하게 뜨뜻미지근했다. 그리고 습기를 잔뜩 머금고 있었다. 그것이 무엇을 의미하는지 사쿠타 정도 나이가 되면 알 수 있었다.

공기가 태풍이 접근하고 있다는 걸 알려주고 있는 것이다.

사쿠타는 자전거 페달을 힘차게 밟으면서 하늘을 올려다보았다. 먹구름이 하늘을 뒤덮고 있었다. 마치 살아있는 것처럼 꿈틀거리고 있는 그 구름은 형태를 바꿔가며 북쪽을 향해 흘러가고 있었다.

"이거, 곧 쏟아지겠네."

사쿠타가 그렇게 말한 순간, 커다란 빗방울이 이마에 떨어졌다. 그리고 빗방울이 연달아 사쿠타의 몸에 떨어지기 시작했다. 빗줄기는 순식간에 강해지더니 눈 깜짝할 사이에 억수처럼 쏟아졌다.

주위가 새하얗게 보일 정도의 폭우가 쏟아졌다.

"말도 안 돼."

순식간에 젖어버린 티셔츠가 피부에 달라붙었다.

사쿠타는 역으로 되돌아갈까 생각했지만 되돌아가는 동안에도 비를 맞아야만 한다.

"젠장, 진짜 최악이네!"

사쿠타는 욕지거리를 입에 담으면서 필사적으로 자전거 페달을 밟았다.

리오의 집에 도착했을 즈음에는 팬티까지 빗물에 젖고 말았다. 솔직히 말해 기분 나빴지만 지금은 불평을 하고 있을 때가 아니었다.

사쿠타는 인터폰 버튼을 눌렀다.

부모님이 인터폰을 받으면 어떻게 할지 걱정했지만 다행스럽게도 리오가 인터폰을 받았다.

"아즈사가와?"

인터폰 너머에서 리오의 목소리가 들렸다.

"어떻게 알았어?"

"카메라."

"하이테크네."

"요즘은 드물지도 않잖아. 이상한 소리 하지 말고 빨리 들어와."

문이 열리자 사쿠타는 자전거와 함께 후타바 가의 부지 안으로 들어갔다. 이 부잣집의 분위기에는 몇 번을 와도 익숙해질 것 같지 않았다. 비에 젖어서 평소보다 더 초라해 보이는 사쿠타를 거부하려 하는 위압감이 느껴졌다.

사쿠타가 자전거를 세우고 있을 때, 리오가 현관문을 열고 나왔다. 폭신폭신해 보이는 귀여운 잠옷을 입고 있었다.

"무슨 일이야?"

"후타바가 사라졌어."

"뭐?"

"내가 집에 돌아갔을 때까지는 있었어. 그리고 나는 곯아떨어졌는데…… . 다시 일어나보니 짐과 함께 사라졌더라고."

"일단 말해두겠는데, 다시 한 명이 된 건 아니라고 생각해."

"그렇겠지."

사쿠타도 그렇게 생각하고 있었다. 한 명으로 되돌아갈 이유가 없는 것이다.

"그 녀석이 어디 있을 것 같아?"

"……. 학교에 있을지도 몰라."

리오는 곧 단호한 어조로 말했다. 그녀의 목소리에는 확신에 가까운 의지가 어려 있었다.

"또 한 명의 내가 아즈사가와 우리 앞에서 모습을 감출 생각이라면……. 아마, 그렇게 할 거야. 나라면 마지막으로, 혼자가 아닐 수 있었던 장소인 학교에 갈 거라고 생각해."

리오의 눈동자에는 힘이 어려 있었다. 의심할 여지가 없는 말이었다.

"알았어. 고마워."

바로 그때, 또 번개가 쳤다. 그 뇌명(雷鳴)은 공기마저 뒤흔들었다.

"꺄아."

리오는 깜짝 놀랐는지 양손으로 귀를 막았다.

"후타바도 그런 소리를 내는 구나."

"바, 방금은, 갑작스러워서……."

리오가 변명을 하고 있을 때, 또 하늘이 번쩍였다. 그 뒤를 소리가 쫓아왔다. 가까웠다.

"꺄아!"

"……."

"무서워하는 게 아니라구."

"혼자 있는 게 무서우면 쿠니미를 불러."

"안 부를 거야."

"꺄아~, 무서워~, 하고 말하면서 확 안겨버리라고."

"나는 그런 소리 안 해."

"그리고 확 덮쳐서 기정사실을 만들어버리면, 그 녀석은 너를 책임져줄걸?"

"그런 식으로 맺어져봤자 기쁘지 않아."

"그럼 너는 평범하게 힘내라고."

사쿠타는 그렇게 말하면서 다시 자전거를 탔다.

"나도……"

"후타바는 집에 있어. 아, 너희 집 전화번호 좀 가르쳐줘."

집에 들어갔던 리오는 메모 용지를 들고 다시 나타났다. 사쿠타는 그것을 넘겨받았다.

"무슨 일 있으면 연락할게. 그리고……"

"어쩌면 이곳에 올지도 몰라."

사쿠타가 하려던 말을 리오가 먼저 했다. 그녀의 눈동자에는 긴장감이 어려 있었다. 그녀가 떠올린 것은 또 한 명의 자신과 만나면 목숨을 잃는다는 도시괴담이리라. 현재 후타바리오가 두 명 존재하니 단순한 괴담으로 여기며 무시할 수는 없었다. 두 사람이 만났을 때 어떤 일이 벌어질지는 아무도 모른다. 그것은 리오가 세운 가설에서도 마찬가지였다.

"그럴 때는 차분하게 이야기를 나눠봐."

"나는 그러고 싶지만……."

리오가 하려는 말이 뭔지는 안다. 또 한 명의 리오가 어쩔 생각인지 모르는 것이다. 사쿠타의 집에서 사라진 이유를 상상해볼 때, 심상치 않은 사태가 벌어질 가능성이 없다고는 할 수 없었다. 둘이 다시 하나가 될 수 없다면 둘 중 한 명만 『후타바 리오』로서 살 수 있었다. 그 한 자리를 차지하기 위해 두 리오가 다투는 상황도 고려해야만 하는 것이다.

사쿠타는 그런 최악의 사태도 고려하면서 다시 자전거 페달을 밟았다. 지금은 한시라도 빨리 사라진 리오를 찾아야만 한다.

일단 후지사와 역으로 돌아가서 에노전으로 학교에 갈까도 생각했지만 사쿠타는 그 생각을 머릿속에서 지웠다.

이미 물방울이 뚝뚝 떨어질 만큼 비에 젖었기 때문에 열차를 타는 것은 좀 그랬다. 다른 사람들에게 폐가 될 것 같았기 때문이다.

그리고 바람의 상태도 신경 쓰였다. 상당한 강풍이었다. 어쩌면 강풍과 폭우의 영향으로 운행이 중지될 가능성도 있었다. 그렇게 되면 발이 묶이고 만다.

그렇기 때문에 리오의 집을 나선 사쿠타는 에노시마 방면을 향해 진로를 잡았다.

도로를 따라 남하한 후, 국도 134호선을 탔다.

이 국도는 해안을 따라 달리는 도로다.

이 길을 따라 2킬로미터 정도 가면 시치리가하마에 도착할
수 있었다.

바다에서 불어오는 바람이 강했다. 오른편에 존재하는 바
다는 시커멓고 평소 잔잔하던 해수욕장에도 높은 파도가 치
고 있었다.

눈을 가늘게 뜬 사쿠타는 폭우와 강풍을 견디며 에노시마
앞을 지났다. 이 계절, 그리고 이 시간대에 존재해야 하는 등
롱의 불빛이 보이지 않았다. 날씨가 나빠지기 전에 정리한 것
이리라.

바람 때문에 몸이 흔들렸다. 몇 번이나 넘어질 뻔했다.

차가 많이 다니는 길이기에 가슴이 철렁하는 순간도 몇 번
이나 있었고 옆을 지나가는 차가 뿌린 물을 머리부터 뒤집어
썼다.

"아~, 젠장! 성가시네!"

사쿠타의 입에서 불평이 터져 나왔다. 하지만 빗줄기가 그
목소리를 삼켜버렸다.

"더럽게 성가시네!"

그래도 사쿠타는 계속 고함을 질렀다. 자전거의 속도는 떨
어뜨리지 않았다. 시치리가하마가 보이자 사쿠타는 더욱 속도
를 높였다.

"후타바 너, 정말 성가시다고!"

눈에 익은 시치리가하마가 평소와 전혀 다른 모습을 드러내고 있었다. 원래 이곳의 해안은 서퍼들이 좋아하는 파도가 치지만 오늘은 보고 있기만 해도 집어삼켜질 것 같은 박력이 있었다.

그 바다를 등지고 선 사쿠타는 이제 보이기 시작한 학교로 향하며 최후의 힘을 쥐어짜냈다.

"하아…… 아~, 토할 것 같네."

사쿠타는 후들거리면서도 교문 앞에 자전거를 세웠다.

닫힌 교문을 뛰어넘은 그는 미네가하라 고등학교의 부지 안으로 들어섰다.

인기척은 전혀 느껴지지 않았다. 8월 13일인 오늘부터 16일까지는 백중 휴일이기 때문에 학생들은 등교하지 못하게 되어 있었다. 교사는 있을지도 모르지만 인기척이 느껴지지 않았다. 물론 입구도 잠겨 있었다.

"고생 끝에 여기까지 왔는데, 후타바가 없으면 울어버릴 거야."

사쿠타는 불평을 늘어놓으면서 건물 벽을 따라 이동했다. 그리고 물리 실험실 밖에 섰다.

아까 또 한 명의 리오는 물리 실험실 창문 중 하나의 잠금장치가 고장 났다는 걸 가르쳐줬다. 안쪽에서 두 번째 창문이었다.

"이거구나."

사쿠타는 창문에 손을 댔다. 그리고 옆으로 밀자 그대로 열렸다.

그는 창틀에 발을 얹으면서 물리 실험실 안으로 들어갔다.

"후타바, 있어?"

대답은 없었다.

"없는 거야?"

역시, 대답은 없었다.

사쿠타는 일단 신발과 양말을 벗었다. 티셔츠도 벗어 싱크대에서 쥐어짰다. 말도 안 될 만큼 물이 나왔다. 이제 바지만 남았다. 주위에 아무도 없으므로 팬티까지 벗어서 쥐어짜자 양동이 하나는 가득 채울 정도의 물이 나왔다.

교내를 알몸으로 배회할 수는 없어서 사쿠타는 젖은 옷을 다시 입었다. 기분은 최악이지만 참을 수밖에 없었다.

그것보다 지금 문제인 것은 리오가 물리 실험실에 없다는 점이었다.

또 한 명의 리오가 학교에 있을지도 모른다고 있을 때, 사쿠타는 그녀가 분명 이곳에 있을 거라고 멋대로 생각했다.

하지만 없었다.

어쩌면 학교에 없는 걸지도 모른다.

그렇게 생각한 순간, 사쿠타의 눈에 익은 무언가가 그의 시야에 들어왔다. 칠판 앞 실험 테이블 위에 놓인 그것은 스마트폰이었다. 사쿠타는 그것을 조작해봤다. 리오의 스마트폰이 틀림없었다.

리오가 학교에 온 것은 틀림없었다. 하지만 지금도 학교에 있는지는 찾아보지 않으면 알 수 없었다.

사쿠타는 불안을 떨쳐내려는 것처럼 리오를 찾기 위해 복도로 나섰다.

그리고 정처 없이 걸어 다녔다. 일단 2학년 교실에 가보기로 했다. 어쩌면 자신의 반에 있을지도 모른다.

계단을 향해 걸어가던 사쿠타는 1학년 교실 앞을 지났다. 미네가하라 고등학교는 학년별로 교실이 있는 층이 다르다. 1학년 교실이 1층, 2학년 교실이 2층, 3학년 교실이 3층에 있었다.

1학년 1반 교실의 문이 반쯤 열려 있었다.

"……."

저 곳은 작년에 사쿠타가 사용했던 교실이었다. 리오와 유마도 1학년 때 저 교실이었다.

사쿠타는 문을 활짝 열어젖히면서 안으로 들어갔다.

누군가가 그 소리에 놀라는 기척이 느껴졌다.

창가 가장 뒷자리에 리오가 있었다. 무릎을 끌어안은 채 의자에 앉아있던 그녀는 사쿠타를 보고 놀랐는지 눈을 치켜떴다.

"아즈사가와, 네가 왜……."

"아~, 죽도록 고생했네."

사쿠타는 의자에 털썩 주저앉았다. 그곳은 교탁 바로 앞에 있는 자리였다. 그곳은 사쿠타가 1학년 3학기 때 앉았던 자리였고 칠판이 잘 보였다.

"……."

사쿠타의 등에 리오의 시선이 꽂혔다. 경계심이 어린 분위기가 확실하게 느껴졌다.

사쿠타는 그걸 느끼지 못한 척 하면서 입을 열었다.

"어제…… 아니지, 오늘 아침이구나. 아무튼, 깜빡하고 후타바에게 이야기 안 한 게 있어."

"……그게 뭔데?"

"다음 주에 불꽃 보러 안 갈래?"

"뭐?"

리오는 이런 말을 들을 거라고 꿈에도 생각하지 못했는지 깜짝 놀랐다. 사쿠타가 자신을 설득할 거라고 생각한 것 같았다.

"에노시마의 불꽃축제 말이야. 작년에도 갔잖아?"

"그게 아니라……."

리오의 목소리에 약간의 짜증이 섞였다. 사쿠타의 태도 때문에 짜증이 난 것 같았다.

"쿠니미도 간대."

"……."

"이번에는 작년에 후타바가 말했던 것처럼 쿠게누마 해안에서 보기로 했어."

"나는……."

"후타바도 갈 거지?"

"······안 가."

"그 날, 다른 약속이라도 있어?"

"나는 이곳에서 사라질 거야."

리오는 감정을 억누른 목소리로 그렇게 말했다.

"나는 아즈사가와 앞에서 사라질 거야. 아니, 이 마을에서 사라질 거야."

조용하고 차가운 목소리였다.

"무슨 소리야?"

사쿠타는 리오에게서 느껴지는 분위기를 무시하며 가벼운 어조로 말했다.

"이 세상에 후타바 리오는 한 명이면 족해."

또 한 명의 리오도 했던 말이다. 같은 사람이라 그런지 하는 말도 같았다. 그런 당연한 사실 때문에 사쿠타는 오히려 안심이 되었다. 역시 양쪽 다 리오인 것이다.

"내가 없어지면 전부 해결돼."

"그래?"

"또 한 명의 나는 이제 자극적인 사진을 인터넷에 올리지 않는 거지?"

"그래. 안 한대."

"후타바 리오로서, 그 넓고 텅 빈 집에서 살고 있지?"

"맞아."

"학교에도 매일 가서, 과학부 활동도 제대로 하고 있어."

"때때로 연습하는 쿠니미를 보러 가면서 말이야."

"그녀는 틀림없는 후타바 리오로서 살고 있어."

리오는 담담한 목소리로 퇴로를 막고 있었다. 자신이라는 존재를 궁지에 몰아넣고 있었다. 마음을 완전히 닫으려 하고 있었다. 이대로 사라지려 하고 있었다. 리오는 어떤 심정으로 저러고 있는 것일까.

"농구부 1학년들이 또 한 명의 후타바를 보더니 귀엽다고 난리였어."

"그럼 더 잘 됐네. 또 한 명의 나는 나 따위보다 훨씬 『후타바 리오』답게 살아가고 있어."

또 퍼즐이 하나 맞춰졌다. 절망의 퍼즐이 말이다…….

"또 한 명의 나는, 나보다 더 이 세상을 잘 살아가고 있어."

그리고 또 추가되었다.

"『후타바 리오』로서, 행복하게 살고 있단 말이야."

퍼즐은 곧 완성될 것이다. 아니, 이미 완성됐다. 남은 건…….

"그러니 나만 없어지면, 전부 깔끔하게 해결돼."

남은 퍼즐을 버리기만 하면 된다. 그걸로 끝이다.

"증명문제의 해답으로서는 완전히 오답이네."

사쿠타는 주저 없이 그렇게 말했다. 평소와 다름없는 말투로…….

"틀리지 않았어. 백점 만점짜리 해답이야."

"완전 땡이야. 근본부터 잘못되었거든."

"그렇다면!"

덜컹 하고 큰 소리가 났다. 리오가 의자를 박차며 일어난 것 같았다.

"그럼 왜 그딴 사진을 나에게 보여준 건데?!"

"……."

사쿠타는 들고 있던 스마트폰을 쳐다보았다. 사쿠타, 리오, 유마, 세 사람을 찍은 사진이 대기 화면으로 설정되어 있었다. 진부한 말일지도 모르지만 그 사진에는 눈에 보이지 않는 것이 찍혀 있었다. 분명 우정이라는 말을 눈에 보이게 만든다면 이런 모습일 거라고 생각했다.

"내가 있을 곳은 어디에도 없어!"

떨림이 섞인 격렬한 통곡이 들려왔다.

"저렇게 부러운 사진을 보면, 그렇게 생각할 수밖에 없잖아!"

코를 훌쩍이는 소리가 등 뒤에서 들려왔다.

"나는 이제 없어도 돼……. 아즈사가와도, 쿠니미도, 저쪽의 나만 있으면 되잖아!"

그래서 리오는 울고 있다고 생각했다. 진심으로 울고 있다고 생각했다. 모든 것을 잃어버린 심정으로…….

"아즈사가와는 무신경해!!"

리오의 말에는 날카로운 독기가 어려 있었다. 지금 이 순간, 리오는 사쿠타를 증오하고 있었다. 그렇게 느껴질 만큼 가시

돋친 감정이었다.

"너, 바보지?"

하지만 사쿠타는 리오의 모든 감정을 웃어넘겼다.

"이제 와서 무슨 소리를 하는 거야, 후타바."

"무슨 소리냐니……."

"내가 무신경하다는 건 옛날부터 알고 있었잖아. 후타바도 자주 그렇게 말하지 않았어?"

"……이 상황에서 그런 소리를 하니까! 아즈사가와가 무신 경하다는 거야!"

또 무슨 소리를 하려 하는 리오에게 사쿠타는 태연한 어조로 말했다.

"아무튼, 19일에는 쿠게누마 해안역에서 여섯 시 반에 집합하는 거야."

사쿠타의 어조는 물리 실험실에서 별것 아닌 이야기를 할 때와 똑같았다. 유마를 짝사랑하는 리오를 놀릴 때와 같은 어조였다.

"……."

리오는 말문이 막혔다.

"내가 할 말은 이게 다야."

그렇게 말한 사쿠타는 스마트폰을 호주머니에 넣더니 자리에서 일어났다. 그리고 칠판만 쳐다볼 뿐, 끝까지 등 뒤에 있는 리오를 쳐다보지 않았다.

이제부터는 리오만의 문제다. 사쿠타가 뻗은 손을 잡아주지 않는다면 그가 할 수 있는 일은 없었다. 자신만의 힘으로 타인을 절망에서 끌어올리는 것은 불가능하다. 그럴 수 있다고 생각할 만큼 사쿠타는 거만하지 않았다.

그렇기에, 더는 이곳에 있을 이유가 없었다. 사쿠타는 교실에서 나가기 위해 걸음을 내디뎠다.

바로 그 순간이었다.

갑자기 눈앞이 흐려지더니 몸이 비틀거렸다. 강렬한 현기증이 나고 있다는 사실을 인식한 순간, 사쿠타는 앞뒤도 분간할 수 없는 상태가 되었다.

"아즈사가와?!"

리오의 다급한 목소리가 들렸다. 하지만 그 목소리는 너무나도 멀게 느껴졌다.

어두컴컴한 시야에는 아무것도 비치지 않았다. 한순간 뭔가가 보였다 싶더니 그것은 바닥 타일에 새겨진 불규칙한 문양이었다. 아니, 얼룩일지도 모른다. 그 생각을 끝으로 사쿠타의 의식은 완전히 끊어졌다.

2

몸이 흔들렸다. 위아래로 흔들리는가 싶더니 좌우로 흔들리는 느낌이 들었다.

그 사실을 눈치챘을 때, 누군가의 목소리가 들려왔다.

사쿠타는 천천히 눈을 떴다.

눈에 익지 않은 천장이 보였다. 하지만 예전에 한 번 본 적이 있는 천상이었다. 사이렌 소리도 귀에 익었다. 그리고 창밖에서는 빗소리가 들려왔다. 규칙적으로 움직이고 있는 와이퍼 소리도 들렸다.

"정신이 들었습니까?"

사쿠타의 얼굴을 들여다보고 있는 이는 30대 정도로 보이는 남성이었다. 그는 응급대원 복장을 입고 있었다.

"아즈사가와."

옆에는 리오가 있었다. 그녀는 걱정스러운 표정으로 사쿠타를 쳐다보고 있었다.

"아~. 나, 쓰러졌었지."

극심한 현기증을 느꼈던 것은 기억이 났다. 그리고 의식이 완전히 끊어졌고 정신을 차려보니 이곳에 있었다.

"탈수 증상을 보이고 있군요. 가벼운 열사병인 것 같습니다."

열사병. 요즘 같은 시기에 텔레비전을 틀면 뉴스에서 매일 같이 나오는 단어다. 설마 자신이 열사병에 걸릴 거라고는 꿈에도 생각 못 했다.

"아픈 곳은 없습니까? 쓰러지면서 타박상을 입었을 수도 있습니다."

응급대원의 이야기는 간결했다.

"……."

사쿠타는 온몸의 감각을 살펴봤다. 딱히 이상한 곳은 없었다.

"딱히 아픈 곳은 없네요."

"같이 있던 여성분의 이야기에 따르면 쓰러지면서 바닥에 머리를 세게 부딪친 것 같으니, 병원에 도착하면 검사를 받아 봐야 할 것 같습니다."

"예."

사쿠타는 순순히 대답했다.

쓰러졌으면서 괜찮다고 허세를 부리는 것은 얼간이 같다고 생각했기 때문이다.

10분 후 병원에 도착하자 사쿠타는 평범한 진찰실로 옮겨 졌다. 의료 드라마에 자주 나오는 응급 환자용 치료실로 옮겨 질 줄 알았는데 그렇지 않았다.

사쿠타를 진찰한 이는 20대 후반으로 보이는 젊은 의사였다.

"혹시 모르니 머리 쪽을 CT 촬영하겠습니다."

의사에게 그 말을 들은 후, 사쿠타는 걸어서 다른 층으로 이동해야했다. 그리고 호들갑스러워 보이는 기계로 머리의 단면도를 촬영한 후, 처음 갔던 진찰실까지 걸어서 이동했다.

"혹시 모르니, 링거를 맞으시죠."

그 말을 들으니 왠지 불안해졌지만 일단은 의사를 믿을 수 밖에 없었다. 사쿠타가 침대에 눕자 그의 팔에 바늘이 꽂혔다. 링거대가 침대 옆에 놓이더니, 사쿠타의 팔에 꽂힌 바늘 달린 호스가 링거대에 걸린 링거 팩과 연결되었다.

"링거를 다 맞았을 즈음 다시 오겠습니다."

젊은 의사는 그렇게 말한 후, 허둥지둥 밖으로 나갔다. 어쩌면 다른 위독한 환자가 있는 걸지도 모른다.

사쿠타는 한 방울씩 떨어지는 링거액을 보면서 가만히 있었다. 그리고 그대로 기분 좋게 잠들어버렸다.

사쿠타가 다음에 눈을 뜬 건, 볼에서 위화감이 느껴졌기 때문이다. 이상하게 볼이 아팠다. 예를 들자면 누군가 볼을 꼬집고 있는 느낌이었다.

사쿠타는 묵직한 눈꺼풀에 힘을 주며 천천히 눈을 떴다.

"안녕."

아름다운 여성이 언짢은 표정으로 사쿠타를 내려다보고 있었다. 볼이 아픈 건 그 여성이 손가락으로 볼살을 꼬집고 있었기 때문이었다.

"……."

사쿠타는 일단 지그시 상대를 응시했다.

"왜 뚫어져라 쳐다보는 거야?"

"엄청난 미인 선배가 눈앞에 있어서, 무심코요."

"그런 소리를 하는 걸 보면 이제 괜찮은 것 같네."

사쿠타는 천천히 몸을 일으켰다. 몸이 후들거리지도 않았다. 어느새 링거 팩은 텅 비어 있었고 바늘 또한 빠져 있었다. 바늘이 꽂혀 있던 부분에는 지혈용 거즈가 붙어 있었다.

"그런데 마이 씨…… 이거, 혹시 벌이에요?"

마이는 여전히 손가락으로 사쿠타의 볼을 꼬집었다.

"그래. 카에데에게 잔뜩 걱정을 끼쳐놓고 행복한 얼굴로 자고 있었던 못난 오빠에게 주는 벌이야."

"그렇군요. 납득했어요."

그런 벌이라면 순순히 받을 수밖에 없다.

"잘못했어요."

"사과는 카에데에게 해. 빨리 전화해주라구."

"예."

사쿠타는 그렇게 대답하면서 몸을 일으켰다. 마이에게서 스마트폰을 빌릴까도 생각했지만, 병원 안에서 핸드폰을 사용하는 건 매너 위반이라 관뒀다.

아마 병원 안 어딘가에 공중전화가 있을 것이다.

"그런데 마이 씨가 왜 여기 있는 거예요?"

"후타바 양에게서 연락을 받았어."

일전에 사쿠타는 마이의 스마트폰으로 리오에게 전화를 한 적이 있었다. 그때의 착신이력으로 번호를 알아낸 것이리라.

"그런데, 나를 만나러 와도 괜찮은 거예요?"

매니저는 마이와 사쿠타가 만나는 걸 금지했다. 그리고 사쿠타는 매니저가 그걸 해제했다는 이야기를 아직 듣지 못했다.

지금 두 사람은 진찰실에 있기 때문에 남들 눈에 띠지 않았지만, 안쪽 통로는 옆에 있는 진찰실과 이어져 있는지 아까부터 의사와 간호사가 지나다니고 있었다. 그리고 지나가던 이들 대부분이 마이를 알아봤다. 흰색 가운을 걸친 남성은 「어?」라고 말하면서 깜짝 놀랐고, 진료 카드를 들고 있는 간호사 누님은 잘못 본 게 아닌지 확인하듯 두 번이나 마이를 쳐다봤다. 그리고 마이를 보기 위해 괜히 통로를 왕복하고 있는 젊은 의사도 있었다.

　"그전에 남친이 걱정된 나머지 부리나케 찾아온 여친에게 할 말이 있지 않아?"

　마이는 불만을 드러내며 원형 의자에서 일어났다.

　"걱정 끼쳐서 미안해요."

　"다시."

　"너무해~."

　"다시."

　마이는 더욱 불만스러운 표정을 지었다. 아무래도 마이가 듣고 싶은 말을 사쿠타가 입에 담을 때까지 이 상황은 계속될 것 같았다. 빨리 정답을 맞히지 않았다간 발을 밟힐지도 모른다.

　"나 때문에 마이 씨가 일을 못하게 된다면 슬플 것 같아요."

　"저기 말이야. 나는 이 일을 좋아하고, 이 일을 하는 게 즐거운 데다, 이 일을 계속하고 싶기는 해. 하지만……."

사쿠타가 계속 정답을 맞히지 못하자 마이는 삐친 표정을 지으며 그렇게 말했다. 그녀의 눈은 뭔가를 호소하고 있었다. 그녀가 하고 싶은 말이 뭔지 짐작이 되었다. 짐작이 되지만 가능하면 마이의 입을 통해 듣고 싶었다.

"하지만?"

사쿠타는 아무것도 모르는 표정을 지으며 되물었다.

"알면서 이러는 거지?"

"아뇨. 전혀 모르겠어요."

마이는 입술을 살짝 내밀었다. 그리고 체념한 것처럼 입을 열었다.

"일도 중요하지만…… 나는 사쿠타가 감기에 걸렸을 때 간병해주고 싶고, 쉬는 날에는 데이트도 하고 싶어."

그녀는 화난 표정을 지었다. 그런 그녀의 눈은 방금 그 말을 하게 한 사쿠타를 탓하고 있었다.

"사쿠타 덕분에 다시 일을 할 수 있게 됐는데, 사쿠타와 만날 수 없다면 아무 의미도 없잖아."

엄청난 파괴력을 지닌 말이었다. 귀엽다, 기쁘다, 그런 말로 표현할 수 있는 차원을 뛰어넘었다.

"마이 씨!"

"왜, 왜 그래?"

"끌어안아도 돼요?"

"왜?"

마이는 경계하듯 반걸음 정도 물러섰다.

"이 기쁨을 마이 씨에게도 전해주고 싶어서요."

"……."

마이는 한순간 생각에 잠겼다. 그리고—.

"딱 3초만이야."

—하고 드센 미소를 지으면서 말했다.

"에이~, 1분 정도는 해야 전해질 거라고 생각하는데요."

"그렇게 끌어안고 있다간 임신할 것 같…… 아, 까앗!"

사쿠타는 마이가 말을 끝까지 잇기도 전에 강제로 끌어안았다. 그녀의 등에 양손을 둘렀다. 마이의 몸은 부드럽고 따뜻하며 좋은 향기가 났다.

마이는 사쿠타의 가슴에 양손을 댄 채 몸을 웅크리고 있었다.

"자, 3초 됐어."

"연장 부탁해요."

"사쿠타는 그 전에 할 일이 있지 않아?"

우선 카에데에게 연락을 하고 그 다음에는 리오에게 고맙다는 말을 해야 한다. 그녀는 응급차를 불러줬을 뿐만 아니라 병원까지도 같이 와줬던 것이다.

"할 일 다한 후에는 마이 씨와 또 포옹해도 돼요?"

"이미 10초 이상 지났으니까 안 돼."

"너무해~."

"약속을 안 지켰잖아. 다 자업자득이야."

사쿠타는 바로 마이에게서 떨어졌다.

"이미 늦었어."

마이는 손가락으로 사쿠타의 이마를 톡톡 두드렸다.

"……."

사쿠타는 필사적인 눈빛으로 호소했다.

"죽은 동태 눈깔을 해도 안 되는 건 안 되는 거야."

"이건 주인에게 버림 받은 강아지의 눈인데요."

"빨리 갔다 와. 그전에 의사 선생님이 오면 내가 대신 이야기를 들어둘게."

"그럼 부탁할게요."

사쿠타는 마이를 진찰실에 남겨둔 후 복도로 나갔다.

"우선 카에데에게 전화부터 해야겠네."

공중전화기는 영업이 끝난 매점 옆에 있었다. 줄지어 설치된 자동판매기 네 개 옆의 공중전화기는 녹색의 고풍스러운 녀석이었다.

10엔 동전을 넣고 집 전화번호를 입력했다. 그러자 부재중 전화로 연결되었다.

"카에데, 나야. 자는 거야?"

"오빠인가요!"

몇 초 후, 카에데가 전화를 받았다.

"그래. 오빠야."

"다행이에요. 살아있었군요……."

"멋대로 죽이지 마. 병원에서 이런저런 수속을 밟아야 할 것 같으니 집에는 좀 늦게 돌아갈 거야."

벽에 걸린 시계를 보니 밤 열 시가 지났다. 가능하면 오늘 안에 돌아가고 싶었다.

"카에데는 먼저 자도 돼."

"기다릴 거예요."

"그래? 뭐, 무리는 하지 마."

자라고 말해봤자 듣지 않을 거라고 생각한 사쿠타는 그렇게 말했다.

"카에데."

"예."

"걱정 끼쳐서 미안해."

"동생인 카에데가 오빠를 걱정하는 건 당연한 일이에요!"

"그럼 항상 내 동생으로 있어줘서 고마워."

"예! 앞으로도 힘낼게요."

"그럼 나중에 봐."

수화기를 내려놓은 사쿠타는 불현듯 주위가 조용하다는 사실을 눈치챘다. 그리고 그 정적 속에서 엘리베이터의 도착을 알리는 벨 소리가 울렸다. 자판기 코너 옆에 엘리베이터가 있었던 것이다.

문이 열리더니 안에서 한 소녀가 내렸다.

"아."

사쿠타는 무심코 반응을 보였다. 왜냐하면 그는 저 소녀의 이름을 알고 있기 때문이다.

"어?"

그녀 또한 사쿠타의 얼굴을 보더니 놀란 표정을 지었다. 잠옷과 슬리퍼 차림으로 나타난 어린 소녀는 바로…… 마키노하라 쇼코였다.

"저, 저기…… 사쿠타 씨가 어째서 여기 있는 거죠?"

시선이 흔들리던 쇼코는 당황한 목소리로 그렇게 물었다. 보여주고 싶지 않은 장면을 보여준 사람의 초조함이 그녀의 얼굴에 떠올라 있었다.

"열사병으로 쓰러졌거든. 그래서 응급차와 병원 신세를 졌어."

"괘, 괜찮으세요?"

"증상은 그렇게 심각하지 않은 편이래. 링거를 맞았더니 평소보다 더 건강해졌어."

"수분 보충을 자주 해주세요."

드디어 사쿠타를 똑바로 쳐다본 쇼코는 누나 같은 소리를 했다.

"그리고 염분도요."

"응. 맞아."

"……."

"……"

대화가 잠시 끊겼다.

"으음, 마키노하라 양은 왜 여기 있는 거야?"

이런 곳에서 딱 마주쳤으니 이 질문을 안 할 수 없었다. 묻지 않는 게 오히려 부자연스러웠고 사쿠타 또한 계속 신경이 쓰였다.

"감기에 걸렸어요."

쇼코는 바로 대답했다.

"어디어디."

쇼코에게 은근슬쩍 다가간 사쿠타는 그녀의 이마에 손을 댔다.

"열은 없는 것 같네."

"아, 예."

"목소리도 평소와 같은 것 같아. 기침도 안 하지?"

"……"

"콧물도 안 나네."

사쿠타가 퇴로를 하나씩 막아나가자—.

"죄송해요. 거짓말 했어요."

쇼코는 순순히 자백했다.

사실 사쿠타는 그녀와 방금 마주쳤을 때부터 그 사실을 알고 있었다. 쇼코는 잠옷 차림에 슬리퍼를 신고 있었다. 게다가 밤 열 시에 외래 환자가 있을 리가 없다. 사쿠타처럼 응급 이

송된 환자도 아니라면 남은 가능성은 하나뿐이었다. 바로 입원 환자다.

"……어디 안 좋아?"

물어볼지 말지 망설여지기는 했다. 하지만 고개를 숙이고 있는 쇼코의 불안한 표정을 본 순간, 사쿠타는 입을 열었다.

"아……."

쇼코는 입을 열려다 다시 다물었다.

"가르쳐주기 싫다면, 더는 캐묻지 않을게."

"아뇨. 어차피 사쿠타 씨에게는 가르쳐드릴 생각이었어요."

쇼코는 결의에 찬 눈길로 사쿠타를 쳐다보았다.

자판기 코너에 놓인 벤치에 나란히 앉은 후, 쇼코는 차분한 목소리로 자신의 병에 대해 천천히 이야기했다.

병명은 한 번 들어서는 외울 수 없을 만큼 복잡하고 한자로 어떻게 쓰는지도 상상이 되지 않았지만, 심장병이라는 것만은 이해했다.

아무튼 난치병이며 쇼코의 몸이 성장할수록 악화되는 것 같았다. 연명을 위한 방법은 존재하지만 완전히 치료하기 위해서는 이식 수술을 받는 수밖에 없다고 쇼코는 말했다. 하지만 어린이 장기 제공자는 어른에 비해 압도적으로 적어서, 이식 수술을 받을 수 있는 전망이 거의 없다고 한다. 게다가 제공자가 나타난다는 것은 누군가가 불행해진다는 것이기에 쇼코는 이야기를 하면서도 복잡한 표정을 짓고 있었다.

제공자가 나타났으면 한다. 하지만 그렇게 생각하는 것은 타인이 불행해지기를 바라는 것이나 다름없으니 가슴이 아팠다.

"이식 수술을 받지 못하면 어떻게 돼?"

"제 병이 판명되었을 때, 의사 선생님은 중학교를 졸업하는 것조차 힘들다고 했어요."

쇼코는 담담하게 자신의 최후를 이야기했다. 표정에는 안도마저 어려 있었다. 사쿠타는 그 의미가 짐작조차 되지 않았다.

하지만, 그래도 눈치챈 것이 있었다.

"그렇게 된 거구나."

"사쿠타 씨?"

"드디어 알았어."

"뭘 말이에요?"

"전에 말했었지? 『고양이를 기르고 싶다』고 말하면 부모님이 분명 허락해줄 거라고 말이야."

이식수술을 받지 못한다면, 열넷, 열다섯 살까지 사는 것조차 힘들지도 모른다. 그런 딸의 말에 부모님이 귀를 기울이지 않을 리가 없었다. 해줄 수 있는 거라면 뭐든 해주겠다고 생각하는 게 자연스러우리라. 쇼코가 원하는 건 뭐든 사주며 쇼코가 하고 싶은 건 뭐든 하게 해줄 것이다.

"엄마와 아빠는 저한테 엄청 상냥해요."

"……"

"상냥해서…… 제가 어떤 부탁을 해도 항상 『좋아』라고 말해요. 그게 정말 기쁘지만, 그에 버금갈 만큼 괴로워요."

"그렇구나."

사쿠타는 괜한 소리를 하지 않으며 그저 맞장구를 쳤다. 쇼코와 부모님의 마음을 이해한다고 말할 수 있을 리 없었다.

"엄마는 『좋아』라고 말한 후에는, 항상 제가 없는 곳에서 『미안해』라고 사과해요……. 건강한 애로 낳아주지 못해서 미안하다고……."

"그렇구나……."

"그래서…… 아직도 부모님에게 하야테 이야기를 못 꺼냈어요."

그렇게 말한 쇼코의 얼굴에는 그림자가 드리워져 있었다. 그리고 사쿠타는 눈치챘다. 그 그림자의 정체가 무엇인지 사쿠타는 이해했다.

그렇기 때문에 사쿠타는 아무 말 없이 쇼코의 볼을 꼬집었다.

"왜, 왜 이러세요?"

사쿠타가 뜻밖의 반응을 보이자 쇼코는 당황한 목소리로 그렇게 말했다.

"엄마 탓을 한 벌이야."

"예?"

"그렇게 어두운 표정으로 부탁을 하니까, 네 어머니도 『미안』한 기분이 들 수밖에 없잖아."

"하지만……."

쇼코가 말을 잇기도 전에 사쿠타는 그녀의 다른 한쪽 볼도 꼬집었다.

"샤, 샤꾸따 띠?!"

아마 「사쿠타 씨」라고 말한 것이리라.

"마키노하라 양이 『건강한 애가 아니라서 미안해요』라는 마음을 먹고 있는 한, 그건 변하지 않을 거야. 분명 네 아버지와 어머니는 마키노하라 양이 죄책감을 느끼고 있다는 걸 알고 있어. 마키노하라 양에게 『미안하다』는 감정을 느끼게 만들고 있다는 게, 두 사람을 가장 괴롭히고 있는 것 아닐까? 그러니 네 어머니도 『건강한 애로 낳아주지 못해 미안하다』는 마음을 품게 되는 거라고 생각해."

"그건……."

그럴지도 몰라요, 하고 쇼코는 작은 목소리로 말했다.

"그렇다면, 저는 어떻게 해야……."

"마키노하라 양은 아버지와 어머니를 어떻게 생각해? 마음을 아프게 해서 죄송스럽다, 같은 것 말고 말이야."

"아빠도, 엄마도, 좋아해요. 진심으로 사랑해요."

쇼코는 사쿠타를 똑바로 쳐다보면서 망설임 없이 말했다. 진심에서 우러나온 말이라는 게 느껴졌다.

"그 말, 부모님에게 해드린 적 있어?"

"……없어요."

"나는 『미안해』라는 말보다 『좋아해』라는 말을 듣는 게 더 기쁠 거야. 『사랑해』라는 말을 들으면 기뻐서 어쩔 줄을 모를 거라고."

"아……."

쇼코는 그제야 사쿠타가 하려는 말이 뭔지 이해한 것 같았다.

"어떤 사람이 말했어. 그 사람은 『고마워』와 『힘내』와 『사랑해』가 좋아하는 말 베스트 3래."

"저는……."

사쿠타가 손을 떼자 쇼코는 자리에서 일어났다.

잠시 후, 엘리베이터의 도착을 알리는 벨 소리가 들렸다. 엘리베이터에서 나온 이는 30대 후반으로 보이는 부부였다. 그들은 쇼코를 보더니 반응을 보였다.

딸이 좀처럼 돌아오지 않아서 찾으러 온 것이리라.

"엄마, 아빠."

쇼코는 종종걸음으로 두 사람에게 다가갔다.

"아, 쇼코. 달리면……."

쇼코는 자신을 걱정하는 어머니의 품에 그대로 뛰어들었다.

"어머, 왜 그러니?"

쇼코의 어머니는 약간 당황한 반응을 보이면서도 자신의 딸을 상냥하게 꼭 끌어안았다.

"엄마, 아빠, 항상 고마워요."

"응? 갑자기 무슨 소리를 하는 거니?"

부모님은 서로의 얼굴을 쳐다보았다.

"저는 엄마도, 아빠도, 좋아해요. 진짜로 사랑해요."

"엄마와 아빠도 쇼코를 사랑한단다."

쇼코의 아버지는 딸의 머리를 부드럽게 쓰다듬었다.

"응. 그래."

"아빠와 엄마가 제 아빠와 엄마라 정말 좋아요."

어머니의 품에 안긴 채 고개를 든 쇼코는 환한 미소를 지었다.

"쇼코……."

말문이 막힌 어머니의 눈동자가 촉촉하게 젖어 들어갔다. 아버지도 고개를 약간 숙이더니 눈물을 훔쳤다. 그들의 주위는 서로를 배려하는 가족들의 따뜻한 마음으로 가득 차 있었다.

"저기…… 부탁이 있어요."

"쇼코, 뭐니?"

"고양이를 기르고 싶어요."

쇼코는 환한 미소를 지은 채 말했다. 그러자 쇼코의 부모님은 온화한 표정을 지었다.

"좋아. 그렇게 하렴."

부모님과 손을 잡고 병실로 돌아가는 쇼코를 배웅하고 있을 때, 등 뒤에서 목소리가 들려왔다.

"아즈사가와."

사쿠타의 뒤편에 리오가 서 있었다.

"일어나도 괜찮은 거야?"

"여기는 병원이니까 또 쓰러지더라도 괜찮지 않겠어?"

"골칫덩이 환자네."

리오는 한숨을 내쉬면서 쓴웃음을 지었다.

"후타바에게 폐를 끼쳤네."

"맞아. 너무 비겁했어."

리오의 눈은 불만으로 가득 차 있었다.

"그 상황에서 쓰러지면 내버려둘 수 없잖아."

사쿠타는 자동판매기 옆에 있는 벤치에 앉았다. 리오는 두 칸 정도 떨어져서 앉았다.

"마이 씨에게 연락해줘서 고마워."

"진심으로 고마워하라구."

"그래서 고맙다고 하고 있잖아."

"나 말고, 사쿠라지마 선배에게 말이야."

"······혹시, 마이 씨가 나를 엄청 걱정한 거야?"

아까 이야기할 때는 전혀 느껴지지 않았지만 그녀는 서둘러 와줬던 것이다. 역시 사쿠타가 생각하는 것보다 더 걱정을 끼친 걸지도 모른다.

"병원에 도착하고 한동안은 자고 있는 아즈사가와의 손을 꼭 잡고 있었어."

"그 장면, 사진 찍어뒀어?"

"찍었을 리가 없잖아."

"우와~, 엄청 보고 싶네."

"아즈사가와는 진짜 바보라니깐."

리오는 어이없다는 듯이 웃었다. 그런 그녀의 메마른 목소리가 복도에 울려 퍼졌다.

"……."

"……."

대화가 끊기자 한밤중의 병원에 감도는 정적이 더욱 강렬해진 것 같았다. 자동판매기의 부웅 하는 구동음이 그 정적을 약간 흐릿하게 만들어주고 있었다.

리오는 자신의 발끝을 지그시 쳐다보고 있었다. 다음에 할 말을 찾듯…….

"아즈사가와, 나는……."

"『자신은 이제 필요 없다』라든가, 『자신이 없어지면 전부 해결된다』라든가, 『하지만 실은 무서워서 어쩌면 좋을지 모르겠다』라든가…… 그런 골 때리는 소리라면 듣기 싫어."

"……."

리오의 깊은 침묵이 방금 그 말에 정곡을 찔렸다고 알려주었다.

"자기 자신을 싫어해도 괜찮아."

그 말이 조용한 병원 복도에 침투되어갔다.

"……."

"나는 『다 그렇지 뭐』라고 생각하면서 살아간다고."

"아즈사가와답네."

리오는 숨을 내쉬듯 작게 웃었다. 그 후—.

"보통 이럴 때는『조금씩이라도 자기 자신을 좋아하게 되면 돼』라든가,『후타바에게도 장점이 많아』같은 말을 해야 하는 거 아니야?"

—라고 말했다.

"그렇게 긍정적으로 살려면 피곤하잖아. 자기 자신이 좋아 죽는 녀석은 피곤하다고."

싫어하는 것을 억지로 좋아하게 될 수는 없다. 좋아하려고 하면 할수록 마찰이나 압력, 그리고 어떤 식의 무리가 발생한다. 그것이 자신을 괴롭히기만 한다면 긍정적으로 포기하는 것도 하나의 방법이다. 그것을 통해 구원받는 이도 있다는 사실을 2년 전에 배웠다. 카에데의 일을 통해 알았다. 억지로 싸우는 것만이 능사는 아닌 것이다.

"아즈사가와는 저질이네. 저질이지만…… 네 말을 들으니 왠지 마음이 편해."

리오는 자신을 괴롭히던 뭔가가 떨어져나간 것처럼 안도하는 표정을 지었다.

"정말, 마음이 편해."

팽팽한 상태를 유지하기만 하다간 마음의 실이 끊어지고 만다. 때때로 느슨하게 해서 여유를 가지게 해주는 편이 좋다. 그러면 마음이 훨씬 편해질 것이다. 그리고 여유가 있으면 주위의 경치를 보는 관점 또한 바뀌는 것이다. 바로 지금의 리오처럼 말이다……

뭐든 마음속에 담아두기만 하는 리오에게는 그런 여유가 필요하리라. 약간의 적당주의가 말이다.

사쿠타는 조금이지만 여유를 되찾은 리오를 쳐다보면서 그런 생각을 했다.

"저기, 아즈사가와."

잠시 동안 침묵한 후, 리오는 약간 머뭇거리며 입을 열었다.

"응~?"

"불꽃축제."

"아."

"나도, 같이 가도 돼?"

"안 돼."

"……."

"그런 식으로 말하면 안 되지."

리오는 약간 생각에 잠긴 채 숨을 내쉬었다.

하지만 그녀가 생각에 잠겨 있었던 시간은 몇 초밖에 안 되었다.

"나, 나도, 불꽃축제에 갈래."

리오는 약간 당황한 목소리로 말했다. 솔직한 감정을 겉으로 드러내는데 익숙하지 않아서 리오는 더듬거렸다.

"네가 그 말을 해야 하는 상대는 내가 아니잖아."

사쿠타는 남은 10엔짜리 동전을 손가락으로 튕겼다. 리오는 포물선을 그리며 자신에게 날아오는 동전을 양손으로 감싸듯 잡았다. 그녀의 눈은 자연스럽게 공중전화를 향했다.

자리에서 일어난 리오는 전화기 앞에 섰다.

수화기를 든 리오는 동전을 넣더니 번호를 입력했다. 사쿠타는 등 뒤에서 들려오는 그 소리를 듣고 있었다.

리오의 긴장 섞인 숨소리가 들려왔다.

곧 전화가 연결된 느낌이 등 뒤에서 전해져왔다.

리오는 천천히 숨을 내쉬었다.

"나야……. 응, 아즈사가와와 만났어. 그런데, 저기…… 부탁이 있는데……."

리오는 말을 멈춘 후, 크게 숨을 들이켰다. 그리고 자신의 마음을 털어놓았다.

"나도 같이 불꽃축제에 가고 싶어."

그 말을 끝으로 아무 말도 들리지 않았다. 숨소리도, 기척도 사라진 것 같았다. 그 직후, 덜컹 하고 뭔가가 부딪히는 소리가 들렸다.

사쿠타는 천천히 뒤돌아보았다.

그의 눈에 들어온 것은 녹색 공중전화였다. 수화기가 축 처져 있었다. 좌우를 둘러봤지만 아무도 없었다. 기나긴 복도가 계속되고 있을 뿐이었다. 이 주위에 있는 사람은 사쿠타뿐이었다.

자리에서 일어난 사쿠타는 수화기를 귀에 댔다.

"여보세요~."

그리고 약간 장난스러운 목소리로 말했다.

"아즈사가와는 진찰실로 돌아가. 사쿠라지마 선배가 기다리고 있잖아?"

수화기에서는 그런 말이 흘러나왔다.

"이제 마이 씨와 마음껏 러브러브할 수 있겠네."

"그런 건 안 물어봤거든?"

"그래도 좀 들어달라고."

"그것보다."

리오는 다짜고짜 화제를 바꿨다.

"아즈사가와. 지각하지 마."

"후타바는 좀 늦어도 돼. 유카타 입는데 시간 걸리잖아."

"잠깐만, 진짜로 입어야 하는 거야?"

"유카타 차림 여자애가 없다면 불꽃축제에 가는 의미가 없다고."

"그래……. 뭐, 이미 약속했으니 어쩔 수 없지."

리오는 약간 즐거운 목소리로 그렇게 말했다.

종 장

불꽃놀이 후에 남는 것은 여름의 추억

8월 19일.

에노시마의 납량 불꽃축제 당일.

사쿠타가 약속 장소인 쿠게누마 해안역에 가보니 이미 유마가 와 있었다.

"여어."

"응."

장신인 유마는 유카타를 입고 있었다.

사쿠타도 오늘은 유카타 차림이었다.

리오가 혼자만 유카타를 입는 건 부끄럽다면서 두 사람에게 강요했던 것이다.

유카타와 기타 용품을 다 사는데 8천 엔이 들었다. 겸사겸사 카에도 몫도 샀는데 그게 더 비쌌다. 한동안은 아르바이트 양을 늘려야 한다.

"그런데 코가 양이 용케도 바꿔줬네."

원래 사쿠타는 오늘 아르바이트를 해야 했다.

"다음에 파르페를 사주기로 했거든."

그때, 파르페가 600킬로칼로리나 된다는 것도 가르쳐줘야겠다.

"사이좋네."

그런 이야기를 하고 있을 때, 하행 열차가 플랫폼에 들어왔다.

이미 약속 시간이 지났다.

개찰구에서 나온 승객들 사이에는 유카타 차림인 이들도

있었다. 그리고 끝머리에는 사쿠타가 아는 이가 있었다.

"어이~, 후타바."

유마가 리오를 향해 손을 흔들었다.

시선이 마주치자 리오는 고개를 숙였다. 꽤 떨어져 있지만 그녀의 얼굴이 새빨갛다는 걸 알 수 있었다.

리오는 고개를 숙인 채 조신한 걸음걸이로 다가왔다.

리오는 흰색 천에 황색과 옅은 적색의 꽃무늬가 그려져 있는 유카타를 입었으며, 상냥한 느낌의 황색 허리띠를 귀엽게 허리에 두르고 있었다. 머리카락을 머리 뒤편으로 모아 묶고 안경을 쓰고 있었다. 손에 든 감색 두루주머니가 전체적인 색감을 잡아주고 있었다.

"후타바, 다시 안경 썼구나."

"이, 이상해?"

리오는 안경이 신경 쓰이는지 테에 손을 대면서 말했다.

"유카타와 잘 어울려. 안 그래, 사쿠타?"

"왠지 야해. 안 그래, 쿠니미?"

"뭐, 확실히 그러네."

"그래서 유카타를 입기 싫어했던 거라구."

리오는 어이없다는 투로 말하면서도 싫지 않은 기색이었다.

역에서 나와 약 10분 정도 걸은 사쿠타 일행이 해안에 도착했을 즈음, 마침 첫 불꽃이 하늘을 향해 발사됐다.

굉음을 내면서 밤하늘에 아름다운 꽃이 피었다. 그것이 사라지자 또 다른 꽃이 에노시마의 하늘에 선명히 피었다.

 버드나무 가지처럼 늘어뜨려진 불꽃도 있었고 고리를 여러 개 겹쳐 만든 불꽃도 있었다. 한 번 사라진 후 다시 빛나는 불꽃도 있었다.

 사쿠타와 리오와 유마는 에노시마의 하늘에 핀 불꽃을 별말 없이 계속 쳐다보았다.

 피날레가 가까워지자 거대한 불꽃이 밤하늘을 화려하게 물들였다. 그 빛이 수면과 에노시마, 벤텐 다리를 비췄다.

 연속으로 발사된 불꽃은 정말 볼만했다. 소리가 진동이 되어 전해져왔다.

 "쿠니미."

 바로 그때, 리오의 작은 목소리가 들려왔다.

 "응?"

 "……."

 리오의 목소리는 불꽃 소리에 가렸다.

 "뭐라고?"

 유마도 안 들렸는지 리오를 향해 귀를 내밀며 다시 물었다.

 리오는 그런 유마의 귀에 양손을 대더니 발돋움을 했다. 귓속말을 하는 것 같았다. 짧은 한 마디. 하늘에 불로 된 꽃이 피었다 지는 그 짧은 사이, 리오는 유마에게서 떨어졌다.

 리오는 고개를 숙이더니 입을 꾹 닫았다. 얼굴도 새빨갰다.

불꽃 때문에 벌겋게 보이는 게 아니라는 걸 한눈에 알 수 있었다.

"후타바, 나는……."

"답은 안 해줘도 돼."

리오는 유마의 말을 막았다.

"이미 알고 있거든."

"……그렇구나."

"무슨 말을 들었다간, 나, 울어버릴 거야."

"그럼 사쿠타가 자기 유카타의 소매를 빌려줄 거야."

"코 풀어도 돼."

"바보~."

리오는 사쿠타를 쳐다보면서 웃었다. 그리고 유마를 쳐다보면서도 웃었다. 그 후, 오른손으로 사쿠타의 팔을 잡더니 왼손으로는 유마의 팔을 잡았다. 그리고 두 사람의 팔을 잡아당기면서 하늘에 핀 불꽃을 올려다보았다.

"오."

"우왓."

리오가 뜻밖의 행동을 취하자 사쿠타와 유마는 동시에 깜짝 놀랐다.

"분명 나쁜일 거야."

"응?"

"아즈사가와와 쿠니미 사이에 서서 불꽃을 볼 수 있는 사람

은 말이야."

눈가에 눈물이 맺혔지만 리오는 미소 짓고 있었다. 그렇기에 사쿠타는 아무 말 없이 불꽃을 쳐다보았다. 유마도 그렇게 했다.

에노시마의 밤하늘에 커다란 꽃이 피었다.

그 광경을 눈동자에 아로새겼다.

평생 잊지 못할 추억 중 하나로서…….

언젠가, 셋이서 그리워할 고등학교 2학년 여름의 추억으로서…….

그 후로, 여름방학이 끝날 때까지의 약 열흘 동안은 평온한 나날이 계속되었다.

데이트 금지령이 내려졌기에 마이와 같이 외출할 수는 없다. 아니, 애초에 마이가 너무 바빠서 만날 시간조차 없었다.

사쿠타는 어쩔 수 없이 아르바이트에 힘쓰거나 때때로 학교 물리 실험실에 얼굴을 비췄다. 그리고 리오와 느긋하게 시간을 보냈다. 리오는 「부활동 좀 방해하지 마」라고 말했지만 사쿠타는 한 귀로 듣고 한 귀로 흘렸다.

그러다보니 길고 길었던 여름방학도 마지막 날을 맞이했다.

8월 31일.

이 날 오전에는 쇼코가 부모님과 함께 사쿠타의 집을 찾았다. 몸이 좋아진 쇼코는 이틀 전에 퇴원했으며 오늘은 하야테를 데리러 온 것이었다.

현관까지 마중을 나온 나스노는 「야옹~」 하고 약간 쓸쓸한 목소리로 울었다. 거실에서 얼굴만 쏙 내민 카에데도 쓸쓸한 건 마찬가지인 것 같았다. 하지만 손을 흔들며 작별인사를 했다.

올바른 형태로 일이 풀렸다고 할 수 있었다. 이것은 모두에게 있어 잘된 일이니 기뻐해야 한다.

사쿠타가 맨션 밖까지 마중을 나왔을 때…….

"저기, 사쿠타 씨."

쇼코는 약간 긴장한 목소리로 입을 열었다.

"왜?"

"저, 저기……."

시선이 마주치자 어찌된 영문인지 쇼코가 눈을 피했다. 약간 고개를 숙인 그녀의 볼은 발그레했다.

"또, 놀러 와도 될까요?"

그리고 다시 고개를 든 쇼코는 사쿠타를 올려다보면서 그렇게 말했다.

"그래, 기왕이면 하야테를 데리고 와. 그럼 카에데와 나스노도 기뻐할 거야."

"사쿠타 씨는요?"

"응?"

"사쿠타 씨도 기뻐할 건가요?"

"……."

"이, 이상한 소리를 했네요. 죄송해요……."

사쿠타는 새빨개진 얼굴을 푹 숙이고 있는 쇼코의 머리에 손을 얹었다.

"또 와."

"예!"

고개를 든 쇼코는 배시시 웃으면서 힘차게 대답했다. 그리고 그녀는 손을 흔들면서 부모님과 하야테와 함께 돌아갔다.

결국 2년 전에 만난 쇼코와 그녀의 관계는 알지 못했다. 하지만 쇼코의 행복해 보이는 모습을 보고 있으니—.

"뭐, 됐어."

—하고 사쿠타는 생각했다.

다음 날인 9월 1일. 영원히 오지 않기를 바랐던 2학기가 시작됐다.

아직 더위가 극심한 가운데, 사쿠타는 어쩔 수 없이 아침부터 학교로 향했다. 학교에 가면 마이와 만날 수 있다는 것을 원동력으로 삼으면서 말이다.

사쿠타는 에노전 후지사와 역 플랫폼에서 유마, 리오와 만났다. 세 사람이 이렇게 딱 마주치는 일은 드물었다.

"여어."

"응."

"안녕."

리오는 안경을 썼고 머리카락을 머리 뒤편으로 모아 묶었다. 지적이면서도 어른스러운 분위기였다. 약간 세련된 느낌이 들었다.

"왜 뚫어져라 쳐다보는 거야?"

리오는 경계하는 어조로 그렇게 물었다. 하지만 리오라면 사쿠타의 시선에 담긴 의미를 알고 있을 것이다. 그렇기에 그 점에 대해서는 아무 말도 하지 않았다.

"후타바, 숙제는 다 했어?"

"그걸 여름방학이 끝난 후에 묻는 게 아즈사가와답네."

그런 이야기를 하면서 플랫폼에 들어온 낡은 열차를 탔다. 이 반가운 분위기 덕분에, 사쿠타는 학교에 도착하지 않았지만 2학기가 시작되었다는 사실을 실감할 수 있었다.

열차 안쪽 입구 앞에 리오를 세운 후, 사쿠타와 유마는 양옆에 섰다.

바로 그때, 누군가의 시선이 느껴졌다. 옆 입구에 서 있는 이는 유마의 애인인 카미사토 사키였다. 시선이 마주치자 그녀는 고개를 휙 돌렸다.

"아직도 화해 안 한 거야?"

"냉전 중이야."

유마는 난처한 표정을 지었다.

"그럼 쿠니미는 저쪽으로 가."

조그마한 리오가 유마의 커다란 몸을 밀었다.

"어, 어이, 후타바?"

"이유를 말 못하는 걸 보면 나나 아즈사가와가 원인인 거지?"

"아~, 그게……."

유마는 바로 대답하지 못하더니 아차 한 표정을 지었다. 사실 사쿠타도 그럴 것 같다고 전부터 생각하고 있었다.

"무슨 일이 있었던 거야?"

"그게…… 스마트폰 주소록에서 지워졌다고 할까……."

"나와 후타바가?"

"아니, 사쿠타만 말이야."

"저 녀석~."

"별일 아니니까 빨리 화해하면 되겠네."

당사자가 아닌 리오는 태연하게 말했다.

"아니, 하지만……."

"쿠니미가 이러면 내 결심이 흔들린다구."

"그 말 들으니 마음이 약해지네."

각오를 다진 유마는 열차에서 내리더니 옆에 있는 문을 통해 다시 열차에 탔다. 그리고 사키의 옆으로 이동한 그는 무슨 말을 했다. 유마가 말을 걸자 사키는 약간 당황한 반응을 보였다. 하지만 곧 그녀는 환하게 웃었다. 그것은 안심한 표정이었다.

부드러운 분위기 속에서 담소를 나누는 유마와 사키를 보기 싫은지 리오는 사쿠타의 등 뒤에 숨었다.

"그냥 내버려두지 그랬어."

"괜찮아. 애인 사이는 헤어져 버리면 그걸로 끝이잖아."

"……"

"나는 오랫동안 가깝게 지내고 싶거든."

"패배자의 변명치고는 궁색하네."

"시끄러워."

리오는 어린애처럼 볼을 부풀렸다. 리오의 이런 앳된 표정은 사쿠타도 처음 보았다. 마음을 완벽하게 정리하려면 좀 더 시간이 걸리겠지만 지금은 이걸로 충분했다. 리오가 방금 말한 것처럼 생각하고 있다면…….

사쿠타 일행을 태운 4량 편성 열차는 오늘도 천천히 달리기 시작했다.

전교생 약 천 명이 체육관에 모여 진행된 개학식에는, 아직 더위가 혹독하다는 사실을 알려주듯 부채를 들고 참가한 학생이 꽤 보였다.

교장 선생님이 감사하기 그지없는 훈화를 하시는 와중에도 까맣게 탄 학생들은 부채질을 하고 있었다. 하지만 교사들은 그런 학생들을 말리지 않았다. 더위라도 먹으면 큰일이기 때문이다.

사쿠타는 5분이 지났는데도 끝날 기색이 없는 교장의 이야기를 한 귀로 흘려들으면서 3학년 1반 쪽을 계속 쳐다보았다.

마이가 소속된 반이었다.

하지만 마이의 모습은 보이지 않았다.

어젯밤에 마이가 전화를 통해 「내일은 학교에서 만날 수 있겠네」라고 말해서 기대하고 있었는데, 아직 등교하지 않은 걸까.

개학식이 끝난 후, 학생들은 각 교실에 돌아가서 종례를 했다. 담임선생님은 「뭐, 적당히 잘 해보자고」라는 영문 모를 소리를 했다. 여름방학 직후에는 학생들이 의욕이 없기 때문에 그런 소리를 한 것이리라.

사쿠타는 가방을 들고 교실을 나섰다. 그리고 3층으로 올라갔다. 그곳은 3학년 교실이 있는 층이었다.

사쿠타는 아직 종례가 끝나지 않은 교실을 뒷문 쪽에서 들여다봤다.

"……."

역시 마이는 보이지 않았다. 자리는 비어 있었고 가방도 없었다. 등교하지 않은 것 같았다.

진짜로 학교에 오지 않은 건지 확인하기 위해, 사쿠타는 공중전화기가 있는 1층으로 가서 건물 구석의 교무실 앞으로 이동했다.

사쿠타는 아마 자신만이 이용할 공중전화에 10엔 동전을 넣은 뒤, 전화번호를 눌렀다.

"……."

상대방은 전화를 받지 않았다. 열 번 정도 신호가 가고 부재중 전화로 연결되었다.

"으음, 사쿠타예요. 학교에 오지 않은 것 같아서 연락해 봤어요. 일단 오늘은 이대로 돌아갈게요."

사쿠타는 메시지를 남기고 수화기를 내려놓았다.

"휴우."

오늘은 분명 만날 수 있을 거라고 생각했기 때문인지 더 심하게 낙담했다.

"뭐, 다음에 상을 달라고 해야지."

사쿠타는 그렇게 긍정적으로 생각하면서 집으로 향했다.

학교 근처에 있는 시치리가하마 역에서 열차를 타고 약 15분 정도 이동해 종점인 후지사와 역에서 내린 사쿠타는, 10분 정도 걸어서 자신이 사는 맨션에 도착했다.

맨션 입구에서 멈춰선 사쿠타는 맞은편 맨션을 올려다보았다. 그곳에는 마이가 살았다.

인터폰을 눌러볼까 말까 고민하고 있을 때, 오토 록인 유리문이 열리면서 누군가가 나왔다.

"아."

그 사람은 마이였다.

마이는 사쿠타와 시선이 마주치자, 눈을 두 번 깜빡거렸다.

하지만 마이는 아무 일도 없었다는 듯이 고개를 돌리더니 사쿠타를 무시하고 가던 길을 계속 가려 했다.

"마이 씨?"

사쿠타는 마이의 어깨에 손을 얹으며 그녀를 불러 세웠다.

"윽?!"

그러자 마이는 사쿠타의 손을 쳐내면서 힘차게 뒤돌아섰다. 경계심이 어려 있는 태도였다. 그런 마이는 사쿠타를 관찰하듯 눈동자를 반짝이고 있었다.

"어, 응?"

기묘할 정도의 위화감이 느껴졌다. 뭔가 이상했다. 눈앞에 있는 상대는 마이가 분명하지만 두르고 있는 분위기는 마치 딴 사람 같았다.

"너, 누구야?"

"뭐?"

한순간 무슨 말을 들은 건지 이해하지 못했다.

"네가 누군지 물었잖아."

직설적이면서 공격적인 어조였다. 항상 여유 있는 마이답지 않은 말투였다. 시선에 어려 있는 미심쩍음과 불신감 또한 숨기려 하지 않았다. 진짜로 딴 사람 같았다.

리오 문제가 겨우 해결됐는데 또 도플갱어가 나타난 걸까.

"이미 알고 계시다시피, 저는 마이 씨와 플라토닉한 교제를 하고 있는 아즈사가와 사쿠타라고 하는데요."

사쿠타는 빈정거림이 잔뜩 실린 목소리로 그렇게 말했다.

"뭐? 이런 썩은 동태 눈깔을 한 남자가 언니의 애인일 리 없다구~."

눈앞에 있는 마이는 사쿠타를 바보 취급했다.

"뭐?"

사쿠타는 방금 그 말에 반응했다. 방금, 눈앞에 있는 마이는 「언니」라는 말을 입에 담았다. 혹시 쌍둥이 여동생일까? 마이에게 동생이 있다는 이야기를 들은 적이 있지만 그녀와 마이는 꽤 복잡한 관계였다. 이혼 후 마이의 곁을 떠난 아버지가 다른 여성과 재혼해서 낳은 여동생인 것이다. 즉, 이복자매다. 쌍둥이는 아니고 나이 또한 차이가 나니 외모가 똑같을 리 없었다.

하지만, 그렇다면 그 외에 어떤 가능성이 존재할까. 솔직히 말해 뭐가 어떻게 된 건지 전혀 감이 오지 않았다.

하지만, 그렇기 때문에, 사쿠타는 이렇게 말할 수밖에 없었다.

"너야말로, 누구야?"

라고…….

■작가 후기

   이 책은 『청춘 돼지』 시리즈 제3권입니다.

   제1권은 『청춘 돼지는 바니걸 선배의 꿈을 꾸지 않는다』, 제2권 『청춘 돼지는 소악마 후배의 꿈을 꾸지 않는다』라는 타이틀이니, 이 책을 통해 이 시리즈에 흥미를 가지신 분은 다른 두 작품도 구매해주시면 감사하겠습니다.

   1권인 줄 알고 구매해주신 분들…… 죄송합니다.

   타이틀에 관한 질문을 여러 루트를 통해 받았으니 이 자리를 빌려 이야기를 해볼까 합니다.

   넘버링을 하지 않고 타이틀의 일부를 변경하는 방식을 채용한 것은 이번 시리즈에서는 각 권에 명확한 히로인이 존재하기 때문입니다.

   스포트라이트를 받는 캐릭터를 부각시키고 싶은 부모 마음…… 같은 게 작용한 거라고 생각해주시면 감사하겠습니다.

   그런고로, 역시 제4권도 『청춘 돼지는 ○×△□의 꿈을 꾸지 않는다』가 될 예정입니다. 현재 유력한 단어 중 하나는 『아이돌』입니다만, 과연 어떻게 될까요?! 대체 왜 아이돌일까요?!

다음 권에는 마이가 잔뜩 나올 예정입니다. 어디까지나 예정입니다만, 아마 이 예정에는 변동이 없을 겁니다……. 예, 없을 겁니다……. 어, 없겠죠?

　일러스트를 담당하시는 미조구치 씨, 담당 편집자이신 아라키 씨, 이번 권에서도 최선을 다해 주셔서 정말 감사합니다. 앞으로도 잘 부탁드립니다.

　그리고 끝까지 읽어주신 독자 여러분께도 진심으로 감사드립니다. 4권을 통해 또 뵐 수 있기를 진심으로 빕니다. 아마, 봄……에는 나올 겁니다.

카모시다 하지메

　안녕하십니까. 근로청년 번역가 이승원입니다.

　『청춘 돼지는 로지컬 마녀의 꿈을 꾸지 않는다』를 구매해주셔서 진심으로 감사드립니다.

　……이번 권 작업 도중에 한의원이라는 곳에 처음 가봤습니다. 지금까지 몸이 아프면 병원에 가보거나 파스를 붙이면서 살아왔습니다만, 이번에 결국 한의원에 갔습니다. ……따, 딱히 침이 무서워서 안 간 건 아니에요!

　지난 달 말부터 이런저런 일이 터지고 몸 상태가 너무 안 좋아서 병원 신세도 졌습니다만, 퇴원하고 본격적으로 번역 작업에 박차를 가해야 할 시기에 등이 너무 아프더군요. 파스와 온수 찜질 정도로 버텨보려고 했으나 팔을 제대로 놀리지 못할 뿐만 아니라, 타이핑 작업을 할 때마다 등과 어깨가 아플 정도이니 결국 극단(?)의 조치를 취했습니다.^^

　침! 부항! ……처음이라 엄청 겁먹었지만 생각만큼 아프지는 않더군요. 그리고 한의원 치료를 받고 나니 꽤 좋아졌습니다.

　……문제는 안 아프던 오른쪽 어깨도 아프다는 걸까요. 예

전에 왼쪽 어깨가 100 정도로 아팠다면, 지금은 왼쪽 30, 오른쪽 40 정도입니다. 양손의 균형이 맞춰졌다……고 해도 되겠죠? AHAHAH.

아무튼 한동안 꾸준히 치료를 받아볼까 합니다. 가능하면 무리하지 않고 타이핑을 할 수 있을 정도로 말이죠.^^

그럼 이번 권에 대해 조금 이야기해볼까 합니다.
스포일러가 포함되어 있을 수도 있으니 본편을 읽지 않으신 분들은 유의해주시길!

이번 『청춘 돼지』 시리즈의 3권은 1, 2권에서 사쿠타의 멋진 조력자 역할을 맡아줬던 후타바 리오입니다.

지금까지의 이야기에서 사쿠타가 맞닥뜨린 사춘기 증후군을 해결할 단서를 제공해줬던 멋진 이과 아가씨 후타바 리오. 하지만 그런 그녀에게도 사춘기 증후군이 일어납니다.

자기 자신을 향한 혐오에서 비롯된 도플갱어 현상. 또 하나의 자신이라는 존재를 통해 자기혐오에서 벗어나려 했지만, 결국 그것은 더 큰 자기혐오에 리오를 빠뜨립니다. 그런 악순환 속에서 그녀의 마음은 피폐해지죠. 그리고 그런 리오를 사쿠타는 자신만의 방법으로 구원합니다.

위로도, 격려도 아닌 사쿠타만의 방법, 그리고 리오가 결국에 도달한 결론을 즐겨주시길!

그럼 이만 줄이겠습니다.

L노벨 편집부 여러분. 항상 재미있는 작품을 맡겨주셔서 감사합니다. 항상 파이팅입니다!

매끼니 때마다 육식(肉食)의 길을 걷고 있는 악우여. 나는 하루 두 끼는 라면이거든? 모닝 라면, 런치 짜장라면, 디너 비빔라면일 때도 비일비재하거든?! 그런 자랑은 나 고기 좀 사주고 하라고.ㅜㅜ

미인 자매가 얼마나 꿈과 희망으로 가득한 것인지 알 수 있는(^^;;;) 다음 권 역자 후기 코너에서 다시 뵙겠습니다!

2016년 4월 초
역자 이승원 올림

청춘 돼지는 로지컬 마녀의 꿈을 꾸지 않는다 3

1판 1쇄 발행 2016년 5월 10일
1판 10쇄 발행 2023년 6월 13일

지은이_ Hajime Kamoshida
일러스트_ Keji Mizoguchi
옮긴이_ 이승원

발행인_ 최원영
편집장_ 김승신
편집진행_ 권세라 · 최혁수 · 김경민 · 최정민
편집디자인_ 양우연
관리 · 영업_ 김민원

펴낸곳_ (주)디앤씨미디어
등록_ 2002년 4월 25일 제20-260호
주소_ 서울시 구로구 디지털로 26길 111 JnK디지털타워 503호
전화_ 02-333-2513(대표)
팩시밀리_ 02-333-2514
이메일_ lnovellove@naver.com
ㄴ노벨 공식 카페_ http://cafe.naver.com/lnovel11

SEISHUN BUTA YARO WA LOGICAL WITCH NO YUME WO MINAI 3

ISBN 979-11-5981-043-5 04830
ISBN 979-11-86906-06-4 (세트)

값 7,000원

© KINEKO SHIBAI ILLUSTRATION:Hisasi
KADOKAWA CORPORATION ASCII MEDIA WORKS

온라인 게임의 신부는 여자아이가 아니라고
생각한 거야? 1~7권

키네코 시바이 지음 | Hisasi 일러스트 | 이경인 옮김

**온라인 게임의 여자 캐릭터에게 고백!
→ 아깝네요! 실제로는 남자였답니다☆**

그런 흑역사를 감추고 있는 소년 · 히데키는 어느 날 게임 안에서
한 여자 캐릭터에게 고백을 받는다. 설마 그 흑역사가 다시금 반복되는 것인가?!
그렇게 생각했으나, 게임 안에서 내 「신부」가 된 아코 = 타마키 아코는
정말로 미소녀에, 현실과 가상세계를 구분하지 못한……다고……?!
"안녕, 루시안!"이라니, 하, 하지 마! 창피하니까 캐릭터명으로 부르지 마!
다른 사람들 앞에서도 게임 캐릭터명으로 부르며 게임 속 남편에게 착 달라붙는 아코.
히데키는 너무나도 유감스럽고 위험한 아코를 「갱생」하기 위해
길드의 동료들(단, 다들 미소녀)과 함께 움직이는데—.

유감스러우면서도 즐거운 일상 ≒ 온라인 게임 라이프가 시작된다!

TV애니메이션 절찬 방영중!!

©Miku 2014/Futabasha Publishers Ltd.
Illustration U35

진화의 열매 1권

미쿠 지음 | U35(우미코) 일러스트 | 송재희 옮김

어느 날, 히이라기 세이이치가 다니는 고등학교가 학교째 이세계로 이동했다.
돼지&못난이인 세이이치는 반에서 따돌림을 받아 혼자 숲을 헤맨다.
클레버 몽키가 가지고 있던 『진화의 열매』를 먹어 허기를 달래지만
스테이터스 중 《운》이 제로인 세이이치는 카이저콩 사리아의 습격을 받는다.
그러나…….
"나, 처음. 그러니, 부드럽게 부탁해?"
어째선지 사리아에게 구혼 받았다아아?!

『소설가가 되자』 연재작, 대인기 애니멀 판타지!

©Natsume Akatsuki, Kurone Mishima 2015/
KADOKAWA CORPORATION

이 멋진 세계에 축복을! 1~6권

아카츠키 나츠메 지음 | 미시마 쿠로네 일러스트 | 이승원 옮김

게임을 사랑하는 은둔형 외톨이 소년, 사토 카즈마의 인생은
너무하도 허무하게 그 막을 내린…… 줄 알았는데,
정신을 차려보니 눈앞에 여신을 자처하는 미소녀가 있었다.
"이세계에 가지 않을래? 원하는 걸 딱 하나만 가지고 가게 해줄게.",
"그럼 널 가지고 가겠어."
이리하여, 이세계로 넘어간 카즈마의 대모험이 시작……되나 싶었는데,
결국 시작된 것은 의식주 확보를 위한 노동이었다!
카즈마는 그저 평온하게 살고 싶지만,
문제를 연달아 일으키는 여신 때문에 결국 마왕군에게 찍히고 마는데?!

TV애니메이션 2기 제작 결정!